KATINKA BUDDENKOTTE

FORTPFLANZUNG NACH TAGESFORM

KATINKA BUDDENKOTTE

FORTPFLANZUNG NACH TAGESFORM

Roman

Knaus

MIX
Papier aus verantwortungsvollen Quellen
FSC® C014496

Verlagsgruppe Random House FSC® N001967
Das für dieses Buch verwendete FSC®-zertifizierte Papier
Super Snowbright liefert Hellefoss AS, Hokksund, Norwegen.

1. Auflage

Satz: Buch-Werkstatt GmbH, Bad Aibling
Druck und Einband: GGP Media GmbH, Pößneck
Printed in Germany
ISBN 978-3-8135-0521-4

www.knaus-verlag.de

1

Wir können immer noch umkehren«, schlägt Hummel vor. So ist er, mein Freund: Hat immer die besten Ideen, leider meist eine Viertelstunde zu spät. Ich schaffe es, die Worte »Unfug, wir sitzen ja schon in der Bahn« hervorzupressen. Hummel nickt zustimmend, obwohl von Sitzen in meinem Fall nicht die Rede sein kann. Ich stehe auch nicht, sonst hätten meine Füße ja Bodenkontakt. Haben sie aber nicht, weil ich aufgrund meines ungewohnten Formates zwischen den Sitzreihen im Mittelgang eingeklemmt bin. Euphemistisch ausgedrückt schwebe ich also in der U-Bahn, und das sieht man offenbar auch nicht alle Tage. Gut, dass mich sämtliche Fahrgäste ununterbrochen anglotzen, ist wohl doch eher meiner Verkleidung geschuldet. Hummel und ich haben die Kostüme in letzter Minute zusammengeschustert, weil wir beide den Termin verpeilt hatten. Wir dachten, die Party mit dem Motto »Verkleide dich als dein Hauptfach« fände nächste Woche am 11.11. statt. Das wäre logisch gewesen, zumindest in dieser Stadt. Dann guckt dich hier keiner blöd an, wenn du als Hobbit, Sensenmann, Lady Gaga oder eben wie ich als Reichstagsgebäude verkleidet bist. Dabei sehe ich in meinen schlampig bepinselten Pappkartons eher aus wie ein Transformer für ganz arme Kinder.

»Ich finde, für die knappe Zeit ist es toll geworden«, will Hummel mich aufmuntern. Er spürt sofort, wenn ich mich unsicher fühle. Andererseits würde auch ein Komapatient bemerken, dass ich in einer mit Gaffern gefüllten U-Bahn nicht in Partystimmung bin. Da hilft es wenig, dass der Typ, der seit mehreren Minuten meine Brust fixiert, nun auch noch die Augen zusammenkneift und seinen Kopf nach vorn reckt. Bevor ich ausflippen oder im Boden versinken kann, rettet mein Freund meine Ehre auf die ihm eigene Weise. Statt dem Lüstling Prügel anzudrohen, klärt er den Fremden auf: »Meine Freundin hat Geschichte und Politologie studiert. Ihr Zweitstudium.«

»Ah ja«, hüstelt der Mann und wendet sich ab. Hummel könnte zumindest auf den ersten Blick als vollkommen normal durchgehen: schlecht sitzende Jeans, schwarzer Rollkragenpullover, randlose Brille. Erst wenn man näher hinschaut, bemerkt man, dass sein grauer Dreitagebart angemalt ist. Aber wenn die Leute hier spitzkriegten, dass ich diese jetzt schon bröckelnde Maske aus Deckweiß und Asche angerührt habe – sie würden uns an der nächsten Haltestelle von der Polizei abführen lassen. Nicht die allerschlechteste Perspektive für die weitere Abendgestaltung, schießt es mir durch den Kopf. Aber ich verscheuche den Gedanken flugs, weil ich weiß, wie Hummel sich auf die Party freut – eben wie ein kleines Kind, das sich als Steve Jobs verkleidet hat.

»Ich glaube, wir haben es den anderen zu einfach gemacht. Ich wette, die erraten alle ganz schnell, dass ich Informatiker bin«, murmelt mein Freund etwas mutlos. Dafür könnte ich ihn küssen, wenn ich es denn könnte. Aber die Kartons sind mir im Weg, und deshalb lächle ich ihn nur an. Abgesehen davon, dass jeder, der Hummel kennt, weiß, dass er Informatiker ist, würde jeder, der ihn nicht kennt, sofort erraten, dass er diesen Beruf ausübt, nicht wegen, sondern trotz seiner Maskerade. Alltags trägt Hummel etwas besser sitzende Jeans, schwarze Kapuzenshirts und oft eine Hornbrille, meist auch einen Dreitagebart, der allerdings eher rötlich braun ist. Er hat sich heute Morgen nur frisch rasiert, weil er bei einem wichtigen Kundengespräch dabei sein musste.

»Vielleicht hätten wir doch die Sache mit dem Toilettenpapier und dem endlosen binären Code darauf durchziehen sollen, das war irgendwie origineller, und vom Aufwand her ja auch nicht so groß …«, plappert Hummel ungewohnt aufgeregt, bis ich unterbreche: »Sei froh, dass wir das nicht gemacht haben. So kannst du dich wenigstens frei bewegen.« Dabei drehe ich meinen Oberkörper, so gut es geht, nach links und rechts, höre daraufhin ein Scheppern, und Hummel ruft: »Vorsicht, Baby, deine Kuppel!«

Er hebt die silberne Salatschüssel vom Boden auf, will sie mir wieder auf den Kopf setzen. Als er vor mir aufsteht und sein Gesicht direkt vor meinem erscheint, bekommen wir einen furchtbaren Lachkrampf. Ich versuche mich zu beruhigen, um mein Kostüm nicht zu zerstören, aber sobald ich Hummel wieder in die Augen sehe, geht es von vorn los. Sein Deckweiß-Asche-Bart ist von Schlieren durchzogen, die die Lachtränen hinterlassen haben, die Brille hängt nur noch an einem Ohr, und er röchelt gackernd: »Hör auf, Maike, hör auf … du bebst!« Daraufhin muss ich nur noch mehr beben, die Seitenflügel an meinen ausgestreckten Armen drohen abzufallen, Hummel kreischt begeistert auf: »Jetzt siehst du aus wie der billigste Katastrophenfilm aller Zeiten!« Er stellt sich auf die Zehenspitzen, beugt sich über mein Atrium und küsst mich. Wir knutschen wie hormongeputschte Teenager. Äußerlich höre ich auf zu beben. Aber innerlich bleibe ich eine Mittdreißigerin, deren Langzeitbeziehung sich nach vielen Jahren in einer leidenschaftlichen Liebesbekundung äußert. Und obwohl ich noch nie darauf stand, in der Öffentlichkeit aggressiv herumzuturteln, kann ich nur denken: Endlich. Endlich mal wieder. Und ganz ohne Alkohol. Wahnsinn. Dabei soll man beim Küssen nicht denken, sondern genießen.

Hummels Zunge verschwindet aus meinem Mund, er fragt leise: »Wollen wir vielleicht doch lieber wieder nach Hause?« Ich schüttle den Kopf. Die Entscheidung pro Party ist doch schon längst gefallen. Wir beide ziehen unsere gemeinsamen Pläne durch, auch wenn wir sie erst am späten Nachmittag gefasst haben und sie zudem beinhalten, dass ich stundenlang als Regierungssitz herumlaufen muss. Hummel küsst mich noch einmal: »Das wird bestimmt lustig. Und wenn ich es mir richtig überlege, ist es ja auch eher so gedacht, dass die anderen möglichst schnell erraten *sollen*, was man darstellt, sonst würden die Leute ja absichtlich blöde Kostüme anziehen, und …« Ich schiele angespannt gen U-Bahn-Decke, das geht noch ganz gut in meinem Kartonagengefängnis. Hummel würde das nie zugeben, aber er ist ein ehrgeiziger Typ, wenn es um Spiel und Spaß geht. Beruflich eher nicht so. Aber jetzt ist Feierabend, und er strahlt: »Ich habe auch noch eine Überraschung für dich!« Hummel sieht nicht mehr im Entferntesten aus wie der Gründer von *Apple*. Eher wie ein etwas aus dem Leim gegangener Ewan McGregor, der aus unerfindlichen Gründen sein Gesicht in Taubenkacke gewälzt hat. Muss man mögen, und das tue ich. Aber vielleicht sollte ich ihm den Bartschatten renovieren, bevor wir den Ballsaal stürmen. Künstlerparty hin oder her, die Leute sollen nicht denken, ich hätte meinen Freund mit Vogelexkrementen dekoriert. »Wir müssen an der nächsten Haltestelle raus«, reißt Hummel mich aus meinen Gedanken, »willst du dich schon mal, äh, auf den Weg zur Tür machen?«

Will ich schon, klappt nur nicht.

»Kannst du das vielleicht übernehmen?« Ich hebe die Arme, so weit es geht, nach oben. Mein Held umfasst meinen Mitteltrakt und bugsiert mich durch die Bahn. Die Leute glotzen, schon wieder, oder vielleicht haben sie nie damit aufgehört. Aber es macht mir nichts mehr aus. Ich bin in Feierlaune, fühle mich umsorgt und sexy, obwohl ich in einer Ladung Altpapier gefangen bin und eine Salatschüssel auf dem Kopf trage. Ich vermute es oft, aber in diesem Augenblick bin ich mir sicher: Das ist Liebe.

***

Ehrlich gesagt: Ich fühle mich schon ein wenig gebauchpinselt, dass Verena uns zu dieser Feier an der Fachhochschule für Design eingeladen hat. Die Party ist eigentlich nur für die Dozenten, also Verenas Kollegen, und die Abschlussklasse dieses Jahrgangs gedacht. Eine Feier als Generalprobe für die Werkschau sozusagen. Und um für die Studenten den Druck aus der Veranstaltung zu nehmen, haben sie eben beschlossen, das Ganze als Kostümparty aufzuziehen, denn, so Verena: »Zwischen Halloween und Spießerkarneval, da haben doch alle Beteiligten ein Kostüm griffbereit, und da haben wir gedacht, diesem Wiederverwertungswahn mal mit einem Augenzwinkern zu begegnen.«

Genau so redet meine ehemalige Klassenkameradin, und deshalb habe ich wohl auch eher auf dieses beeindruckende Satzkonstrukt geachtet als auf den darin versteckten Termin. Bei Verena war immer klar, dass sie sich für eine Künstlerlaufbahn entscheiden würde, und jetzt ist sie eine der jüngsten Professorinnen landesweit.

»Tja, wer's selbst nicht schafft, zeigt den anderen, wie's gehen soll«, bemerkte Hummel grinsend, als ich ihm von der Einladung berichtete. Dabei ist er wirklich kein Zyniker. Er hat nur etwas gegen unbegründete Ehrfurcht. Einmal sagte er den schönen Satz: »Maike, alle kochen nur mit Wasser. Und die, die es nicht tun, frittieren eben alles und sterben jämmerlich an Herzkranzverfettung.«

Hummel ist gut darin, mich aufzubauen. Noch besser ist er allerdings darin, mich in letzter Sekunde in Panik zu versetzen. Wir sind jetzt nur noch eine Straßenecke von der Fachhochschule entfernt, und er überlegt laut: »Ist schon ein merkwürdiges Motto: Verkleide dich als dein Hauptfach, oder?«

Ja, fand ich auch, und wir haben das auch schon besprochen, also werde ich schnippisch:

»Tja, Künstler. So sind sie eben.«

»Eben«, wiederholt Hummel trocken.

Ich bleibe stehen, um den Groschen auch noch fallen hören zu können.

»Scheiße. Die haben ja alle Kunst studiert. Obwohl: Vielleicht sind dann einige so als Bildhauer verkleidet, andere als ... Aktionskünstler?«

Meine Argumentation ist so schwach wie meine Beine.

»Das ergibt keinen Sinn, Maike. Die kennen sich doch alle gegenseitig, die wissen doch, wer was macht beziehungsweise gemacht hat, wenn wir mal von den Dozenten ausgehen.«

Ich erwähnte Hummels Timing-Problem? Nun, unter dem leide ich auch.

»Maike, ey, jetzt raste nicht aus. Nicht heulen, bitte. Und fummle nicht an deinem Kostüm rum! Wir gehen jetzt da rein. Du hast dich so darauf gefreut. Hey, du hast mich so weit gebracht, dass *ich* mich drauf freue.«

Ich schniefe, noch nicht völlig überzeugt.

Hummel gurrt: »Überleg doch mal, heute sind wir die Exoten. Auf einer Künstlerparty. Das soll uns mal einer nachmachen.«

Stimmt. Damit hat er mich überzeugt. Was soll schon passieren? Abgesehen von Verena kennt mich dort ja niemand. Zusätzlich bin ich verdammt gut getarnt. Hummel nimmt meine Hand, wir setzen uns wieder in Bewegung, auf die heiligen Hallen zu.

»Außerdem bin ich gespannt, wie das echte Motto lautet«, murmelt Hummel, und je näher wir dem Eingangsportal kommen, desto sicherer bin ich, es erraten zu haben. Das Treppengeländer ist mit Filmspulen dekoriert, an die Seitenwände werden Filmausschnitte projiziert, von jenseits der Schwingtür vernehme ich das Titelthema aus *James Bond.* Allerdings auf der Blockflöte gespielt. Künstler eben.

»Irgendwas mit Kino vielleicht?«, löse ich auf.

Hummel grinst: »Gut mitgedacht, Watson. Bleibt nur noch das

andere große Rätsel, nämlich wie du das Thema ›Irgendwas mit Kino‹ mit ›Verkleide dich als dein Studium‹ verwechseln konntest.«

Ich weiß es nicht, fürchte aber, es lag wieder an Verenas Ausdrucksweise und Satzbau. Wenn ich jetzt über ihren Anruf heute Nachmittag nachdenke, hat sie vielleicht etwas gesagt wie: »Wegen heute Abend, Maike ... blablabla ... Die Überlegung ist die, das Ganze mit Kritik an Kultur und Massenmedien zu verbinden ... blabla ... doch, *heute Abend,* das hatte ich doch gesagt, jedenfalls ... jeder soll sich als Hauptakteur aus einem Film, der einen während des Studiums begeistert hat, kostümieren, ... gleichzeitig eine Klanginstallation ... Persiflage ... blabla ... Mainstream ... Relevanz ... blabla, also, bis später, um neun geht's los, ich freue mich.«

Ja, so wäre ein Schuh draus geworden. Bei mir vielleicht der *Schuh des Manitu.* Ich patsche mir mit der flachen Hand auf die Stirn, was dazu führt, dass meine Kuppel wieder ins Wanken gerät.

»Kann ich die wenigstens abnehmen?«, frage ich Hummel. Der ist absolut dagegen: »Ganz oder gar nicht, Schatz. Oh, da fällt mir ein: Die Überraschung!« Hummel zaubert zwei Zahnstocher aus seiner Tasche, an deren Ende Miniatur-Deutschlandflaggen kleben. Er befestigt sie an meinen Schultern und befindet: »Perfekt.«

Ein Rudel Gäste schiebt sich an uns vorbei zur Eingangstür hin, ein auf mittelalt getrimmter John Travolta deutet auf mich und flüstert seiner Begleitung, einer magersüchtigen Giraffe mit schwarzem Pagenschnitt, etwas ins Ohr, sie lacht so exaltiert, dass in mir spontan der Wunsch wächst, ihr eine Adrenalinspritze in ihr Herz zu rammen. Ja, mein Leben ist auch manchmal wie *Pulp Fiction*: Eine Kette von Missverständnissen und coolen Sprüchen zur falschen Zeit bringt auch ganz sanfte Gemüter dazu, ihre Gewaltfantasien endlich auszuleben.

»Künstler eben«, sagt Hummel, formt Daumen und Zeigefinger zu einer Pistole und drückt zweimal mit dem Mittelfinger ab.

»Ach, es sind bloß *Designer*«, gebe ich zurück und umgreife die Hand meines Freundes fester, wild entschlossen, mich auf einer Party zu amüsieren, deren Gäste ich nie wiedersehen werde.

Betonung auf »wild«.

* * *

Der Weg zum Festsaal im obersten Stock ist mit Ausstellungsstücken geschmückt, größtenteils absurd große Bildschirme, auf denen es schwarz-weiß flackert. Aber auch der eine oder andere Ausbrecher macht mich ratlos, so wie der Kunstrasen, der den kompletten Gang im zweiten Stock belegt und auf dessen Mitte ein einsames Gänseblümchen steht. Im dritten Stock erneut die beliebten Bildschirme, auf einem ist das Gänseblümchen wieder zu sehen, darunter ist ein Wort zu lesen: »WHY?« Das frage ich mich auch. Hummel hingegen weiß die Antwort schon: »Das machen also die Leute, die behaupten, sie wollen irgendwas mit Medien machen. Sie machen irgendwas mit Medien. Cool.«

Die doppelflügelige Tür zum großen Werkraum/Festsaal ist etwa so hoch und breit wie unser Haus. Und sie ist geschlossen. Trotzdem scheint sie der einzige Eingang zum Ort des Geschehens zu sein. Nicht die geringste Chance, dass wir uns unauffällig hineinmogeln können. Natürlich quietscht die Pforte zur Hölle auch noch erbärmlich, als Hummel die Klinke herunterdrückt. »Wenn der Hausmeister verhindert ist, sollte sich vielleicht mal jemand vom Produktdesign darum kümmern«, ist mein letzter Gedanke, bevor ich mir ein Lächeln ins Gesicht tackere, das auf die anwesende Gesellschaft sympathisch bis ironisch wirken soll. Nur ist da gar keine Gesellschaft im volkstümlichen Sinne. Nicht mal ein paar verstreute Gäste, nur vier missmutig dreinblickende Mädchen hinter der Bar, die entweder alle denselben Friseur besuchen oder ebenfalls von *Pulp Fiction* inspiriert wurden. »Hallo«, grüßt Hummel und winkt den Mia-Wallace-Klonen, von denen keine halb so überzeugend aussieht wie das Modell, das sich über mein Kostüm erheitert hat. Die Damen winken nicht zurück, mein Freund zieht mich trotzdem zum improvisierten Tresen hin und fragt: »Was trinkt man denn hier?« Die direkt Angesprochene kann offenbar nicht antworten, bevor sie nicht mit einem Zug ihre halbe Kippe weggezogen hat. Sie bläst uns sehr gekonnt den Rauch ins Gesicht: »Das kommt drauf an. Ohne Einladung – gar nichts.«

Bevor es richtig peinlich wird, will ich aufklären: »Also, äh, wir sind von einer Freundin eingeladen worden, Frau Doktor … Professor Stein …«

Da gibt Hummel ein Lachen von sich, von dem ich nie geahnt hätte, dass es in ihm steckt. Er klopft der kleinen Möchtegerngangsterbraut jovial auf die Schulter und dröhnt: »Na, da führt die Kollegin Steinhoff ja ein hartes Regiment hier. Achtet sehr darauf, dass sich keiner reinschleicht, was? Immer an die Kosten denken, sauber, sauber. Na, junges Fräulein, da wir die Einladung tatsächlich auf der anderen Rheinseite haben liegen lassen, können meine Gattin und ich wohl nur wieder durstig nach Hause fahren, aber wenn ich die Geschichte dem Kollegium in Düsseldorf erzähle: köstlich!«

Die Barkeeperin sieht jetzt aus, als hätte sie tatsächlich die falschen Drogen konsumiert. Sie wird bleich, dann rot, schließlich presst sie hervor: »Professor Süderkamp, das ist mir …« Tja, offenbar so peinlich, dass sie nicht weitersprechen kann. Aber diese Pause gibt mir Gelegenheit, eine weitere Eigenschaft meines Freundes zu bewundern: Hummel lügt nie. Nicht, weil er Skrupel hat, sondern weil es ihm viel zu viel Spaß macht, die Wahrheit so weit zu dehnen, wie er kann.

Statt also der Studentin »Ja, Süderkamp! Wer denn sonst?« entgegenzublaffen, tätschelt er ihre Hand und zwinkert: »Matthias, bitte. Wir sind, oder werden, doch alle Kollegen, oder? Und das ist hier doch eine Fete, nicht?«

Hummel heißt tatsächlich Matthias mit Vornamen, genau wie der berühmte Leiter einer noch berühmteren Kunstakademie einer hier sehr berüchtigten Stadt. Der Mann ist bestimmt dreißig Jahre älter als mein Freund und sieht ihm nicht im Mindesten ähnlich. Aber Klein-Mia hinter ihrer Bar ist überzeugt, dass es jetzt nur noch einen Weg gibt, wie sie ihre Karriere retten kann. Sie greift sich die Schampusflasche, die schlecht versteckt hinter einer Batterie Billigprosecco im Kühlschrank steht, entkorkt sie zitternd und schenkt uns ein.

Aber Hummel ist noch nicht fertig mit ihr: »Ach ja, Plastik-Sektflöten, das nenne ich ›Nachhaltigkeit mit Augenzwinkern‹, was?«

Das Mädchen ist fix und fertig. »Entschuldigen Sie bitte«, piepst das arme Ding und sucht den Blick ihrer Kolleginnen, die am anderen Ende des Raumes tuscheln.

Aber bevor Hummel sein Spiel noch weitertreiben kann, kommt plötzlich Leben in die Bude, ein ganzer Tross von Menschen, darunter viele weitere Uma Thurmans (eine von ihnen wenigstens im gelben Kunstleder-Einteiler, Marke *Kill Bill*) strömt in die Halle. Anhand der Wortfetzen kann ich erschließen, dass sie unter Verenas Leitung wohl einen kommentierten Rundgang durch die Ausstellung genossen haben, denn sie haben das Gänseblümchen interpretiert: »Eine geniale Persiflage auf das Soldatenmotiv, wenn du mich fragst«, sagt ein Captain James Sparrow zu einer frühen Rita Hayworth, die das Objekt allerdings anders verstanden haben will: »Oh, ich dachte, das sollte die Einsamkeit von zeitloser Schönheit an sich symbolisieren.« Vielleicht ist sie nicht Rita Hayworth, sondern doch eher Jessica Rabbit, wer weiß.

Verena hat sich verkleidungsmäßig jedenfalls für zeitlose Schönheit entschieden: Perfekt gestylt als Romy Schneider, stakst sie auf Hummel und mich zu. Sogar dieses traurige Lächeln gelingt ihr zum Niederknien, aber das hat sie ewig geübt. Wie gesagt, schon in der sechsten Klasse wussten wir alle: Aus Verena wird mal eine ganz Große, muss ja, so wie die aussieht.

»Schau, die Sissi«, murmelt Hummel, er weiß, dass ich ihm nicht in die Seite boxen kann, weil sonst mein Seitenflügel abfällt, aber er zuckt trotzdem automatisch weg. Nach über sieben Jahren Beziehung spürt der Partner eben auch ein Phantomknuffen.

»Du siehst ja *wahnsinnig* aus«, kommentiert Dr. Verena Steinhoff mein Outfit. An dieser Stelle schließt sich jetzt normalerweise das Bussi links und rechts an, aber Verena findet keinen Zugang zu meiner Wange. Also hält Hummel brav den Kopf hin, Verena luftküsst ihn dankbar und quiekt dabei schön laut: »Mein Gott, Matthias, *ewig* nicht gesehen.«

Im Hintergrund zerschellen ein paar Gläser am Boden. Ich möchte wetten, dass die von der kleinen Fetten fallen gelassen wurden. Macht nichts, ich trinke auch gern aus dem Plastikkelch weiter, den Hummel mir netterweise so unters Kinn gesteckt hat, dass ich die Flüssigkeit rausschlürfen kann. Verena bemerkt gar nicht, dass ich meine Hand wegen der Kartons nicht zum Mund führen kann, sie ist so überdreht, die braucht gar nichts mehr zu trinken. Hummel fragt das Naheliegende: »Und, Verena, bist du *Die Spaziergängerin von Sans-Souci* oder ein Drittel des *Trio Infernale*?«

Ich weiß nicht, wie mein Kerl dieses ganze unnütze Wissen speichern kann, aber regelmäßig vergisst, den Müll mit runterzunehmen. Verena blickt Hummel bewundernd an und gibt romylächelnd zu: »Ach, da war ich unentschlossen, es war mehr so das gesamte Schaffen von Ruffio, der hat ja neue Maßstäbe … blablabla … die ganze Ästhetik damals umgekrempelt … blablala … nicht nur cineastisch.«

Verena hat aufgehört zu lächeln. Und zu sprechen. Das merke ich vor allem daran, dass Hummel mir in den Hintern gekniffen hat. Sein Geheimzeichen dafür, dass ich damit aufhören sollte, so zu nicken, als würde ich interessiert zuhören. Schlimmer noch, ich soll auf Verenas Frage antworten, die ich nicht mitbekommen habe: »Ja, was denkst du denn?«, sage ich also, denn mit diesem Trick geht man zu neunzig Prozent sicher, dass das Gegenüber die Frage wiederholt. In diesem Fall bin ich mir sogar zu neunundneunzig Prozent sicher, exzellent reagiert zu haben, denn wahrscheinlich hat Verena doch gefragt, was ich darstelle. Hummel schluckt sein Grinsen mit einem Schluck Champagner herunter.

Verena schaut mich verdattert an und spricht zum ersten Mal seit Jahren nicht dozierend: »Äh, ja, also, ich meine … man selbst kann das nie so einschätzen, oder? Also, früher, vielleicht …« Verena ist verwirrter als ich. Auf ihrer eigenen Party. Das soll nicht sein, ich muss ihr helfen: »Also, ich kann das schon noch einschätzen. Ich bin der Reichstag.«

Hummel prustet »Entschuldigt mich« und rennt Richtung Flügeltür. Fast will ich ihm nachrufen »Darf man mitlachen?«, aber da fällt mir ein, dass ich mich ja in einem Gespräch befinde, das höchstwahrscheinlich noch nicht beendet war.

Verena ist immer noch verunsichert: »Entschuldige, aber wer hat den Film denn gemacht? Den kenne ich gar nicht. Von wann ist denn *Der Reichstag*?«

»Oh, von 1884, Paul Wallot«, flöte ich, was für mich ganz untypisch ist. Ich pflege mein Wissen nicht herauszuflöten, aber Verena nimmt es mir nicht krumm. Sie lacht schon wieder: »Ach, Maike, ich vergesse das immer, dass du ja auch mal Architektur studiert hast. Oder studieren wolltest?« Da hat es sich auch schon ausgeflötet meinerseits.

»Habe«, grummle ich, »aber nur ein Semester. Dann habe ich auf Biologie umgesattelt, aber jetzt gerade meinen Master in Politologie und Neuer Geschichte fertig.« Ich beiße mir auf die Zunge, um nicht »Mit Auszeichnung, beides« hinzuzufügen.

Der junge Woody Allen kommt auf uns zugeschossen und springt Verena ins Gesicht: »Professor Steinhoff, Professor Steinhoff, jemand hat meine Blume gepflückt!« Und Verena schaut ganz ernst, nimmt ihren Schützling an der Hand und sagt noch: »Ganz ruhig, Bijan, nicht sofort von Sabotage ausgehen. Vielleicht ist sie ja nur weggeweht«, bevor sie mit Blümchen-Bijan und einem Pulk Sensationslüsterner von dannen eilt. Ich muss sagen: Nach einem Glas Champagner sind so Designerpartys echt der Brüller, allein die Gespräche, zum Piepen.

Alles wäre perfekt, wenn Hummel nicht abgehauen wäre. Zum Glück wird mir ein Tablett vor die Nase gehalten, die pummelige Kellnerin deutet sogar so etwas wie eine Verbeugung an und fragt: »Kann ich sonst noch etwas für Sie tun?«

Wie gerne würde ich jetzt Hummels Scharade ohne ihn weiterspielen und so gespreizt, wie ich es der Ehefrau von Professor Matthias Süderkamp zutrauen würde, entgegnen: »Ach, Kindchen, rein theoretisch schon, aber ich fürchte, es liegt nicht in Ihrer Macht, jetzt und hier dem Nikotingenuss abzuschwören, also vergiften Sie Ihren Körper nur weiter, ich war ja in Ihrem Alter nicht anders. Außerdem würde ein Strohhalm, der etwa Ihre Größe hat, mir helfen, ein weiteres Glas Puffbrause zu mir zu nehmen.«

Aber ich bin da einfach anders gestrickt als Hummel, beziehungsweise aktuell anders geklebt, also sage ich nur: »Wo ist denn die nächste Toilette? Ich müsste mich mal kernsanieren.«

Die Augen der Aushilfskellnerin weiten sich, jetzt bricht sie zusammen. Na, fast, und das auch nur vor Lachen: »Kernsanieren, hihi, also, Frau Süderkamp, Sie sind ja ziemlich … darf ich sagen: krass drauf?«

Mein belämmerter Gesichtsausdruck genügt ihr als Erlaubnis, mich »krass drauf« zu nennen. Sie deutet mit ihrer Kippe Richtung Tür und sagt: »Links rum, den Gang lang. Kernsanieren, haha!« Ist doch immer schön, wenn man bei einem jungen Menschen wider Erwarten doch noch Sympathien wecken kann. Steifbeinig mache ich mich auf den Weg, und eines muss ich meiner Verkleidung lassen: Sie eignet sich dazu, eine Bresche durch das Partyvolk zu schlagen. Allein die schwere Flügeltür lässt sich nicht durch einen entschlossenen Blick öffnen, und an die Klinke komme ich mit meinen verkürzten Armen nicht dran.

»Kann ich Ihnen irgendwie helfen?«, fragt eine Männerstimme. Alle so hilfsbereit hier, wir sind offenbar gar nicht bei den Designern, sondern bei den Samaritern gelandet.

»Wenn Sie eine Hand frei haben, wären Sie der Richtige für den Auftrag.«

Ein Lachen ertönt neben meiner Hüfte: »Ha, ja, eine *Hand* hätte ich zufällig dabei«, sagt der Mann, zu dem ich nun runterschiele. Er ist um die fünfzig, trägt drei Kinne unterm Gesicht, ist aber ansonsten für die Jahreszeit ziemlich luftig angezogen. Obenrum schmückt ihn eine Girlande aus Barbie-Puppen, die allesamt so nackend wie sein Oberkörper sind. Damit seine riesige Windel, gefertigt aus dem Sternenbanner, besser zur Geltung kommt, hat er ebenfalls auf zusätzliches Beinkleid verzichtet. Seine extrem dünnen Oberschenkel sagen mir, dass der Rollstuhl kein Teil der Kostümierung ist. Aber eine Hand hat er tatsächlich frei. In der anderen schwingt er eine Wodkaflasche.

»Sie könnten die Klinke runterdrücken«, stelle ich fest.

Und der Mann ist nicht nur so nett, dies umgehend zu tun, sondern bietet mir auch Gelegenheit, mich zu revanchieren: »Wenn *Sie* jetzt so reizend wären, sich gegen die Tür zu lehnen, könnte ich auch nach draußen rollen.« Zwei Behinderte schaffen es gemeinsam durch die Tür, während die körperlich Intakten im

Halbkreis um sie herumstehen, wie herzergreifend. Der Mann im Rollstuhl spricht aus, was ich denke: »Hey, das wäre doch mal ein realistischer Werbespot für die Fernsehlotterie gewesen, oder?«

Er zwinkert mir zu. Dabei entstehen in seinem Augenwinkel so tiefe Falten, dass ich davon ausgehen kann, dass Zwinkern ein großes Hobby von ihm ist. Ziemlich sexy für einen alten Sack in Windeln. Das denke ich nicht wirklich, sage ich mir, das ist nur der Champagner. Trotzdem sollte ich dieses neckische Zwinkern mit einem harmlosen Gesprächsstoff unterbinden: »Auch auf dem Weg zum Klo?«, frage ich also.

Der Mann schaut gespielt erschrocken zu mir auf: »Na, Sie gehen aber ran, junge Frau! Ich wollte bloß eine rauchen.«

Mein Kopf glüht, ich fürchte, dass meine Kuppel an den Ohren anschmilzt. Körperfunktionen sind kein gutes Small-Talk-Thema, das sollte ich mir endlich mal merken. Stattdessen immer gut bei Partys: über das Motto plaudern: »Sie sind Larry Flynt, der *Hustler*-Verleger«, kombiniere ich. Der Mann nickt und seufzt leise, genau wie ich, wenn jemand das Offensichtliche ausspricht. Diese unerwartete Gemeinsamkeit lässt mich mutiger werden: »Also, in der Verkleidung erwartet man doch, dass Sie *im* Saal rauchen, oder? Am besten kubanische Zigarren.«

Der Windelmann greift meine Hand, drückt sie fest und jauchzt: »Wenn ich etwas an einer Dame schätze, dann einen scharfen Blick, Hingabe und Konsequenz. Ich kann also davon ausgehen, dass Sie nichts mit diesem Institut zu tun haben?«

Wir grinsen uns an, das Klebeband-Scharnier, welches den Ostflügel mit dem Mittelschiff verbindet, reißt. »Ich muss jetzt aber wirklich«, sage ich.

Larry Flynt zieht den Mundwinkel hoch und bestimmt: »Ich komme mit! Wir können ja so tun, als würden wir auf der Toilette Crack rauchen, um meinen Ruf wiederherzustellen, Frau Reichstagsgebäude.«

Das Angebot kann ich nicht ablehnen, schon weil es auch an der Toilettentür eine Klinke gibt. Nach bewährtem Konzept überwinden der Pornokönig und ich auch dieses Hindernis. Im Inneren des Waschraums angekommen, schaffe ich es, das gestreckte Bein auf das Waschbecken zu wuchten, ziehe so mit einem kleinen Rückwärtshüpfer meinen linken Schuh aus, greife mit den bestrumpften Zehen nach dem Tesafilm-Zipfel an meinem Rücken, und ziehe, bis der Ostflügel zu Boden fällt.

Larry Flynt pfeift anerkennend. »Berufsstripperin?«, fragt er.

»Ich hatte mir mal gleichzeitig beide Ellenbogen gebrochen, vor zehn Jahren«, vertraue ich ihm an.

»Oh, das ist lästig. Mir ist so ein Malheur mit meiner Wirbelsäule passiert, heilt aber seit zwanzig Jahren nicht ».

Er lacht. Ich schaffe es nicht, mir auch nur ein gequältes Grinsen abzuringen. Ist einfach nicht mein Humor.

»Ist nicht Ihr Humor, was? Meiner normalerweise auch nicht. Ich dachte nur, ich labere mal ein bisschen blöd daher, damit Sie sich nicht zu bescheuert vorkommen.«

Verstehe ich, jetzt wo mein Blick den Spiegel trifft. Nicht nur, dass ich unter mein Kostüm mein ältestes, labbrigstes T-Shirt angezogen habe, auf dem man jetzt deutlich die Achselchweißflecken sieht, nein, meine Arme sind auch noch über und über mit »Prinzessin-Lily-Fee«-Klebe-Tatoos versehen, den Überresten des gestrigen Kindergeburtstags. Außerdem will ich wirklich nicht wissen, wie lange mein Hosenstall schon offen stand. Larry Flynt kichert: »Also, unter diesen Umständen: Ich bin der Claus, mit C. Und du?«

»Maike«, gebe ich meine Identität preis, »mit a-i.«

Ich überlege, ob es möglich ist, durch das Toilettenfenster abzuhauen, aber da passe ich so nicht durch. Schon will ich mich komplett abreißen und flüchten, aber Claus ruft: »Halt, das kriegen wir wieder hin!«

Kriegen wir? Vielleicht unter seiner Anleitung: »Also, erst mal würde ich die Hose ...« Gute Idee.

»Maike, du hast Glück, du bist zwar mit einem gottlosen Pornoverleger hier, aber an eine Sache glaube ich doch: Gaffa-Tape!«

Aus der an der Rückenlehne seines Rollstuhls befestigten Tasche holt er das silberne Zauberband hervor. Mit ein paar geübten Griffen zurrt er Streifen von der Rolle, bastelt flugs ein neues, haltbar aussehendes Scharnier, und gemeinsam versuchen wir, das Seitenschiff wieder an seinen Bestimmungsort anzubringen. Claus' Hand reicht nicht bis zu meinen Schultern, und wenn ich mich bücke, falle ich vorneüber und lande mit dem Gesicht in seinem Schritt. Aufstehen ist leichter gesagt als getan, denn Claus und ich haben unsere Hälse in die Barbie-Girlande verheddert. Wäre schon peinlich, wenn jetzt irgendjemand hier reinkäme.

Glücklicherweise ist es nicht irgendjemand, der da die Tür aufreißt, sondern Hummel: »*Das* nenne ich wahre Kunst«, höre ich ihn seufzen, und als er sich zu mir runterbückt, ist da kein Zeichen von Argwohn, unbegründeter Eifersucht oder auch nur Erstaunen in seinem Gesicht zu erkennen. Er könnte trotzdem aufhören zu grinsen.

»Es ist nicht das, wonach es aussieht«, röchelt Claus in meinem Nacken, Hummel patscht ihm auf die Schulter: »Da enttäuschen Sie mich aber, Mister Flynt. Soll ich euch entknoten?«

Sekunden später sind wir befreit, ich stehe auf den Füßen, Claus schnappatmet, und Hummel hat immer noch nicht aufgehört zu grinsen: »Deine Säulen stehen schief, Süße«, informiert er mich, und Claus meint: »Machen wir gleich, erst mal machen wir die Flügel wieder dran. Hier ist das Gaffa, junger Mann, zeig mal, ob du mehr draufhast als nur den aufrechten Gang.«

Hummel rollt mit den Augen, aber unter Claus' Regie verklebt er meinen Arm neu, während der meine Säulen richtet. So sähe wahrscheinlich ein flotter Dreier für alternative Heimwerk-Fetischisten aus, aber ich kann dem nichts Erotisches abgewinnen, wenn zwei Kerle an mir rumfummeln und dabei Dinge sagen wie »Welcher Penner hat das denn konstruiert?« und »Verdammt, halt doch mal still, Baby«.

Höchste Zeit, mal wieder etwas Unverfängliches zu sagen: »Äh, Hummel, das ist Claus, Claus, das ist mein Freund, Matthias.«

»Schön«, sagen beide, ich gebe auf, hier etwas zur Unterhaltung beitragen zu wollen, und lasse mich weiter renovieren. Als die Herren fertig sind, betrachten sie mich so kritisch, dass es selbst die Seele eines Gebäudes kränken würde. »Für den Rest des Abends wird es schon halten, oder?« Ich nicke, ohne dass die Kuppel fällt. Hummel hat sie mir an den Ohren festgeklebt.

»Bei ihr wird's gehen«, gibt Claus zu, »aber jetzt muss ich tatsächlich mal – dringend.«

Er schaut Hummel auffordernd an, also ist der am Zug, das neue, inoffizielle Motto der Party auszusprechen: »Kann ich helfen?«

Claus stöhnt ungeduldig: »Gern. Du weißt ja bestimmt, wie es geht, oder? Wie du aussiehst, hast du ja nicht gedient, sondern bist Zivi gewesen, richtig?«

Keine von den Kabinen ist mit dem Rollstuhl-Symbol gekennzeichnet. »Junger Mann, da kommen wir nicht durch. Wir werden bei offener Tür operieren müssen.« Hummel geht in die Knie und hebt Claus aus seinem Gefährt, mühelos, wie ich nicht ohne Stolz feststelle, Claus jault dazu: *»And I will always love youuuuu ...«*

»Schnauze«, brummt Hummel genervt. »Maike, stell dich mal in den Flur, damit keiner reinkommt. Schaffst du das?«

Dank verbesserter Scharniere kann ich die Klinke selbst drücken. Niemand zu sehen im Treppenhaus, offenbar hat der Suchtrupp rund um Verena es aufgegeben, nach dem Gänseblümchen zu fahnden. Ich kann nur vermuten, dass die Designer-Partygäste sich hinter der Flügeltür nun wie ganz normale Partygäste benehmen und zu der schlimmen Musik, deren Bässe durchs Gemäuer wummern, noch schlimmer tanzen. Es ist zugig hier im Treppenhaus, und draußen herrschen bestimmt Minusgrade, aber weil ich jetzt viel besser abgedichtet bin, friere ich nicht in meinen Kartons. Vielmehr wird mir ganz warm ums Herz, als ich die Klospülung höre: Mein Freund hat es geschafft. Er ist so unheimlich cool. Na ja, meistens ist er eher heimlich cool, so wie Batman, nur dass er tagsüber kein trübsinniger Milliardär ist, sondern ein Nerd mit überraschend trainiertem Bizeps. Also ist er doch eher wie Superman …

Von der anderen Seite der Wand höre ich Hummel fluchen, Claus ruft: »Junge, pass auf, willst du mich umbringen?« Hummel raunzt zurück: »Vielleicht.«

Ich denke, das ist der Beginn einer wunderbaren Freundschaft. Die Tür öffnet sich, Claus strahlt so zufrieden, wie es nur jemand vermag, der gerade frisch gewickelt wurde. Hummel hingegen sieht aus wie jemand, der gerade einem Elefanten Thrombosestrümpfe angezogen hat: verschwitzt, ramponiert, aber auch ein kleines bisschen stolz darauf, dass es bei der Mission keine Toten gab. »Was gibt es da zu grinsen?«, fragen mich beide.

Ich kann jetzt schlecht sagen, dass ich meinen Freund für meinen privaten Superhelden halte, das käme etwas kitschig rüber. Daher warte ich mit einer anderen, höchst erfreulichen Information auf: »Ich glaube, ich muss die halbe Ecstasy gar nicht mehr nehmen.«

Claus mustert mich kurz und diagnostiziert: »Ne, glaube ich auch nicht.«

Aber Hummel ist begeistert: »Prima, dann streichen wir das. Meinst du, wir können Jenny das Zeug zurückgeben? Ist ja noch originalverpackt.«

»Ihr seid schräg. Ich mag euch«, gesteht Claus, ich gehe nicht darauf ein, weil ich Wichtigeres mit meinem Partner zu klären habe: »Ne, lass uns die Pille mal behalten, vielleicht brauchen wir die ja noch. Wenn wir Weihnachten meine Eltern besuchen, wahrscheinlich.«

Claus meldet sich erneut zu Wort: »Ich muss mich korrigieren, Leute: Ich *liebe* euch.«

Aber den Zahn zieht Hummel ihm schnell wieder, indem er anmerkt: »Ne, Maike, das können wir nicht bringen. Warum sollten wir auch?«

»Buh, Spielverderber, Angsthase!«, krakeelt Claus und wirft seinen Oberkörper mit solchem Schwung in die Lehne, dass die Reifen seines Rollstuhls die Bodenhaftung verlieren. Hummel und ich schauen strafend auf ihn herab. Funktioniert großartig, Claus mault: »Oh, bitte nicht dieser Blick! Ihr habt bestimmt Kinder, oder?«

»Noch nicht«, sagen wir beide gleichzeitig und lächeln uns an. Auch Claus ringt sich eine Grimasse ab: »Oh, na dann, Glückwunsch. Wann ist es denn so weit?«

»Hoffentlich bald«, verraten wir abermals mit einer Stimme. Wenn ich nicht in Kartons verpackt wäre, würde Hummel mir wahrscheinlich seinen Arm um die Taille legen, und wir würden uns einen neckischen kleinen Kuss geben, um das soeben amtlich geplante Wunder zu besiegeln.

Claus lässt sich nicht so richtig von unserer Stimmung anstecken: »Äh, ja, entschuldigt mich, bitte, aber ich glaube, ich muss kotzen.«

Mit dramatischem Schwung wendet er seinen Rollstuhl, winkt royal und steuert auf den Fahrstuhl zu. Hummel sieht ihm kopfschüttelnd hinterher und murmelt: »Schade, irgendwie mochte ich ihn. Kann aber auch am Alkohol liegen.« Ich begnüge mich damit, milde zu lächeln. Obwohl ich gerade die ganze Welt umarmen könnte, würde ich Claus vielleicht doch außen vor lassen wollen. So viel negative Energie könnte sich bestimmt schon auf ein ungezeugtes Kind übertragen. Die veraltete Fahrstuhltür öffnet sich mit einem Quietschen und schließt sich Sekunden später mit einem dramatischen Knall. Vielleicht fährt Claus direkt in die Hölle hinab, aber Hummel und ich, wir sind im Himmel. Der Mann, mit dem ich seit fast acht Jahren Tisch, Bett und in fast jedem Punkt dieselben Ansichten teile, hakt nach: »Du bist also wirklich sicher, dass du bereit bist, ja? Ich meine, ich bin es, aber wir hatten ja noch einiges auf der Liste, was wir vorher erledigen wollten.«

Stimmt, die Liste. Die hatte ich ganz vergessen, schon seit einer halben Stunde habe ich gar nicht daran gedacht. Somit habe ich einen völlig neuen Grad an Entspanntheit erlangt, der mich ganz verwegen werden lässt: »Also, ich will nicht unbedingt *auf der Stelle* ein Baby machen – meinetwegen können wir ruhig vorher nach Hause gehen.«

Hummel zieht die Brauen hoch: »Maike Wilmers, du überraschst mich doch immer wieder. Na, dann aber nichts wie weg hier. Es sei denn, du bist hier noch nicht durch. Wer weiß, vielleicht ist es das letzte Mal in vielen, vielen Monaten, dass wir gemeinsam trinken können. Andererseits: Wenn wir jetzt loslaufen, kriegen wir noch die Bahn um halb elf.«

Guter Punkt, aber ich kann nicht laufen in meinem Kostüm. »Wir können aber auch ganz gemütlich nach Hause gehen und unterwegs die hier austrinken.« Hummel zieht eine weitere Champagnerflasche aus seiner Tasche hervor. »Haben mir die Mädels von der Theke geschenkt. Als Entschuldigung dafür, dass sie mich nicht erkannt haben.«

Es ist ein langer Weg, aber die Flasche reicht bis vor unsere Haustür. Endlich in der Wohnung angekommen, befreit mich Hummel von großen Teilen meiner Verkleidung, aber keiner von uns hat Lust, die Überreste noch fachgerecht im Altpapier zu entsorgen. Wir widmen uns lieber einem weiteren, sehr auf Nachhaltigkeit ausgerichteten Projekt. Wir feiern wild, wie geplant.

2

Ich könnte schwören, dass ich in meinem Bett liege. Das nähere Umfeld sieht unserem Schlafzimmer verblüffend ähnlich. Aber irgendetwas stimmt nicht. Zwar stehen alle Möbel an ihrem angestammten Platz, aber der Nachttischlampe fehlt der halbe Schirm, und auch da, wo sich der Hals der Wasserflasche befinden sollte, sehe ich nur einen glitzernden Rahmen. Es sieht aus wie ein Silberstreif am Horizont, fühlt sich aber gar nicht so an. Ich fasse mir an den Kopf, um zu verifizieren: Das ist mal ein Mordsschädel. Im Umfang mindestens viermal so groß wie befürchtet, außerdem ist meine Kopfhaut eiskalt und offenbar kahl. »Neiiiin!«, schreie ich gellend. Erst vor zwei Wochen hatte ich die eine Frisur gefunden, die mir stand, und nun ist sie weg.

»Ebenfalls einen guten Morgen, Königin der Nacht«, flötet Hummel ekelhaft gut gelaunt aus der Richtung, aus der es nach Kaffee riecht. Aller Erfahrung nach muss das die Küche sein, und das auf meinem Kopf ist wohl eine Salatschüssel. Der Lampe und der Wasserflasche fehlt also nichts, dafür mir ein paar Stunden. Mein Freund kommt mit zwei dampfenden Tassen ans Bett, mein Magen dreht sich angewidert um und reißt meinen kompletten Oberkörper mit sich. »Zu früh für Kaffee?« Mehr eine Feststellung als eine Frage, also reicht es aus, wenn ich darauf nur dumpf grunze. Ich kann schon schreien, aber zum Sprechen ganzer Sätze bin ich zu verkatert. Dabei habe ich nur zwei Gläser Champagner getrunken, oder?

»Es wird die Morgenübelkeit sein«, bringe ich schließlich hervor. Selbst über diesen dummen Spruch muss Hummel lachen.

Wir sind auf einem guten Weg, wenn wir innerhalb der nächsten Monate zu sehr schlichten Geistern mutieren wollen. Wenn ich mir die Eltern in meiner näheren Umgebung anschaue, ist das unglaublich hilfreich bei der Kindererziehung, wenn nicht gar unabdingbar. Da fällt mir etwas ein: »Oh, Shit. Wir müssen zur Arbeit.«

Hummel lässt seine Tasse sinken: »Ach ja. Stimmt. Mist. Müssen wir wirklich? Ich meine, wir haben doch irgendwie schon … vorgearbeitet.« Ich ziehe ein Gesicht, das hervorragend zu meinem übersäuerten Magen passt. Dumme Witze über Morgenübelkeit sind eine Sache, den Akt der Liebe »Arbeit« zu nennen eine ganz andere. Hummel küsst mich und sagt: »Du hast recht, wir sollten langsam mal los. War ja schon unglaublich nett von meinem Chef, dass ich den halben Tag freibekommen habe. Und die Kabel tragen sich ja auch nicht von alleine, oder?«

Nichts kann so ernüchternd sein wie die Feststellung, dass das eigene Leben nicht halb so glamourös ist wie eine lahme Künstlerparty. Hummel arbeitet bei einer ausbeuterischen Software-Firma, ich stehe mir bei einem Privatsender die Füße platt, wenn ich nicht gerade dem Kameramann hinterherhechte. Was man eben so macht, wenn man zwei Studiengänge abgeschlossen hat. Hummel reißt mich aus meinen Gedanken: »Dann geh ich als Erster duschen. Soll ich dich vorher noch aus der Schüssel befreien, oder kriegst du das alleine hin?«

»Das schaffe ich schon. Geh ruhig, und beeil dich.«

Ich winke, der brave Mann schlappt ins Bad. Vielleicht bin ich wirklich schon schwanger. Zyklusmäßig käme das durchaus hin, und die warmen Gefühle, die mich überkommen, sprechen ebenfalls dafür. Nein, das ist nur die Scham, die langsam in mir hochkriecht. Unsere Nachbarn zur Linken haben einen sehr leichten Schlaf. Ich kann mir gut vorstellen, dass wir sie gestern aus diesem geweckt haben könnten. Aber sie werden mich bestimmt nicht darauf ansprechen, sondern einfach nur noch knapper grüßen, wenn wir uns im Hausflur begegnen. Was sollen sie auch sagen? »Hallo, Frau Wilmers, schön, dass Ihr Freund und Sie sich noch so liebhaben, aber müssen Sie wirklich einen Helm im Bett tragen?«

Was für ein Quatsch. Die Wände sind zwar sehr dünn, aber durchsehen kann man nun auch nicht. Aber konnte man uns hören? Von Neugier überwältigt, dötsche ich meinen Kopf gegen die Wand. Ach, das klingelt ja nur ganz zart wie ein Glöckchen, als wäre eine Elfe durchs Zimmer geschwebt. Ich poche meinen Kopf erneut an die Wand. Und noch einmal und noch einmal insgesamt zehn Wiederholungen. Ich hole aus, und wemse meinen Schädel mit Schwung gegen die Wand, im Sinne der Wissenschaft. Das war schon eher eine ausgewachsene Turmglocke, ausreichender Lärm, um auch die indirekten Nachbarn aufzuschrecken: »Hört, Bürger von Rom, ein neuer Kaiser wird euch geboren werden.« Ich höre auf mit Wemsen. Das Geräusch dröhnt wirklich unangenehm nach, vor allem, wenn der eigene Kopf der Glockenschlägel ist.

»Was treibst du da, Maike?«, brüllt Hummel aus dem Bad.

Ich antworte nicht sofort. »Ich rekonstruiere die letzte Nacht?«, kann ich schlecht sagen. Ich entscheide mich schließlich für: »Nichts!«

Mein Freund scheint das zu glauben, oder er ist damit beschäftigt, die Wassertemperatur zu regulieren. Wird unser Kind auch so ein wissenshungriges Wesen wie seine Eltern werden? Wird es eines Tages fragen: »Mama, wie bin ich eigentlich entstanden? Ich meine, wie genau?« Und ich werde sagen müssen: »Keine Ahnung. Man muss wohl dabei gewesen sein.« Mit einem beherzten Ruck reiße ich mir die Schüssel vom Kopf. Es schmerzt weniger als der Blick in das Innere meiner ehemaligen Kuppel. Haarbüschel an Gaffa-Tape, auch nicht unbedingt das, was man in das

Album: »Unser Baby« kleben möchte. Ich archiviere das Beweisstück trotzdem in der Nachttischschublade.

Am liebsten würde ich Hummel jetzt aus der Dusche holen, um ihm zu sagen, dass wir – nein, nicht »noch nacharbeiten« sollten. Wir den Tathergang nachstellen sollten, für mein Seelenheil? Und dabei aus romantischen Gründen vielleicht noch ein paar Kerzen anzünden und Musik auflegen sollten? Vielleicht reicht es aus, nachträglich Rosenblätter zu verstreuen? Ich stehe auf und stelle fest, dass etwas mit meinem BH nicht in Ordnung ist, abgesehen davon, dass ich ihn noch anhabe. Da lugt ein Zettel heraus, konkreter, eine Visitenkarte. Wer steckt mir seine Visitenkarte in die Unterwäsche, und vor allem: wann? Ein Blick auf die Karte könnte darüber Aufschluss geben: »Professor Claus H. Hartwig« steht da.

Ich setze mich wieder. Es gelingt mir, ganz kurz an gar nichts zu denken. Aber dann sickern ein paar Informationstropfen durch meine lange Leitung. Verena hat mal erwähnt, dass sie ihren Chef so enorm dafür bewundere, wie er mit den körperlichen Herausforderungen, die sich ihm ja in besonderer Hinsicht ... blablabla ... ganz starker Charakter, der natürlich auch manchmal an sich selbst verzweifelt ... guter Kern ... blabla ... interessanter Humor, nur nicht immer greifbar ... blabla.

O Gott. Ich kann mich nie wieder irgendwo blicken lassen.

Hummel stapft ins Zimmer, frisch, wohlriechend, bereit, den Nachmittag an den Hörnern zu packen: »Was ist los, mein Herz?« Ich kann nicht sprechen, daher reiche ich ihm einfach nur die Karte. Zum Glück fragt mein Freund ebenso wenig, wie unser Kind es hoffentlich in ferner Zukunft tun wird: »Wo kommt die jetzt her? Ich meine, woher genau?«, sondern begnügt sich mit einem: »Ja, und? War mir klar. Was hast du denn gedacht, wer das ist? Ein Langzeitstudent?«

»Weiß nicht. Der Hausmeister vielleicht?«, fiepe ich. Ich hatte offenbar schon aufgehört zu denken, noch bevor ich das zweite Glas Champagner getrunken habe.

»Der Hausmeister«, wiederholt Hummel langsam.

»Inklusion?«, schlage ich vor. Hummel schmeißt mich aus dem Bett und meint: »Ich geb dir auch gleich Inklusion. Und jetzt geh duschen, wir müssen in einer halben Stunde los.«

Ich schleiche ins Bad. Duschen ist bestimmt gut, danach kann ich ja immer noch zurück ins Bett, und mich sauber zu Tode schämen. Der heiße Wasserstrahl spült den Dreck aus meinen Poren und offenbar auch aus meinem Kopf. Denn: Warum sollte *ich* mich schämen? Wenn sich gestern jemand danebenbenommen hat, dann wohl Professor Claus Hartwig. Und die unverschämten Kellnermädchen. Der Student, der um sein Gänseblümchen gewimmert hat, war bestimmt auch auf Drogen. Verena hat so viel wirres Zeug geredet wie üblich. Nur Irre da draußen, beschließe ich. »Ach, leckt mich doch alle«, sage ich also laut und selbstbewusst. Für ein seelenloses Objekt reagiert der Duschvorhang extrem beherzt auf meinen Ratschlag: Er schmiegt sich an meine Beine. Ein ekelhaftes Gefühl, aber nicht nur deshalb hüpfe ich schnellstens aus der Wanne. Ich muss Hummel von meiner Erleuchtung berichten.

»Schatz, ich bin durch mit Partys. Vor allem mit blöden Künstlerpartys. Und ich will diesen Kabelträgerjob nicht ewig machen. Kurz und knapp: Ich werd's tun. Also, das mit der Doktorarbeit. Ich gehe morgen zur Uni und sage der Zöllner, ich hab's mir überlegt. Wenn jemand wie Verena oder Claus Professor werden kann, schaffe ich den Doktor mit links. Außerdem haben schon viel dümmere Leute als ich über noch blödere Themen promoviert. Oder es zumindest behauptet, bis sie erwischt wurden. Und die Arbeit habe ich ja schon, in Grundzügen, und ich möchte … ich will noch etwas abschließen, bevor ich … bevor wir Eltern werden. Ich will auf keinen Fall zu so einer hirnamputierten Henne werden, die hier nur rumbrütet. Danach wird man nämlich direkt zur Mutterkuh, die irgendwann ihre gesamten Wünsche auf ihr Kind projiziert. Und das würde ich mir nie verzeihen.« Die Stelle mit dem Nutzvieh war evolutionstechnisch etwas gewagt, aber meine Entscheidung steht.

Was meint mein Mann dazu? »Süße, du tropfst. Aber ich find's super.« Er grinst, und ich hoffe, er findet es super, dass ich mich zu der Doktorarbeit durchgerungen habe, und nicht, dass ich nackt vor ihm im Wohnzimmer herumtanze. Obwohl ich mich in diesem Fall mit einer Mischkalkulation seinerseits auch zufriedengeben würde.

»Okay, dann wäre das geklärt. Wartest du kurz? Ich bin in einer Minute so weit. Muss mir nur noch Zähne putzen, Haare föhnen und was anziehen.«

Jeder andere Mann würde bei fast jeder anderen Frau bezweifeln, dass sie die genannten Aktivitäten in diesen begrenzten Zeitrahmen pressen kann. Aber für mich ist das mittlerweile ein Kinderspiel im wahrsten Sinne des Wortes. Rudimentäre Körperhygiene unter Zeitdruck stand nämlich ebenfalls auf unserer Liste mit der Überschrift: »Sind wir bereit für ein Kind?«

Vor einem halben Jahr haben wir uns das erste Mal ernsthaft über das Thema unterhalten. Grundsätzlich waren wir dafür. Aber da wir selber einmal Kinder waren und ein paar Eltern kennen, hatten wir natürlich Bedenken, richtige Ängste, von denen man niemandem erzählen kann. Also haben wir sie aufgeschrieben, Punkt für Punkt, und das meiste, worüber sich andere Leute Sorgen machen, konnten wir bald als unbegründet streichen. Ganz oben auf der Liste stand zum Beispiel der Kostenfaktor. Hummel verdient so viel, dass wir uns auch Drillinge leisten könnten, also sind wir direkt zu detaillierteren Alltagsproblemen übergegangen, wie etwa der Frage, ob wir mit nackten Füßen über Legosteine laufen können, ohne zu schreien. Wir können.

Allein die Durchführung dieses Experiments hätte uns verdeutlichen sollen, dass wir nicht nur völlig unreif sind, sondern bei Punkt 1, der Finanzierung, eben nicht ganz ehrlich waren. Aber manchmal muss man eben erst Punkt 37–39 (Besuch einer exklusiven, altersgemischten Party / den Bewegungsradius im neunten Schwangerschaftsmonat austesten, indem man sich in zwölf Kilo Pappe einschnürt / Wickeln unter Extrembedingungen) im Schnelldurchlauf abarbeiten und ein paar Hirnzellen stilvoll abtöten, um zu erkennen: Der Plan war so gut, er muss noch mal von Grund auf überdacht werden. Ich will und wollte nie von Hummels Geld abhängig sein, und ich würde es mir nie verzeihen, wenn meine letzte Karrierestation Kabelträgerin heißen würde. Das Verfassen einer Doktorarbeit, deren Thema wie für mich gemacht ist, wurde mir vor zwei Monaten angetragen, meine definitive Absage oder Zusage wird in zwei Wochen fällig. Ich sage definitiv zu, morgen.

Verdammt, ich werde dafür bezahlt, mein Wissen aufzuschreiben. Ich hatte nur gezögert, weil ich nach meinem letzten Abschluss befand, dass ich schon zu viel Zeit an der Uni und in Archiven verbracht hatte. Nach zwei Studiengängen muss man ja mal unter der Käseglocke hervorkommen, raus ins richtige Leben – und hinein ins dunkle Fernsehstudio, in dem selbstverliebte Regisseure und Fernsehköche sich einreden, ihre Arbeit sei ein wichtiger gesellschaftlicher Beitrag. Das ist fast so armselig wie der Gedanke, man könne sich aus diesem Elend, nun ja, einfach rausschwängern lassen, und dann würde alles schon gut werden. Aber nein, letztendlich ist es so, wie mein Vater immer gepredigt hat: Bildung ist der einzige Weg zur eigenen Zufriedenheit und zur Weiterentwicklung der Menschheit, im Kleinen wie im …

»Die Minute ist um«, Hummel lugt durch den Türspalt, »ich muss echt los.«

Dann muss er wohl vorgehen, und da er etwas enttäuscht

guckt, verspreche ich ihm: »Wenn du nach Hause kommst, bin ich dafür garantiert wieder aus den Klamotten raus. In dreißig Sekunden.«

»Ich schaffe es in fünfzehn«, behauptet er und küsst mich zum Abschied.

Eine Stunde später sitze ich hinter dem Kameramann und grinse immer noch. Meine Professorin war hocherfreut, als ich sie angerufen habe, um zu bestätigen, dass ich nun doch promovieren will. Nächste Woche klären wir die Rahmenbedingungen genau ab, die Inhalte stehen ja schon. Grundsätzlich geht es um Recherche hier in der Stadt, ich kann zum allergrößten Teil von zu Hause aus arbeiten und: doppelbrüten, wenn man so will. Unser Kind bekommt eine Doktormutter, haha! Ich rechne leise vor mich hin. Es wäre perfekt, wenn ich innerhalb der nächsten vier Monate schwanger werden würde. Eine innere Stimme, die der meiner Mutter verdächtig ähnlich klingt, wirft ein, dass ich mich nicht unter Druck setzen sollte. Das Saalpublikum applaudiert mir zu dieser Erkenntnis, der Kameramann schnauzt mich an: »Mädchen, nicht einpennen! Immer diese Scheißstudenten, echt, Mann, keinen Schimmer von nix!« Ich stolpere hinter ihm her und schaffe es irgendwie, nicht durchs Bild zu laufen. Es wäre auch zu blöd gewesen, wenn sie diese historische Szene noch einmal hätten nachdrehen müssen: Ein Sternekoch brät ein Spiegelei, der Saal tobt.

Der Kameramann sieht aus, als wenn er mich töten wollte. Ich schlage ihm vor: »Kannst du dich vielleicht beim Aufnahmeleiter über mich beschweren? Wenn ich nicht selbst kündige, sondern gekündigt werde, kriege ich noch acht Wochen bezahlt.«

Seine Stirn entrunzelt sich: »Doch nicht so blöd, wie man von dem Scheiß hier werden kann, was?«

Einen schöneren Abschiedsgruß hätte ich mir zu meinem letzten Arbeitstag kaum wünschen können. Ich schlage das Feierabendbierchen aus, denn meine wahren Talente liegen woanders – zum einen Teil in dem Verfassen einer wissenschaftlichen Arbeit, zum anderen zu Hause auf der Couch. Obwohl er alarmierend unregelmäßig schnarcht, wecke ich Hummel nicht, denn Schlaf kann bald sehr, sehr kostbar werden. Außerdem fällt mir erst jetzt auf, dass ich momentan weder schwanger sein noch werden kann. Aber so sind sie, die Hormone: Bringen einen mitunter so durcheinander, dass du vergisst, dass du sie täglich einnimmst.

3

Alles fügt sich. Und nichts ist erotischer als Erfolg. Meinen großartigen Abgang beim Fernsehen haben Hummel und ich gebührend gefeiert, ebenso das endgültige Ja zu meiner Doktorarbeit, die Vertragsunterschrift, den Wochenendbonus von Hummel, die Einnahme meiner letzten Pille und das Staffelfinale unserer Lieblingsserie. Im Grunde haben wir den ganzen restlichen November mit den Dingen verbracht, zu denen man als Eltern nicht mehr kommt, wie die vielen Einzelkinder im Land belegen.

Den Dezember haben wir dann so überlebt, wie es sich geziemt, als Teilzeitzombies. Neben den Pflichtterminen (Kekse backen mit meiner kleinen Nichte, Nachhilfestunden mit meiner großen Nichte, Weihnachtsfeier in Hummels Firma, Weihnachten bei meinen Eltern, am ersten Weihnachtstag Streit darüber, mit welcher lahmen Entschuldigung wir den Besuch bei Hummels Eltern ausschlagen) haben wir die übrige Zeit tatenlos im Bett verbracht. Am Silvesterabend sind wir allerdings aufgestanden, schon um uns gegenseitig zu versichern, dass wir noch über rudimentäre soziale Kompetenzen verfügen. Hübsch aufgerüscht saßen wir vor dem Fernseher und wärmten uns bei *Dinner for One* auf, als Hummels Handy klingelte. Notfall in der Firma, Hummel musste die Welt retten. Als er gegen 23 Uhr anrief, um mir mitzuteilen, dass es wohl noch länger dauern würde, habe ich mich in die Bahn gesetzt und bin zu ihm gefahren. Zum Jahreswechsel waren wir ganz allein in dem riesigen Büro und so unambitioniert, dass wir uns nicht mal mit nacktem Hintern auf den Kopierer gesetzt haben. Bei einem warmen Bier redeten wir uns kurzfristig ein, dass wir nun erwachsen geworden seien, einigten uns aber Minuten später darauf, dass wir schon immer ein bisschen feige waren und nun auch noch alt sind. Wenigstens war das Feuerwerk gut zu sehen aus den Panoramafenstern im sechzehnten Stock. Als Soundtrack haben wir die *Pixies* gewählt, um das neue Jahr filmreif zu begrüßen, aber *Where is my mind?* klang eben nicht nur wegen der winzigen Lautsprecher mies, sondern auch, weil uns klar wurde, dass Hummel das böse System nicht zerstört, sondern repariert hatte. Am liebsten hätte ich zu ihm gesagt: »Kündige doch, es geht so einfach!« Aber mein Geld reicht nicht lange für uns beide. Und wer weiß, vielleicht sind wir sogar schon zu dritt. Es könnte sein.

Den gestrigen Tag haben wir also darauf verwendet, die vorherige Nacht zu verdrängen und uns gegenseitig mit Pizza zu füttern. Aber heute muss Hummel wieder ins Büro, wie all die anderen Arbeitnehmer, die sich nicht vor elf Monaten auf den Urlaubskalender gestürzt haben. Ich spreche ihm bei der morgendlichen Verabschiedung mein Mitgefühl aus und versichere ihm, dass ich mich auch auf den Hosenboden setzen werde, wegen der Doktorarbeit. Und er versichert mir, dass er mich sehr für meine Disziplin bewundert.

Ich bewundere mich selbst dafür, dass ich eine halbe Stunde intensiv auf die Inhaltsangabe meiner Arbeit schauen kann, ohne eine Kaffeepause einzulegen. Um mich noch besser motivieren zu können, gehe ich zur Apotheke. »Ich hätte gerne einen Schwangerschaftstest.« Wenigstens zuckt die Apothekerin nicht zusammen wie beim letzten Mal, als ich einen solchen Test forderte. Okay, da war ich fünfzehn, sah aus wie zwölf, und der Test war für meine Schwester, die sich selbst nicht in die Apotheke traute. Aus gutem Grund, wie sich dreißig Minuten später herausstellen sollte.

Die Dame hinter dem Tresen lächelt heute nett und fragt: »Wollen Sie direkt einen Dreierpack haben? Dann wird es günstiger.«

Ich bin verwirrt und zeige es auch: »Weshalb sollte ich drei haben wollen? Sind die so unzuverlässig? Oder gilt dann ein Mehrheitsvotum beim Ergebnis 2:1?«

Die Apothekerin mustert mich, als würde sie überlegen, ob sie mich mit einem Gratis-Traubenzucker oder einer Ausgabe der *Apotheken-Umschau* loswerden könnte. Dann erklärt sie mit gedämpfter Stimme: »Nein, im Normalfall nutzen Sie die nicht alle gleichzeitig. Aber wenn Sie drei nehmen, haben Sie welche für die nächsten Monate, als Reserve.«

Warum muss ich in diesem Moment an Claus denken? Wahrscheinlich, weil der gut zwinkern konnte, die Apothekerin hingegen so gar nicht. Aber auch sie verfügt über das Talent, mich ein klein wenig aggressiv werden zu lassen.

»Also, Sie denken, ich sei nicht schwanger? Dann muss ich mir ja auch keinen Test kaufen. Astreine Geschäftspolitik, wirklich.« Mein Plan war, mich jetzt auf dem Absatz zu drehen und grußlos den Saftladen zu verlassen. Aber die Apothekerin ist zäher als gedacht. Sie versichert sich, dass uns niemand belauschen kann, dann fragt sie mit garstiger Milde in der Stimme: »In welcher Schwangerschaftswoche könnten Sie sich denn Ihrer Meinung nach befinden?« Jetzt fühle ich mich, als sei ich wieder zwölf, denn ich bin mir sicher, dass die Apothekerin mir eine Fangfrage gestellt hat. »In der ersten, ziemlich genau«, vermag ich noch zu sagen. »Ach, dann sind das eh die falschen. Sie brauchen den Schnelltest. Den gibt's aber nur einzeln. Macht achtzehn Euro siebzig, bitte.«

Auf magische Weise erscheint ein Zwanziger in meiner Hand, und ich reiche ihn der fiesen Frau. Sie gibt mir das Wechselgeld und reicht mir die Beute direkt im Tütchen, ganz diskret. Vielleicht besser so. Ich bin mir sicher, dass auf der Verpackung des Schnelltests in riesigen Lettern zu lesen ist: »Speziell geeignet für Minderbemittelte und Schlampen. Im zweiten Fall sehen wir uns gleich wieder in Ihrer Apotheke, wenn Sie das Rezept für die Pille danach einlösen.«

Auf dem Heimweg sage ich schon mal leise Servus zu meiner Nachbarschaft. Jetzt müssen wir wirklich umziehen, ich kann diese Apotheke nie wieder betreten. Zurück in der Wohnung, lese ich mir den Beipackzettel genau durch und erkenne im Subtext tatsächlich, dass es sich bei dem Test um eine Schwangerschafts-Früherkennungs-Methode für Vollidiotinnen handelt. Die Verfasser haben die erforderliche Urinmenge nicht nur in Zahlen angegeben, sondern auch in Bildern dargestellt. Ich trinke sicherheitshalber einen Liter Tee, um die erforderliche Menge ausstoßen zu können. Dann lese ich, dass es nicht ratsam sei, zu viel Flüssigkeit direkt vor dem Test aufzunehmen, da dies das Ergebnis weniger eindeutig lesbar machen könne. Habe ich das tatsächlich richtig verstanden: Man wird durch Tee etwas weniger schwanger? Oder war das nur ein Hinweis, dass man den Tee nicht direkt auf das Stäbchen schütten solle? Egal, jetzt muss ich und habe das Biest schon aus der Verpackung gepult. Es läuft in ausreichender Menge. Gut getroffen, Maike, jetzt musst du nur noch kurz überlegen, was waagerecht und was senkrecht ist. Ach, dazu gibt es auch ein Bild, wie praktisch. Während der nächsten Minuten verhalte ich mich wenigstens völlig erwachsen und denke darüber nach, weshalb ich nicht auf Hummel gewartet habe, bevor ich das hier durchziehe. Nicht, dass ich glaube, wir würden bei einem positiven Bescheid wie im Bauspar-Werbespot durch die Wohnung tanzen, aber es wäre nett, jemanden an meiner Seite zu haben, der mir beim Starren hilft. Ich meine, einmal gehört zu haben, dass vier Augen in solchen Fällen besser sind als zwei. Hummel würde mir versichern können, dass da ein zweiter schwach rosafarbener Strich zu sehen ist. Da ist aber keiner. Aber es ist ja erst zwei Minuten und vierzig Sekunden her, seit ich den Test ordnungsgemäß ausgeführt habe. Ich überbrücke die Zeit, indem ich den Beipackzettel noch einmal genauestens durchlese. Wahrscheinlich habe ich das Stäbchen nicht im exakt richtigen Winkel gehalten. Nein, es lag am Tee. Oder auch nicht. Der Kontrollstreifen leuchtet mir dunkelrot entgegen und sagt mir mit der Stimme der Apothekerin: »Irgendwie haben Sie es geschafft, den Schnelltest richtig durchzuführen, herzlichen Glückwunsch dazu! Aber schwanger sind Sie nicht. So gar nicht. Nänänanänä!«

Ich könnte jetzt in eine andere Apotheke gehen und mir den Dreierpack kaufen. Ich freue mich schon auf den mitleidsvollen Blick, der mir dort entgegenschlagen wird. Ich kann diese Episode aber auch einfach abhaken, mich an den Rechner setzen, und – sieh mal an, im Internet gibt's die Schnelltests in Zehnerpacks. Flugs geordert und jetzt schon gespannt auf die Spam-Mails, die dieser Bestellung folgen werden.

Das Klingeln des Telefons reißt mich aus meinen Gedanken. Hummel hat wie so oft telepathischen Kontakt zu mir aufgenommen. Um nicht albern zu wirken, erzähle ich ihm nichts von dem Test, sondern lasse ihn reden: »Hast du mit meiner Mutter gesprochen, Schatz? Sie meinte, du hättest zugesagt, dass wir sie Montag besuchen, weil wir schon Weihnachten nicht da waren.«

»Ja. Da war irgendwas«, bekenne ich mich teilschuldig. Vielleicht bin ich nicht ganz normal, aber ich komme gut mit meiner Schwiegermutter in spe aus. Das ist übertrieben, sagen wir: Ich verstehe mich besser mit ihr als Hummel mit seinen beiden Eltern zusammen. Deswegen muss ich auch den Großteil der Abwimmel-Telefongespräche mit den beiden führen. Da kann dann schon mal etwas danebengehen.

»Ich habe keine Lust, dahin zu fahren«, quengelt Hummel.

»Du hast nie Lust dazu«, entgegne ich.

Tolle Argumentationsstrategie, die aber direkt gegen mich verwendet wird: »Wenn du ehrlich bist, willst du da auch nicht hin, Maike. Du willst nur … ach, was weiß ich.«

Ich weiß auch nicht, was ich nur will. Aber ich habe eine leise Ahnung davon, was Hummel wollen könnte: »Soll ich dir Gnocchi machen heute Abend? Damit du vergessen kannst, dass diese Arschlöcher dich vorgestern Nacht und heute früh zur Arbeit haben antanzen lassen?«

»Ja, bitte. Das wäre super. Danke, bis später.«

»Tschüss.«

Da behaupte einer, mein Freund und ich seien konfliktscheu. Wir sehen durchaus unsere Probleme, aber bevor wir sie ewig sezieren, lösen wir sie mit unserem Geheimrezept: Gnocchi on Heaven's Door, eine selbst kreierte, sahnelastige Schweinerei, die die Welt ganz schnell ein bisschen weichgezeichneter aussehen lässt. Wahrscheinlich, weil einem das Cholesterin direkt in die Augen steigt. Ich mache mich erneut auf zum Supermarkt. Ich kaufe alle Zutaten und noch eine Schachtel Pralinen für Hummels Mutter. Und eine Flasche Whiskey für seinen Vater. Am Zeitschriftenstand erstehe ich jeweils die neueste Ausgabe von *Metalhammer, Wild und Hund* und *Bussi Bär* für Hummels Bruder. Wenn der Kioskbesitzer meine Auswahl an Zeitschriften schon für ungewöhnlich hält, dann sollte er erst mal Andreas Biene kennenlernen. Sein Foto sollte bei Wikipedia abgebildet sein zum Eintrag »Peter-Pan-Syndrom«. Andi ist zweiunddreißig, wohnt bei seinen Eltern im Dachgeschoss, hat tausend Projekte und nimmt keine Arbeit an, bei der er nicht Bier trinken oder/und Motorrad fahren kann. Überflüssig zu erwähnen, dass Hummel das schwarze Schaf der Familie ist. Seitdem seinen Eltern amtlich bestätigt worden ist, dass ihr Erstgeborener hochintelligent ist, begegnen sie ihm mit einer gewissen Verkrampftheit, sein öffentliches Vegetariertum hat ebenfalls nicht zur Verbesserung des Verhältnisses beigetragen. Mich mögen sie gern. Aber ich konnte schon allein dadurch bei ihnen punkten, dass ich eine Frau und offenbar nur durchschnittlich schlau bin.

Also, morgen vielleicht nichts von der Doktorarbeit erzählen. Und schon gar nicht davon, dass wir planen, eine Familie zu gründen. Das wird sie nur darin bestätigen, dass steter Tropfen den Stein tatsächlich höhlt, beziehungsweise dass das bei jedem Besuch fällige Ritual »Klopfe, Klopfe, Schenkelchen, Oma will ein Enkelchen« eine wirksame Methode ist, um Nachwuchs zu generieren. Was rege ich mich auf, das ist Hummels Job. Außerdem: Seine Eltern meinen es ja gut. Es sind herzliche, einfache Menschen, deren Spleens man als durchaus amüsant empfinden kann, wenn man nicht direkt mit ihnen verwandt ist. Verdammt. Unser Kind wird mit ihnen direkt verwandt sein. Vielleicht will ich doch kein Kind haben. Wahrscheinlich müssen wir Hummels Eltern dann öfter als zweimal pro Jahr besuchen. Das kann ich meinem Freund nicht antun. Und mir nicht. Dem Kind schon gar nicht.

Ich stehe vor meiner Haustür und sage laut: »Gut, dass ich nicht schwanger bin.« Und obwohl mich keiner gehört haben konnte, ertönt die Stimme der Apothekerin erneut in meinem Kopf: »Netter Versuch, Mädchen, netter Versuch.«

Es gibt zum Abendessen keine Gnocchi, sondern nur einen sehr übersichtlichen Salat. Hummel ist nicht wirklich enttäuscht darüber: »Wir werden eh zu fett.«

Dieses Mal spreche ich nicht laut aus, dass ich froh bin, doch nicht schwanger zu sein. Aber allein der Gedanke scheint auszureichen, um Hummel zum Seufzen zu bringen: »Hey, tschuldige, ich meine, ich werde zu fett, nicht du. Und wenn du's werden würdest, wäre es mir egal. Es wird ja wohl unvermeidlich werden … Scheiße, ich bin einfach nur müde.«

Ja, das sehe ich. Wie den Mann jetzt aufheitern? Ihm anvertrauen, dass ich nicht ganz so bald fett werde? Ihm versichern, dass er gar nicht fett ist, sondern dass dieses kleine Speckröllchen am Bauch für sein Alter und seinen Beruf ganz normal ist? Nein, das würde ihn noch mehr herunterziehen. Also frage ich: »Soll ich deinen Eltern wieder absagen für Montag?«

Hummel schüttelt den Kopf, langsam, aber bestimmt: »Nein. Wir müssen da hin. Ich hab's auf die Liste geschrieben, als Zusatzpunkt. Entweder besuchen wir sie und überleben es, oder ich kann jahrelang in Therapie gehen.« Es sieht Hummel nicht ähnlich, dass er unlogische Aussagen macht, beziehungsweise Teilaspekte auslässt. Seiner Meinung nach könnte es also durchaus geschehen, dass wir zu seinen Eltern fahren und es nicht überleben. Was ich nicht glaube, allerdings …

»Maike, ich *will* da hin. Echt. Danach bin ich endgültig bereit dazu, Vater zu werden.« Woher weiß Hummel, dass er noch nicht Vater geworden ist? Hat er den Verpackungsmüll des Schwangerschaftstests im Bad gesehen? Viel profaner: »Wenn du schwanger wärst, hätte es Gnocchi gegeben.«

Ich bin dran mit Seufzen, aber vor Erleichterung. Hummel ist mein wahrer Seelenverwandter. Bald werden wir ein wunderschönes, gesundes, komplexfreies Kind erschaffen, das auch stark genug sein wird, einen Besuch bei seinen Großeltern väterlicherseits durchzustehen.

»An was denkst du, Süße?«

An ziemlich pathetischen Blödsinn, den ich aber gekonnt umschreibe: »Du hast recht, es ist voll gut, dass ich noch nicht schwanger bin. Dasselbe habe ich auch gedacht, eben noch. Aber ich fand das Ganze, also, dass wir in letzter Zeit mal wieder so öfter … Du weißt schon. Das sollten wir beibehalten. Schon, damit wir nicht fett werden.«

Hummel grinst matt: »Selbstverständlich, immer gern. Nur vielleicht nicht heute.«

Hummel ist schon eingeschlafen, noch bevor die Titelmelodie des Spielfilmes verklungen ist. Da ich mir nicht ganz allein anschauen möchte, wie ein smarter, durchtrainierter Mann in

Hummels Alter quer durch Europa jagt, weil er annimmt, durch Abhauen die Welt retten zu können, krame ich die Liste aus dem Nachttischchen. Punkt 40, da steht es, in Hummels winziger, ordentlicher Schrift: »Eltern besuchen. Nett sein, nicht aufregen. Einsehen, dass sie sich nie ändern werden. Egal, was passiert: Nicht wieder mit dem Rauchen anfangen!« Klingt doch machbar. Falls Hummel bis Montag mit dem Rauchen aufhört.

Jetzt sehe ich, dass er einen weiteren Unterpunkt am Rand notiert hat, eine Frage an mich: »Kannst du mich Matthias nennen an dem Tag? Nur, solange wir da sind?«

Kann ich. Ich lege die Liste wieder in die Schublade zurück und versuche, mich wieder auf den Film zu konzentrieren. Der smarte Mann hat sich Gesellschaft gesucht, ein zartes Stück Kindfrau, das malerisch auf ein Hotelbett gegossen wurde, vertraut dem Helden an: »Ich bin auf der Straße groß geworden, meine Eltern kenne ich nicht.« Der Held versucht, typisch Mann, dieses harte Schicksal zu toppen: »Ich kenne mich noch nicht einmal selber, Püppchen.« Dann ducken sich beide, um den Maschinengewehrsalven zu entgehen, die das Hotelzimmer zerfetzen.

Geschmeidig aufgelöst, die Szene, denke ich. Hummel ist wahrscheinlich vom Einsatz der Maschinengewehre aufgewacht, jedenfalls sitzt er aufrecht neben mir im Bett und folgt dem Geschehen auf dem Bildschirm. Unser Filmpaar kann unverletzt aus dem Kugelhagel entkommen, es findet sogar ein Motorrad, mit welchem es sich stilgerecht flüchten lässt. Untermalt von nicht allzu harter Rockmusik, brettern sie durch die Nacht, die hohe Geschwindigkeit scheint die beiden nicht davon abzuhalten, akustisch verständlich miteinander zu reden.

»Völlig bescheuert«, kommentiere ich, Hummel meint: »Aber weißt du, was jetzt cool wäre: Die entkommen den Terroristen *und* der Regierung, und dann werden sie von einem Streifenpolizisten angehalten, weil sie ohne Helme unterwegs sind.«

Ja, das wäre cool. Oder zumindest unerwartet. Aber das wird nicht passieren. Das Leben ist kein Film, und umgekehrt.

Trotzdem versuche ich es mit Method-Acting, Stufe 1: »Gute Nacht, *Matthias*«, sage ich und schalte den Fernseher aus.

»Selber. *Püppchen.*«

4

»Wir sind nicht früher wieder zu Hause, wenn du auf dem Hinweg schneller fährst«, unterrichte ich meinen Freund. Er drosselt die Geschwindigkeit. Immerhin, bis zu einem gewissen Maße ist er noch für Logik empfänglich. Aber je näher wir seinem Heimatort kommen, desto weniger wird ihm diese Fähigkeit nutzen. Hummels Familie tickt etwas anders als der Rest der Welt und völlig anders als wir. Der klassische Sonntagsbesuch muss immer auf den Montag gelegt werden, denn dann ist Ruhetag. Marita und Heinz Biene besitzen ein Ausflugslokal im schönen Sauerland, selbstverständlich mit angeschlossener Bundes-Kegelbahn, natürlich besteht die Stammkundschaft aus Fußballfans, Schützenvereinsmitgliedern sowie Frauen, die durch die Bank weg Gitti heißen und auch so aussehen.

Und, ja klar, ein Nachname, der von einem Tiere stammt, der verpflichtet zu einem grausigen Wortspiel: *»Biene's Korb – die etwas andere Kneipe und mehr.«* Da ist so ziemlich alles drin, was Hummel verabscheut. Die von einem mittelmäßig begabten Künstler gepinselte Cartoonbiene, die über dem Eingangsschild prangt, wäre gar nicht nötig gewesen, um meinem Freund das Gedärm zu verdrehen, sobald er seines Elternhauses ansichtig wird.

Wir rollen den Schotterweg, der zum Hintereingang führt, hinab und halten auf dem Lieferantenparkplatz an. Der Hund kläfft nicht, keine aufgeregte Marita stürmt die Außentreppe hinab.

»Vielleicht haben sie vergessen, dass wir kommen, und sind einkaufen gefahren«, frohlockt Hummel.

Ich spreche das Wahrscheinlichere aus: »Oder Andi ist mit dem

Hund raus, und deine Mutter wurschtelt vorne in den Blumen herum.«

Bei aller Liebe, oder zumindest zeitweiliger Sympathie, das, was Mutter Biene in der Botanik treibt, lässt sich nicht Gärtnern nennen. Wenn man Hummel fragt, leidet sie unter einer bipolaren Störung, die sich vor allem im floristischen und dekorativen Bereich Bahn bricht: So zieht sie mal prächtige Stauden und Büsche in den schillerndsten Farben hoch, entscheidet sich dann aber doch, alles zugunsten eines minimalistischen Steingartens niederzuwalzen, legt alsbald einen Goldfischteich an, und wenn nach dem Hinsiechen der Fische alles neu beackert wurde und in Rosatönen leuchtet, bombt sie die unvermeidlichen Schmuckinsekten zwischen die Blumen: Bienen aus Holz, Bienen aus Metall, Bienen, groß wie Menschenaffen, Bienenkörbe aus Terrakotta, die wie echte Termitennester oder auch wie gigantische Scheißhaufen aussehen. »Das Schlimmste ist: Ich kann meiner Mutter nicht mal vorwerfen, dass sie sich nicht traut, gewisse Dinge zu ändern«, hat Hummel, pardon, Matthias, einmal gesagt. Ich werde mich bemühen, ihn den ganzen Tag so zu nennen, denn seine Eltern werden es nicht tun.

Wir steigen aus dem Wagen aus und stehen eine Sekunde unschlüssig da. Die Treppe hoch und an der Wohnungstür anklopfen oder direkt ums Haus rum und dem Grauen ins Auge sehen?

»Ach, komm, wir gehen vorne durch. Es ist Januar, was kann sie da schon groß angerichtet haben im Vorgarten?«

»Einiges.«

Recht hat er. Als wir um die Ecke biegen, geraten wir in ein Labyrinth aus Pappmaché-Skulpturen, einige sind antiken Statuen nachempfunden, andere monströsen Killerbienen. Hummels Mutter scheint im Vorhof der Kneipe eine Arena im Stil des alten Roms aufbauen zu wollen, Mensch gegen Tier. Hoffentlich gewinnen die Frühjahrsstürme. Wir gehen den Kiesweg hinab und haben freie Sicht auf den Kneipeneingang. Wenn es nicht so traurig wäre, müsste ich bei dem Anblick, der sich uns nun bietet, sehr, sehr lachen: Marita kniet, wie immer in knallenge Jeans gewandet, vor einer Nachbildung von Michelangelos David, ihr Kopf auf Schritthöhe. Ihre freche Kurzhaarfrisur wippt auf und ab, ihre Ohrringe und Armreifen klappern laut, dabei schimpft sie leise: »Warum hält das nicht, verdammt.«

»Hallo, Mutter.«

Marita quietscht erschrocken, fällt auf den Hintern, rappelt sich aber sofort wieder auf und umarmt ihren Sohn, als käme er gerade aus dem Krieg, nicht aus Köln. »Hummelchen, was schleicht ihr euch so an, hm? Ich wollte dem Lümmel hier grad seinen Lümmel bedecken, wegen der Kinder, aber meinste, das Zeug hält?«

Vorwurfsvoll streckt sie uns ihre Hände entgegen. In der einen befindet sich Tesafilm, in der anderen ein Büschel Ostergras.

»Äh, ich kümmere mich später drum«, verspricht Hummel, aber Marita kann ihn gar nicht mehr hören, weil sie mich jetzt an sich drückt: »Maike, mein Schätzchen, schön, dass ihr da seid, endlich mal wieder. Ich hab noch ein paar ganz schöne Klamotten für dich, ganz neu, aber die waren einfach nicht mein Stil, ein bisschen schrill, ist eher was für jüngere Mädels, aber das kennst du ja, da haste Frust mit dem Mann, gehst in die Stadt, und schon biste die Kohle los. Aber ich sag ja immer, man muss auch nach was aussehen im Geschäft, ne, sonst denken die Leute auch, sind die pleite, oder was? Ach, wo wir davon sprechen: Was haltet ihr von der Italien-Idee?«

Während ich noch überlege, wie Klamotten aussehen könnten, die Marita Biene zu flippig sind, hat Hummel schon geschaltet, worum es sich bei der »Italien-Idee« handeln könnte: »Ja, ganz hübsch, Mama. Die ganzen Figuren sind wirklich … imposant. Aber meinst du nicht, dass du den David einfach so lassen solltest? Das Ostergras sieht doch eher nach Schamhaar aus. Grünes …«

Mich wundert, dass seine Mutter ihn jetzt erst unterbricht: »Junge, woran du gleich immer denkst. Die Männer, ne, nichts als Schweinkram im Kopp, oder, Maike?«

Ich nicke mal, Marita sieht es sowieso nicht, denn sie ist mit ihrem Ohrschmuck, den sie wahrscheinlich aus Traumfängern gebastelt hat, an einem Zweig hängen geblieben. Natürlich trägt der Baum Schuld an diesem Missgeschick, sein Todesurteil folgt auf dem Fuße: »Der muss auch weg im Sommer.«

Marita schafft es, sich noch eine Zigarette anzuzünden, bevor sie hinzufügt: »Musst aber keine Sorge haben, mein Großer, das macht dein Bruder. Der kann das ja.«

Selbst für ihre Verhältnisse ist Marita schnell beim zweiten Akt des jährlichen Dramas gelandet. Ich schnappe mir Hummels Hand, um sie zu drücken, und auch, damit er nicht weglaufen kann. Aber er bleibt relativ cool und geht mit den schlecht versteckten Anschuldigungen seiner Mutter um, wie sein Vater es seit Jahren tut: »Ja, dann soll der Andi das mal machen, wenn der das kann.«

Marita bläst den Rauch aus der Nase, zuckt mit den Schultern und beschließt dann, ihre lackierten Nägel in den Bauch ihres Sohnes zu schlagen: »Hast aber auch wieder ganz gut zugelegt, oder, Hummelchen?«

Hummelchen drückt jetzt meine Hand, um mich davor zu warnen, auf die nächste Frage seiner Mutter zu antworten. Die lautet nämlich: »Was wiegt der jetzt, Maike?«

Ich grinse also nur blöd, wie jedes Jahr, und stelle die Gegenfrage, die an dieser Stelle im Drehbuch steht: »Wie geht's denn Heinz?«

Wie aufs Stichwort blökt es aus dem Fenster des ersten Stocks: »Nun kommt doch endlich hoch, Kaffee wird kalt und der Kuchen ranzig!« Mit hochrotem Kopf winkt uns mein zukünftiger Schwiegervater nach oben. Ich bin erleichtert. Solange sie kauen, können sie nicht sprechen, allerdings sollte man über Familie Biene wissen, dass sie allesamt erstaunlich schnell futtern können.

Marita schiebt uns durch die Kneipentür, murmelt dabei: »Hummel, das war eben ein Spaß, das hast du schon verstanden, was? Maike, das hat er verstanden, oder?«

Sie erwartet keine Antwort von mir, und erst recht nicht von Hummel. Marita Biene erwartet, dass jeder bei ihrem Tempo mitkommt und ihre Scherze sofort als solche versteht. Wir durchqueren den Schankraum, Marita gibt über die neuesten Verbesserungen Auskunft: »Jetzt haben wir den Raucherraum ja offiziell nicht mehr, deswegen steht der Indianer jetzt davor, aber den kann man wegschieben, der ist auf Rollen, hat der Andi gemacht. Jetzt überlegen wir, ob wir zum Fußball vielleicht den Wintergarten umräumen sollen, aber da bleibste ja dran …«

Das ist in Maritas Augen das Schlimmste, »irgendwo dranzubleiben«. Deswegen bleibt sie an allem nur so lange dran, bis sie davon gelangweilt ist oder alle paar Tage vor Erschöpfung umfällt. Sie schläft höchstens acht Stunden pro Woche, schätze ich. Und das wird die Großmutter meines Kindes, herzlichen Glückwunsch, Maike. Aber wenigstens ziehen sich Gegensätze noch zuverlässig an. Heinz ist eher der ruhige Typ, er sagt wenig, wenn es nicht gerade um Fußball oder Essen geht oder er mehr als vier Bier getrunken hat. In der knappen Zeit, in der keiner dieser Faktoren einzeln oder in Kombination auftritt, lässt er sich von seiner Frau zuquatschen und betüdeln. Sie legt ihm jeden Morgen die Klamotten raus, die er anzuziehen hat.

Als uns Hummels Vater mit ausgebreiteten Armen im Wohnzimmer gegenübersteht, gibt sein pinkfarbenes Poloshirt einen breiten Streifen seines kolossalen Bauches frei: »Igitt, Heinzi, wir wollen noch essen«, schimpft seine Frau.

Heinz gibt sich unbeeindruckt: »Die Kinder sind da nicht fies vor, oder?« Um uns unsere eigene Unerschrockenheit zu beweisen, quetscht Heinz Hummel und mich gleichzeitig an seinen Busen. Er riecht nach sportlichem Duschgel, altem Rauch und Bierkeller. Nicht meine Lieblingsmischung, aber sie verschwindet langsam wieder aus der Nase, als Heinz mich endlich loslässt: »Na, Maike, alles gut so weit?«

Das ist doch mal eine vernünftige Frage, auf die man normal antworten kann: »Jau.«

Und das reicht Heinz, er hat noch eine Menge auf dem Zettel heute, daher wird Kuchen auf die Teller und vom Teller in den Mund geschaufelt, während sich nach dem Befinden des ältesten Sohnes erkundigt wird, nach dem guten alten Prinzip: Mampfender Cop/Hyperaktiver Cop: »Arbeit? Läuft, ja? Genug zu tun, nicht zu viel? Gut, so soll's sein. Ja, Wetter hatten wir auch so komisch, aber liegt vielleicht am Wetter, meinten se im Radio. Fußball guckst du ja gar nicht mehr, ne? Ach, ab und an, doch, ja, aber ich meine jetzt so richtig, Borussia. Andi wollte ja im Stadion gewesen sein, aber klappte dann nicht, wegen Karten. Da hat er wohl den Dingens, hier, den Dingens getroffen, war wohl ein netter Kerl, aber das ist der Andi ja auch, also, warum auch nicht, ne …?«

Bis hierhin verläuft das Gespräch also noch wie in jeder anderen halbnormalen Familie, und auch die nächste Anfrage klingt vertraut: »Ach, Hummel, du bist doch der Spezi. Ich krieg meinen Computer nicht mehr ans Laufen, also, auch mit Strom. Kannst ja vielleicht mal einen Blick draufwerfen.«

Und dann darf mein Freund auch endlich mal was sagen: »Hast du die Kabel überprüft, Papa? Meistens ist es ja ein Wackelkontakt.«

Heinz zuckt mit den Schultern: »Kann sein. Ich dachte, du kannst da einfach mal gucken, gleich, nach dem Kuchen. Ist seit drei Wochen kaputt, seit der Andi da dran war.«

Oh, das ist neu. Der heilige Andreas wird hier sonst nicht so direkt angegangen, dieser Ausspruch kam einer Gotteslästerung gleich. Natürlich muss die Löwenmutter da intervenieren: »Heinz, der Andi war da *einmal* dran, das Teil hatte vorher schon seine Mucken, ich sag dir seit einem halben Jahr, dass du den mal austauschen solltest. Sonst bleibt man ja dran, oder, Maike?«

Zum Glück kaue ich gerade, ich will mich da nicht einmischen.

Hummel meint: »Wo ist denn Andi? Wenn er mir erklärt, was er an dem Computer gemacht hat, kann ich's besser wieder rückgängig machen.«

Heinz nickt verständig, Marita fällt dazu ein: »Was mir grad einfällt, Hummel: Letztes Mal hattest du die Haare so nett. Haste das Shampoo gewechselt? Maike, hast du anderes Shampoo gekauft als sonst?«

Ich bin schwer versucht, eine Zigarette aus der Schachtel zu nehmen, die Marita mir hinhält. Hätte ich mal lieber!

»Maike, rauchst du nicht mehr? Bist du schwanger? Heinz, die Maike ist schwanger!« Himmel hilf.

Heinz verschluckt sich, Marita springt auf, noch bevor sie mich von der Couch hochreißen und kaputtknuddeln kann, kann ich sie abwehren: »Nein, bin ich nicht. Bin ich nicht!«

Marita lässt ihren knochigen Hintern wieder auf den Stuhl sinken und sagt: »Och. Warum denn nicht?« Und da sie ihrem ältesten Sohn gar nichts zutraut, hakt sie tatsächlich bei ihrem Mann nach: »Heinz, warum wird sie denn nicht schwanger?«

Jetzt ist es so weit. Hummels Faust ist schon geballt, aber bevor er sie auf den Kaffeetisch hauen kann, erscheint der Erlöser.

»Hey, Leute!«, grüßt der Mann, der vierhundert T-Shirts besitzt, aber selten eines anzieht. Andreas Biene zeigt sein Sixpack, das er durch die ausgebeulte Jogginghose zusätzlich betont. Seine langen braunen Haare stehen in fettigen Strähnen von seinem Kopf ab, und ich frage mich, ob er schon mal irgendein Shampoo benutzt hat. Es muss dieses Lächeln sein, die perlweißen Zähne, die zwischen seinen Mick-Jagger-Lippen hervorblitzen, das alle Frauen um den Verstand bringt.

Besonders seine Mutter: »Da isser ja! Siandikreist! Nimm dir Kuchen, mein Süßer.«

Bei »Siandikreist« muss selbst Hummel laut auflachen. Offenbar bezieht sich Marita auf den Namen, den sich ihr Jüngster in seinem Facebook-Profil gegeben hat, »The Anti-Christ«. Klar, warum sollte eine Mutter ihren Sohn nicht so rufen, was wäre die Alternative? Andreas und Matthias, das dauert ja zu lange, da bleibste ja dran.

Siandikreist weiß, was sich gehört, und begrüßt jeden in der Runde einzeln, bevor er sich Kuchen servieren lässt. Für Mama gibt es ein Küsschen auf die Wange, dem Herrn Papa reicht er die Ghettofaust hin, die der natürlich erwidert. Dann quetscht der halb nackte Mann mein Gesicht mit einer Hand zusammen, spricht: »Eieieieieiei … Maiki Maikisistersis!« oder eine ähnliche Betäubungsformel und drückt mir einen Kuss auf den Mund. Zum Glück mit nur ganz wenig Zunge. Mutti klatscht begeistert. Dann lässt sich Siandikreist neben seinem Bruder nieder, haut dem auf den Oberschenkel und grunzt: »Alter! Freut mich so.« Um seine Freude zu unterstreichen, rülpst er kräftig. Man muss ihn einfach lieb haben. Denn allein sein unbeschwertes Auftreten vermag es, dass auch Hummel innerhalb seines Elternhauses lockerer wird: »Schön, dich zu sehen, Andi. Was macht die Kunst?«

Andi würgt das Stück Schwarzwälder Kirschtorte wieder hoch, das er sich gerade mit einem Biss einverleibt hatte, und hustet.

Marita mahnt Hummel: »Nun lass ihn doch erstmal ankommen.«

Ab hier wird es für gewöhnlich spaßig, besonders für uns Hobbypsychologen: Andi muss erst einmal ankommen. Obwohl er nie weg war. Besteht der unterschwellige Wunsch der Mutter also darin, dass ihr Jüngster endlich einmal das Nest verlassen sollte, um dann wirklich auch einmal wiederkommen *zu können*? Nein, wahrscheinlich will sie Hummel und mir nur präsentieren, wie hervorragend ihre Großmutter-Qualitäten sind. Sie ist die Königin des Kinderverwöhnens, und solange keine neuen ins Haus kommen, wird der erwachsene Sohn eben auf dem Stand eines fünfjährigen Drachenkaisers gehalten.

Aber anders als andere Mitglieder des Biene-Clans beantwortet Andi zumindest Fragen, auch wenn sie ihm vor einem halben Stück Kuchen gestellt worden sind: »Ey, Kunst, da sagste was. Wir haben einen krassen Stunt gedreht, wäre cool, wenn du mir den bei *youtube* reinsetzen könntest, ich hab's schon versucht, aber mein Telefon ist Schrott, und bei Papas Rechner geht's auch nicht.«

Ich kann förmlich sehen, wie in Hummels Kopf die Alarmglocken schrillen. Andi verfügt über technisches Geschick. Einen Film hochladen, das beherrscht er im Schlaf. »Was für einen Stunt habt ihr denn gedreht?«, fragt Hummel daher vorsichtig nach, und Andi berichtet: »Ey, wir sind auf den Berg, Lilly hat gefilmt, der Bernie ist mit dem Schlitten runter, und ich mit dem Moped über ihn rüber. Super Sprung, aber Lilly hat das Telefon fallen lassen. Ich glaube, das hat vielleicht zu viel Feuchtigkeit abbekommen im Schnee. War also gut, dass wir Papas Laptop direkt mitgebracht hatten, da konnte ich's noch überspielen, aber dann ging nichts mehr.«

Hummel sagt nichts dazu, dafür Marita: »Junge, sag nicht, du bist ohne Jacke im Schnee gewesen. Du warst doch erst letzte Woche so erkältet. Da bleibste ja dran.«

Hummel sagt auch nichts dazu. Heinz meint: »Hummel, kann das sein, mit der Feuchtigkeit vom Schnee, dass der Computer da was abgekriegt hat?«

Dazu sagt Hummel etwas: »Ja, kann sein.«

Irgendwie ist eine Zigarette in seiner Hand gelandet. Ich will sie ihm abnehmen und zu Ende rauchen, aber der unerschrockene Stuntman fragt mich: »Ey, Maikilein, bist du noch beim Fernsehen? Weil, die suchen ja immer nach so Filmen, oder? Wär cool, wenn du denen unseren Film einfach mal geben könntest. Also, Matze kann den Laptop ja mitnehmen und reparieren, oder? Und mein Telefon auch?«

Ich erwähnte, dass mein Freund nicht lügen kann. Aber er liebt seinen Bruder, schon weil der ihn nicht bei seinem alten Spitznamen nennt, der in diesem Haus eine völlig andere Geschichte hat als bei uns zu Hause. »Ich nehme den Kram mit und gucke, was geht«, verspricht er also Siandikreist, und der befindet: »Geil. Danke. Und, Maike, du bringst den zum Fernsehen, ja?«

Ich nicke, was auch sonst? Heinz schaut sich im Wohnzimmer um und macht eine ungewöhnliche Entdeckung: »Der Hund fehlt.«

Andi wirft seinen Teller auf den Tisch: »Oh, fuck! Den hab ich bei Lilly vergessen, gestern Abend. Ey, fahrt ihr mich kurz rüber, meine Karre springt nicht an.«

Andreas Biene, Retter in der Not, der Schwager, den sich jede Frau wünscht. »Klar«, sage ich, »wollen wir jetzt sofort los?«

Kein nennenswerter Protest gegen diesen Vorschlag. Der Hund muss ja nach Hause kommen, und die jungen Leute sollen ja nicht den ganzen Tag in der muffigen Bude herumhängen. Sondern lieber im muffigen Auto. Das Radio müssen wir nicht anstellen, Siandikreist unterhält uns zur Genüge, aber ich kann seinen Ausführungen nicht genau entnehmen, bei welchen Geschichten es sich um real Erlebtes, Geplantes oder Ausschnitten aus *JackAss* handelt. Als wir vor Lillys Haus im Nachbarkaff anhalten, kann er aber zumindest eine ganz klare Ansage machen: »Ey, Leute, ich würde euch mit raufbitten, aber ich bin sicher – da geht noch was. Aber ihr langweilt euch nicht in der nächsten Viertelstunde, oder?«

Er steigt aus dem Auto, macht ein paar Kniebeugen und springt über den Gartenzaun. Ich kann noch zwei dünne, dicht tätowierte Arme erkennen, die ihn durch die Tür ins Haus hineinreißen. Ja, da geht wohl noch was. »Die unbekümmerte Landjugend«, murmelt Hummel. Ich biete ihm eine der beiden Zigaretten an, die ich Marita unauffällig gemopst habe. Hummel grapscht gierig danach, zündet sie an und ist erst nach vier tiefen Zügen dazu fähig, den bisherigen Verlauf des Nachmittages zu bewerten: »Ich will echt nicht tauschen mit Andi. Früher ja. Heute nicht mehr.«

Ich lasse das sacken. Hummel hatte keine Chance hier, als Intelligenzbestie, großer Bruder und fettes Kind in Personalunion. Das Hummelchen, das brav hinter dem Tresen stand oder seinen kleinen Bruder beaufsichtigte, schlecht in Sport war und die Mädels nicht wirklich durch sein Kassengestell beeindrucken konnte. Er musste hier weg, das Problem war nur, dass er schon mit sechzehn abgehauen ist. Als er sich mit einem Stipendium zu einem Eliteinternat verabschiedet hat, war er immer noch dicklich und schüchtern, aber viel schlimmer: Er hat seine Eltern mit einem wirklich speziellen Elfjährigen und einer Kneipe allein gelassen. Deswegen bleibt er für immer der verlorene Sohn, der bei seinen seltenen Besuchen noch spezieller wirkt, trotz all der abgespeckten Kilos und des gewachsenen Selbstbewusstseins wird er für seine Eltern immer der komische Kauz sein, der sich unwohl bei seiner Sippe fühlt. Na, sie tun auch fast alles dafür.

»Du weißt schon, dass deine Eltern dich lieben«, sage ich schließlich. Hummel schnaubt. Natürlich weiß er das.

»Warum machen sie mich dann wahnsinnig?«, fragt er, und da Nikotin mich immer kurzfristig klar denken lässt, weiß ich darauf eine Antwort: »Weil das der Job von Eltern ist. Ist biologisch sinnvoll. Die Parentalgeneration muss den Nachwuchs aus dem

Revier vertreiben, damit es nicht zu Mord, Totschlag und Inzest kommt.«

Er dreht sich zu mir um. »Warum verstehen wir uns dann mit deinen Eltern?«

Das kann nicht sein Ernst sein. »Die sind anders durchgeknallt. Das weißt du auch.«

Hummel denkt darüber nach. Ich weiß, er hält meine Eltern für die großartigsten Menschen der Welt. Die Gesprächsthemen mit meinem Vater gehen ihm nie aus, zwei Naturwissenschaftler, die so lange miteinander diskutieren, bis meine Mutter Hummel bittet, etwas auf dem Klavier vorzuspielen. Sie hat ihm Unterricht gegeben, und das Lächeln, das auf ihrem Gesicht erscheint, wenn er sich an ihr Piano setzt, ist so verklärt, dass Marienstatuen dagegen wie vergrätzte Hexen wirken. Selbst mit meiner miesepetrigen Schwester kommt er bestens aus, meine Nichten lieben ihn. Klingt zuckersüß, aber die Große wird bald zwanzig. Wenn ich ehrlich bin, leide ich bei unseren gemeinsamen Besuchen bei meinen Eltern noch mehr als er hier. Für Marita und Heinz bin ich vielleicht die Schwiegertochter, die ganz in Ordnung ist, aber für meine Eltern ist Hummel der Sohn, den sie immer haben wollten, das dankbare Wunderkind, das sich aus dem Elend hochgearbeitet hat. Dabei haben sie das Elend noch nicht einmal gesehen. Wäre vielleicht ganz spannend, wenn meine Eltern mal »Biene's Korb« besuchen würden, der Lokalzeitung wäre das bestimmt einen Artikel wert: »Aliens verlangen nach der Weinkarte.« Noch viel spannender wäre es, wenn meine Schwester auf Siandikreist treffen würde …

Hummel spinnt meinen Gedanken laut weiter: »Wir können niemals heiraten. Es sei denn, wir halten es vor unseren Familien geheim.«

Das ist mir sehr klar. »War das ein Antrag?«, frage ich.

»Ja«, sagt Hummel. Er will mich küssen, aber bevor sein Mund auf meinen trifft, sieht er etwas im Rückspiegel und murmelt: »Ich fasse es nicht.«

Während ich noch mit gespitzten Lippen dasitze, kurbelt Hummel das Fenster auf der Beifahrerseite herunter und schreit seinen Bruder an: »Andi! Wo ist der Hund?«

Der Angesprochene klatscht sich die flache Hand auf die Stirn, rennt zurück zum Haus und kehrt kurz darauf mit einem plüschigen, kläffenden Wesen auf dem Arm zurück.

»Ist das auch der Richtige?«, erkundige ich mich, Hummel zuckt mit den Schultern: »Keine Ahnung. Aber den nehmen wir jetzt. Sonst bleibste ja dran.«

5

Wir haben noch nicht geheiratet. Hummel konnte keinen Tag freinehmen, und so unromantisch sind wir dann doch nicht veranlagt, dass wir »Ja« sagen, 150 Euro löhnen und nach einem Kaffee wieder getrennt an unsere Schreibtische gehen. Dafür war ich im März äußerst produktiv, was meine Doktorarbeit anbelangt. Das Inhaltsverzeichnis habe ich noch einmal komplett überarbeitet, und morgen habe ich einen Termin im Stadtarchiv in Münster. Ganz genau weiß ich noch nicht, wie mir die Westfalen bei dem Kapitel *»Anstieg der Geschlechtskrankheiten in NRW zur Karnevalszeit und der Geburtenrate im darauffolgenden Herbst vom 12.–19. Jahrhundert«* helfen könnten, aber wenigstens haben die da noch ein Archiv. Vielleicht könnten sie mir wenigstens eine knackigere Überschrift empfehlen. Aber heute, heute kriege ich nichts gewuppt. Ich würde nicht so weit gehen und behaupten, diese Arbeitsunlust trete zyklisch auf. Es liegt eher am Datum.

Niemand findet es wirklich lustig, wenn er am 1. April hereingelegt wird. Aber weil ich heute Geburtstag habe, darf ich mich noch mieser verarscht fühlen als alle anderen. Leider kann ich keinen fiesen Kater vorweisen, weil ich nicht reingefeiert habe, dafür aber Regelschmerzen. Die zählen dreifach in meinem Zustand, in dem ich nicht bin.

Aber es gibt niemanden, bei dem man sich darüber ausheulen kann, wenn man nach vier Monaten des Versuchens nicht schwanger ist. Im besten Fall lachen sie dich aus wie meine Mutter, am Telefon. »Vier Monate? Weißt du, wie lange dein Vater und ich gebraucht haben, deine Schwester auf den Weg zu bringen, nachdem ich die Pille abgesetzt habe?«

Nein, nicht wirklich. Aufklärung ist super, aber das Sexualleben der eigenen Eltern sollte doch so mysteriös wie möglich bleiben. Zum Glück weiß meine Mutter auch nicht mehr genau, wann ihre Hormone sich auf den neuen Marschbefehl eingepegelt hatten, deswegen ruft sie nach meinem Vater: »Rainhard, wie lange hat es gedauert, bis ich mit Leonie schwanger wurde?«

»Drei Monate!«, ruft mein Vater zurück, und dann noch: »Wer will das wissen?«

»Wer wohl?«, kreischt meine Mutter zurück. O nein. Jetzt kommt mein Vater ans Telefon. Eltern sollten noch weniger vom Sexualleben ihrer Kinder wissen als umgekehrt. Gerade wenn sie Naturwissenschaftler sind.

»Hallo, Maike«, grüßt mein Vater, »was ist denn jetzt wieder kaputt?«

Zu seiner Verteidigung muss ich sagen, dass er mir immer sehr geholfen hat, als ich noch in meiner alten Wohnung gehaust habe. Wenn da irgendetwas kaputt war, hat er entweder meine Mutter gefragt, ob sie es reparieren könne, oder mir direkt Geld für einen Handwerker zugesteckt Aber das ist jetzt zehn Jahre her. Zu meiner eigenen Verteidigung kann ich nur den schon angegebenen Punkt wiederholen: Ich habe meine Tage bekommen und bin so dünnhäutig, dass ich auf die Frage meines Vaters ins Telefon schniefe: »Ich. Ich bin kaputt, glaube ich.«

Das darf man natürlich nicht machen, als Papakind. Auch gefühlsduseligere Väter als meiner sind durch solch fatalistische Aussagen verunsichert und neigen dazu, ihr Töchterchen erst einmal zu berichtigen, statt es zu trösten: »Ach, Unfug, Kind. Als du Weihnachten hier warst, sahst du gesund, munter und kräftig aus. Und für dein Alter sehr gut. Ach, herzlichen Glückwunsch überhaupt, hast du die Bücher bekommen, die ich dir geschickt habe?«

»Ja, danke«, kann ich sagen, ohne in Tränen auszubrechen. Mein Vater merkt natürlich trotzdem, dass ich mich jetzt nicht über die zugesandte Lektüre »Verbreitung bakterieller Krankheiten, Herpes und Pilze im Überblick (Band 1, Mitteleuropa, Altertum und Mittelalter)« unterhalten will.

»Was habt ihr denn bisher unternommen?« Ich kann hören, wie mein Vater sich einen Notizblock zurechtlegt. Nein, er will nicht wissen, ob Hummel und ich zwischen den Jahren vielleicht einmal Schlittschuhlaufen oder im Fantasia-Land waren. Und grundsätzlich bin ich ja dankbar dafür, mit meinem Vater stets auf einer sachlichen Ebene diskutieren zu können, aber in diesem Fall rutscht die ja automatisch von der persönlichen direkt ins Peinliche hinüber.

»Papa, kann ich noch mal Mama sprechen?«, versuche ich es ganz listig, mein Vater schnaubt: »Maike, willst du jetzt Hilfe, oder willst du, dass deine Mutter dir ein Liedchen trällert? Also, hast du dich untersuchen lassen?«

Ich bin froh, dass ich doch noch meinen Vater und nicht mehr meine Mutter am Apparat habe. Die hätte mich für verrückt gehalten, weil ich schon letzten Monat bei meinem Frauenarzt war: »Ja. Alles gut, alles normal«, flüstere ich.

»Und bei Matthias? Spermienqualität und Menge, alles gut?«

Ich zögere. Wenn ich darauf ehrlich antworte, denkt mein Vater, ich sei dämlich. Hummel hat sein Sperma noch nicht untersuchen lassen. Wir versuchen es ja erst seit vier Monaten, und mein Freund ist weder verrückt, noch werde ich ihn verrückt machen, indem ich ihn auf einen Termin beim Urologen anspreche. »Seine Spermien sind zahlreich und kräftig«, gebe ich also eine grobe Schätzung nach der letzten Sichtung ab.

»Hm«, sagt mein Vater, und ich kann hören, wie er sich am Kopf kratzt: »Dann würde ich sagen: Ihr müsst die Frequenz erhöhen. Wie oft …?«

Zum Glück muss ich meinen Vater nicht unterbrechen. Das übernimmt meine Mutter: »Rainhard, jetzt mach sie doch nicht verrückt!«

Ich glaube, die Gefahr ist gebannt. Dennoch beschließen meine Eltern, den Fall unter sich zu besprechen, ich höre sie leise murmeln und bin schwer versucht aufzulegen. Andererseits bin ich gespannt, ob und auf welche Diagnose sich meine Eltern einigen können. Schließlich meldet sich mein Vater wieder zu Wort: »Wie geht es denn mit der Arbeit voran, Maike?«

»Gut.« Mir ist klar, dass mein Vater sich weitaus detailliertere Informationen dazu gewünscht hätte, also berichte ich: »Ja, also, das Thema ist ja wie für mich gemacht, ich meine, die Professorin hat mich vorgeschlagen und mir die Bedenkzeit eingeräumt …«

»Deine Doktormutter, Maike. Frau Professor Zöllner ist jetzt deine Doktormutter«, berichtigt mein Vater, nicht ohne Stolz. Ja, natürlich. Allerdings wollte ich das M-Wort aus der weiteren Unterhaltung rauslassen, weil es mich zu sehr aufregt. Ich reiße mich zusammen: »Ja, genau. Also, sie war froh, dass ich mich jetzt dazu durchgerungen habe. Und es geht voran. Ein großer Teil steht bombenfest. Morgen gehe ich ins Archiv.«

Das war nicht wirklich das, was ich sagen wollte, denn es war garantiert nicht das, was mein Vater hören wollte: »Maike, geht's dir gut?« Jetzt klingt er wirklich besorgt, und das möchte ich nicht.

»Ja, Papa. Ich bin wahrscheinlich ein halbes Jahr früher damit fertig als veranschlagt.«

Das habe ich mir zumindest vorgenommen, gerade in diesem Moment. Mein Vater seufzt: »Na, dann ist ja alles prima. So kenne ich meine Jüngste.«

Meine Mutter rettet mich davor, das Gespräch weiterführen zu müssen. »Rainhard, du hast deine Mehlwürmer schon wieder vergessen! Wenn ich noch einmal eine Schublade aufmache, aus der Motten kommen, lass ich mich scheiden!«

»Ich muss los, Maike. Deine Mutter treibt sich schon wieder in meinem Arbeitszimmer rum. Bis bald.«

»Bis bald, Papa.«

Schade, dass Hummel dieses Telefonat nicht verfolgen durfte. Da hätte er mal mitbekommen, dass bei meinen Eltern auch nicht immer eitel Sonnenschein herrscht. Die reißen sich auch nur zusammen, wenn Besuch da ist, und das ist gut so. Meine Eltern sind vom Gemüt und ihren Interessen her so unterschiedlich, dass ich mich frage, wie sie es seit über fünfunddreißig Jahren miteinander aushalten können. Es ist ja schon ein verdammtes Wunder, dass sie sich überhaupt kennengelernt haben: Na ja, fast, es war nur ein Tanzkurs. Aber selbst bei dem haben sie sich nur in die Wolle gekriegt, so die Familienlegende. Wahrscheinlich hilft es, wenn man flugs Kinder in die Welt setzt, die lenken ab und machen müde. Besonders, wenn eines von ihnen nur elf Monate nach dem anderen geboren wird. Die Frauen in meiner Familie sind durchweg sehr fruchtbar, wie es scheint. Sonst wäre ich nicht mit sechzehn Tante geworden. Ich hüte mich davor, meine Schwester anzurufen, bei der bin ich an der ganz falschen Adresse, wenn ich jammern will. Und wenn ich meine Freundin Jenny zu dem Thema befrage, wird die mir ebenfalls bestätigen, dass ich nicht ganz gescheit bin. Sie wird mir außerdem erklären, dass ein Mann sich erst dann mit seiner eigenen Zeugungsfähigkeit auseinandersetzt, wenn man ihm einen Vaterschaftstest vor die Nase knallt.

Bleibt das Internet, um sich Trost zu suchen. Erleichtert stelle ich fest, dass ich nicht die durchgeknallteste Person auf diesem Planeten bin. In unterschiedlichsten Foren tummeln sich Frauen mit bedenklichen Nicknames. Alle sind ungewollt kinderlos, aber mich interessieren nicht die bedauernswerten Wesen, die es seit Jahren mit künstlicher Befruchtung, Tänzen auf dem Blocksberg oder Tieropfern versuchen, sondern eher die, die wie ich ganz frisch in der Hysteriebranche unterwegs sind.

Hier dünnt sich das Feld merklich aus. Die schüchterne Anfrage von *Pauline76*, die sich der Welt mit dem Eintrag offenbart: »*Wir versuchen es jetzt seit sechs Monaten. Bei meinem Mann ist alles klar, und ich frage mich, ob ich mich jetzt schon untersuchen lassen sollte*«, wird von einem Club fieser Hexen direkt mit Kommentaren zugemüllt, wie etwa: »*Sechs Monate? Anfängerin.*« Oder auch schlicht: »*Willst du uns verarschen? Ich kann nur annehmen, dass es sich bei 76 um dein Geburtsjahr handelt. Werde erst mal 40, du Jammerlappen.*« Dieser gehässige Einwurf von *mondgöttinshiva* wird nur noch übertroffen von der als Trost getarnten Behauptung von *pusteblumi111*, nämlich: »*Klar, lass dich schnell untersuchen. In deinem Alter könnt ihr ja noch adoptieren, wenn bei euch sonst alles klar ist. Augenzudrückgrinsesmiley.*«

Weiter muss ich nicht lesen. Frauen sind ekelhafte, missgünstige Biester. Vertrocknete Xanthippen, die sich gegenseitig fertigmachen. Ich schließe das Internet und beschäftige mich mit sinnvollen Dingen. Zehn Minuten lang schaffe ich es, die Lust auf eine Zigarette niederzuringen, dann sehe ich in meinem Geheimversteck nach. Die Schachtel ist verschwunden, also ist es kein Geheimversteck mehr. Das hätte ich auch ohne den Zettel kapiert, den Hummel hinter dem Gewürzregal hinterlassen hat: »Ich rette dich nur vor dir selbst, Liebes!« Danke, Arschloch. Die Schachtel in Hummels Geheimversteck ist noch fast voll. Also fällt es ihm bestimmt nicht auf, wenn ich direkt zwei hintereinander rauche. Aber selbst nach der vierten bin ich noch sauer auf ihn. Ich beschließe, ihn in der Firma anzurufen, um ihm zu sagen, dass er ein großes Problem hat, was Vertrauen und die Achtung meiner Privatsphäre angeht.

Sein Handy ist ausgeschaltet. Wie kommt er dazu? Es könnte ja ein Notfall sein. Der Mann hat ein Problem mehr. Ich zerpflücke die restlichen Zigaretten, stecke sie zurück in die Schachtel und schreibe einen Zettel, den ich in Hummels Geheimversteck legen will. »Selber!« schreibe ich darauf. Wahrscheinlich lacht er darüber. Ich zerreiße den Zettel und frage mich, ob ich wirklich Kinder mit einem Mann haben will, der über den Humor eines Sechsjährigen verfügt. Genau das werde ich ihm jetzt sagen. Nach einigem Suchen finde ich die Telefonnummer von Hummels Firma.

»Apricot und Co., internet solutions for a better world, Herzog am Apparat, was können wir für Sie tun?«, rattert Hummels Kollege den vorgeschriebenen Begrüßungstext lustlos herunter.

»Hallo, Maike Wilmers hier. Ich wollte eigentlich den Matthias sprechen. Biene.«

»Der ist gerade nicht am Platz. Kann ich vielleicht weiterhelfen?«, fragt Herr Herzog. Ich weiß, dass er das sagen muss, aber ich verfluche mich dafür, dass ich die Zigaretten zerstört habe.

»Nein, danke. Wissen Sie, wann er wieder … am Platz ist?« Wie ich diesen Bürosprech hasse. Gleich wird mir Kollege Herzog berichten, dass Herr Biene sich »zu Tisch« befindet oder »in einem Meeting«.

Aber nein: »Der Herr Biene hat sich für den Rest des Tages frei genommen, weil er einen Termin wahrnehmen musste. Kann ich eine Nachricht für ihn notieren?«

»Nein. Danke. Wiederhören.«

Herr Biene nimmt einen Termin wahr. Ohne mir davon zu erzählen. An meinem Geburtstag. Was wird als Nächstes passieren? Kommt er mit einem Strauß roter Rosen durch die Tür? Nein, das sähe ihm nicht ähnlich. Aber wenn er auftaucht, sollte er besser Zigaretten mitbringen. Jetzt habe ich zwei Möglichkeiten: Ich trainiere meinen überraschten Gesichtsausdruck, oder ich packe schon mal Hummels Klamotten. Denn ich fürchte, ich weiß, wo sein Termin stattfindet: im Tierheim. Frauen, die nicht schwanger werden wollen, bekommen zu ihrem vierunddreißigsten Geburtstag einen Welpen geschenkt. Ein Blick in treue Hundeaugen bringt die Hormone in Wallung, und falls das nicht hilft, gibt es im nächsten Jahr einen Wurf Katzen. Die trösten einen garantiert darüber hinweg, dass der Partner ausgezogen ist, mit der fadenscheinigen Begründung, er leide unter einer Katzenhaarallergie. Hummel leidet tatsächlich unter einer, dabei ist er auf dem Land groß geworden. Auf interessanten Umwegen bin ich also zur traurigen Gewissheit gelangt: Mein Freund ist adoptiert worden. Schon sein Vater war zeugungsunfähig, deswegen sind auch seine Spermien nicht lebensfähig. Keine Sorge: Als Tochter eines renommierten Biologen erkenne ich den Denkfehler im vorigen Satz. Und als Tochter einer Tanzlehrerin weiß ich, dass die Schuld immer bei den Männern liegt, man ihnen trotzdem immer wieder verzeihen muss, sonst wird's schnell einsam auf dem Parkett.

Ich höre, wie der Schlüssel vor der Wohnungstür klimpert, und rase in den Flur. Ein weiterer Beweis dafür, dass wir kein Haustier benötigen, der Posten des Wachhundes ist bereits besetzt. Gut, dass Hummel keinen zusätzlichen mitgebracht hat. Auch keine Rosen. »Überraschung! Ich hab mir frei genommen. Alles Gute zum Geburtstag«, ruft er freudestrahlend, küsst mich erst und umarmt mich dann. Ich luge über seine Schulter. Da steht keine Mariachi-Band, die er zu meinem Ehrentag engagiert hat, keine dreistöckige Torte, nicht mal ein riesiges Paket, in dem sich sein heiß ersehnter Flachbildfernseher befinden könnte.

»Ja, tolle Überraschung. Ich wusste aber schon, dass du dir frei genommen hast. Ich habe in deiner Firma angerufen. Handy war ja aus.«

Sieh an, ich brauche gar keinen Wurf Katzen, um wie eine fiese Fregatte zu klingen. Hummel klingt gar nicht, sondern schweigt.

»Tschuldigung, ich hab meine Tage.« Und mit diesem Gesprächsbeitrag kann ich mich wohl direkt für eine Position im Aufsichtsrat des Hexenforums bewerben. Um zu beweisen, dass ich meinen Freund auch ernsthaft vergraulen will, könnte ich vielleicht noch in Tränen ausbrechen. Aber das tue ich nicht, weil Hummel das unterbindet: »Ich habe was für dich. Hier.« Er reicht mir ein winziges Schächtelchen.

Jetzt heule ich doch, aber nicht vor Rührung, sondern weil ich ihn nicht heiraten will. Nicht jetzt, nicht so.

»Maike, nun mach doch erst mal auf, du weißt doch gar nicht, was drin ist«, will Hummel mich beruhigen.

»Kein Ring, sie zu knechten?«, schniefe ich, immer noch argwöhnisch. Hummel schüttelt den Kopf. Ich öffne die Schleife, klappe das Samtkästchen auf. Da liegt ein Zettel drin, mit vielen Zahlen drauf. In der rechten oberen Ecke auch Buchstaben, die hintereinander gelesen die Adresse einer Arztpraxis ergeben. Eines Urologen, um genau zu sein. Ich starre auf das Papier, Hummel löst auf: »Astreine Spermien. Super Schwimmer allesamt. Abermillionen kleine Michael Phelps, sozusagen.«

Wie kann mein Freund es wagen, mir das zum Geburtstag zu schenken? Nur, weil ich es mir heimlich gewünscht habe? Das ist so was von geschmacklos, jenseits jeglichen Taktgefühls. Und er schnallt es noch nicht einmal.

»Na, Glückwunsch«, sage ich, »wenn bei dir alles prima ist, dann liegt es also an mir. Tolles Geschenk auch, danke.« Ich lasse den Zettel auf den Boden fallen und rausche an Hummel vorbei ins Bad. Ich habe keine Ahnung, was ich da will.

Hummel macht durch die geschlossene Tür hindurch einen Vorschlag: »Maike, willst du mich für dumm verkaufen?« Nein. Ich wüsste gar nicht, wie das geht, vor allem nicht bei Hummel, der ist zu schlau. Da ich nicht antworte, redet er weiter: »Du hast dich doch schon vor Monaten testen lassen, und bei dir ist auch alles in Ordnung …«

Ich reiße die Tür auf: »Warum durchwühlst du meine Sachen?«, kreische ich, Hummel brüllt: »Das muss ich gar nicht, ich weiß einfach, wie du tickst, verdammt! Meinst du, ich musste lange nach den Kippen suchen? Es war doch klar, dass die bei den Gewürzen sind.«

»Deine habe ich auch gefunden, in der Sockenschublade, du Anfänger! Und ich habe sie alle zerstört, jawohl.«

Ich dachte nicht, dass mein Freund noch lauter schreien kann: »Lüg doch nicht, du riechst nach Rauch!«

Ich ändere die Taktik, frage ganz leise: »Warum willst du mit einer gestörten Trulla zusammenbleiben, die nach zwei Monaten zum Frauenarzt rennt, weil sie nicht schwanger wird?«

Hummel seufzt: »Weil ich die Trulla liebe. Und immer noch Kinder mit ihr haben möchte. Und da spricht ja wohl auch nichts dagegen, oder?«

»Nein. Wenn bei dir alles in Ordnung ist und bei mir auch, dann ist es wohl nur so ein Psycho-Ding. Trotz unserer tollen Liste.« Ich bin erleichtert, dass ich es ausgesprochen habe. Körperlich gesund, nur völlig bekloppt, kein Grund zur Sorge.

»Vielleicht sollten wir einen Spezialisten aufsuchen. Also, einen Paartherapeuten, oder so?«, schlägt Hummel vor.

Das klingt vernünftig. »Klar, warum nicht. Was meinst du?«

»Ich hätte nichts dagegen, nein, warum nicht?« Wir schweigen eine Weile, dann weise ich Hummel darauf hin, wie wir eine Menge Zeit und Geld sparen könnten: »Also, Paartherapeuten sind doch im Grunde für Paare da, die Probleme miteinander haben, oder? Haben wir Probleme miteinander?«

»Nein. Und wenn, dann lösen wir sie immer. Außerdem: Wenn beide Partner grundsätzlich bereit sind, gemeinsam zu einer Paartherapie zu gehen, dann …«

»… muss man ja gar nicht mehr dahin«, beende ich den Satz. Hummel nickt zustimmend und ergänzt: »Vielleicht dürfen wir einfach nicht mehr so verbissen darangehen. Ich meine, wir haben ja keinen Druck, oder? Einfach weniger Stress machen mit dem ganzen Kram. Wir sollten uns ablenken. Vielleicht mal in den Urlaub fahren? Ich glaube, wenn wir jetzt einen sauteuren Kletterkurs in Peru buchen, ohne Reiserücktrittsversicherung, dann wirst du ruckzuck schwanger.«

Nein, wir brauchen wirklich keinen Paartherapeuten. Solange dich dein Partner noch zum Lachen bringen kann, wenn du eigentlich nur heulen willst, ist alles in Butter. Hummel führt mich ins Kino aus, und der Film ist ganz erträglich, wenn man der Handlung nicht folgt. Zum Abendessen besorgt er etwas von unserem Lieblings-Thai, der glücklicherweise nicht liefert. In der halben Stunde, in der Hummel unterwegs ist, suche ich nach einem Paartherapeuten, der auch nach neunzehn Uhr Termine vergibt. Um den Druck, den wir noch gar nicht haben dürften, sollte sich ein Profi kümmern.

Als Hummel heimkommt, sieht er das nicht nur ähnlich, sondern genauso. Während er auf unser Essen wartete, hat er mithilfe seines Smartphones denselben Beziehungsspezialisten herausgesucht, den ich ebenfalls als idealen Kandidaten ermittelt hatte: Seine Praxis liegt in der Nähe, und seine Sprechzeiten sind arbeitnehmerfreundlich. Außerdem trägt er einen so albernen Namen, dass er sich garantiert auch mit Kindheitstraumata auskennt: Fritjof Abendroth.

6

Wie kompetent kann ein Therapeut sein, der schon eine Woche nach Anfrage einen Termin für uns frei hat? Und der Satz: »Sie haben Glück, da ist jemand abgesprungen«, klingt doch eher bedenklich von jemandem, der höchstwahrscheinlich auch Suizidgefährdete behandelt. »Maike, kommst du jetzt mit, oder was?« Hummel wirkt ungeduldig. Das könnte daran liegen, dass ich seit zwei Minuten vor dem Haus stehe, in dem Fritjof Abendroth seine Praxis führt, und zum Fenster im zweiten Stock hochglotze. Jetzt endlich fällt mir auf, was da nicht in Ordnung ist: »Seine Wände sind in Schwammtechnik bemalt. In Orange.« Aber statt auf meinen ausgestreckten Zeigefinger zu achten, packt Hummel meine andere Hand und zerrt mich in den Hauseingang.

»Ey, wenn du da nicht hinwillst, sag das doch einfach. Aber dann geh ich da kurz hoch und sage den Termin wenigstens ab. Das gehört sich so.« Hummel ist echt sauer, und ich schäme mich.

Eine mehr als ungünstige Ausgangsposition für ein erstes Paartherapie-Gespräch, also tue ich so, als sei ich sauer und Hummel blöd: »So ein Quatsch. Wir können den ja auch anrufen und absagen. Dann kriegen wir noch die Bahn in fünf Minuten, und …«

Die Haustür öffnet sich quietschend. Aus dem Treppenhaus blicken uns zwei Augenpaare entgegen: »Ups, entschuldigt.« Ein Mann um die fünfzig, der gerne in unserem Alter wäre, grinst uns entgegen. Seine zahlreichen, geraden Zähne machen sein tragisches Outfit nur beinahe wett: weiße Jeans, beiges Hemd und Leinenschuhe. Seine Begleiterin ist in eine leuchtend gelbe Tunika und Schlabberhose gewandet. Ich schätze, sie befindet sich im sechsten Schwangerschaftsmonat.

»Nichts zu entschuldigen, wir stehen ja im Weg.« Hummel lächelt und zieht mich vom Türeingang weg. Gerade kann ich wirklich nicht sagen, ob diese beiden Grinsekatzen oder Hummels unterwürfige Haltung mich aggressiver machen. Der Typ schaut uns an, als hätten wir ihm nicht die Tür frei gemacht, sondern ihm den Pfad ins Paradies gewiesen. Seine Partnerin stemmt die Hände ins geschundene Kreuz und reckt stolz ihre Kugel vor. Ich unterdrücke den Impuls, ihnen die Zunge herauszustrecken, und ärgere mich, dass ich den neuen Rock nicht angezogen habe. Der bringt nämlich sehr schön meine nicht geschwollenen und von Krampfadern verschonten Beine zur Geltung.

»Ist das nicht ein herrliches Wetter für Anfang April«, befindet der Zahnreihen-Mann, und seine Uschi legt den Arm besitzergreifend um ihn.

Hummel hingegen nickt nicht nur eifrig, sondern dreht durch: »Stimmt, hoffentlich hält sich das. Wann ist es denn so weit?« Er deutet tatsächlich auf die prall gefüllte Tunika.

Die Uschi grinst: »Noch achteinhalb Wochen, nach Termin.«

Alle drei grinsen nun, ein schöner Abschluss für ein saublödes Gespräch, denke ich, sage aber nur: »Na dann, wir müssen auch hoch«, und zerre zur Abwechslung mal an Hummels Jacke. Der schenkt mir einen Blick, als wollte ich mich von einem Unfallort entfernen, an dem ich keine Erste Hilfe geleistet hätte, sondern den Opfern nur ein Sudoku-Heft zum Zeitvertreib hingelegt hätte.

Frau Tunika rettet die Situation. »Ach, ihr geht auch zum Fritjof? Ist der nicht toll?«, jodelt sie und fügt im viel zu vertraulichen Ton hinzu: »Ohne den wüsste ich gar nicht, ob wir das alles noch in Angriff genommen hätten.«

Ihr Kerl besiegelt dieses intime Geständnis mit einem Zungenkuss. Ich muss aufstoßen, und zwar sehr. Deshalb halte ich den Mund geschlossen, ein Fehler, denn Hummel macht seinen wieder auf: »Also, wir sind heute zum ersten Mal da, ehrlich gesagt.«

Häuptling Weiße Jeans spricht: »Toll. Ich meine, toll, dass ihr das macht und dass der Fritjof noch einen Termin frei hatte. Ganz viel Erfolg, ja. Und grüßt ihn schön.« Er winkt theatralisch, Hummel tut es ihm gleich, das Paar dreht ab. Arm in Arm, sie sehen aus wie ein überdimensionales Spiegelei, das die Straße hinabglitscht.

»Das macht doch Mut«, meint Hummel.

Ich meine: »Schön grüßen? Die waren doch eben noch bei ihm. Die sind doch total verstrahlt. Der Therapeut ist bestimmt ... eine Sekte!«

Hummel ändert seine Strategie. Er guckt mich nicht mehr strafend, sondern mitleidig an: »Wir können immer noch umkeh...« Nein, können wir nicht. Die Bahn ist jetzt weg. Außerdem will ich den sagenumwobenen Fritjof jetzt wenigstens einmal sehen. Falls ich mal eine Phantomzeichnung von ihm anfertigen lassen muss, könnte das von Nutzen sein. Wir steigen die Treppen des gepflegten Altbaus hinauf, vor der Praxistür schnaufen wir durch. Beide gleichzeitig. Genau gleich lang. Aber wir küssen uns nicht. Und ich glaube auch nicht, dass wir das nach unserer ersten Therapiestunde tun werden. Oder unserer letzten.

»Ich bin sofort bei Ihnen, nehmen Sie doch schon mal im ersten Raum rechts Platz!«, ruft eine Stimme hinter der zweiten Tür rechts. Wahrscheinlich ein erster Test. Entweder, die neuen Klienten drehen sofort wieder ab, wenn Fritjof Abendroth ihnen von der Toilette aus einen Platz anbietet, oder sie bleiben, weil sie verzweifelt sind.

Hummel und ich sind einfach neugierig, daher betreten wir den Praxisraum und stellen uns dem zweiten Test: Hier steht ein Sofa, ihm gegenüber zwei Sessel. Wir sollten wohl auf dem Sofa

Platz nehmen, damit wir Einigkeit ausstrahlen, und Herr Abendroth sich einen der Sessel schnappen kann. Dabei fände ich es viel lustiger, wenn Hummel und ich die Sessel besetzen würden, dann müsste »der Fritjof« auf der Couch Platz nehmen, säße automatisch etwas niedriger, wir wären in der besseren Position. Mir schwant, dass wahrscheinlich nur sehr schwer gestörte Menschen die Sessel in Beschlag nehmen, also solche, die total paranoid sind oder unter einem Napoleon-Komplex leiden.

Hummel ist etwas ganz anderes eingefallen. Er kichert: »O Gott, Maike, weißt du, woran mich das alles hier erinnert?«

Ja, jetzt weiß ich es und muss ebenfalls grinsen. Dieses Mal greife ich nach Hummels Hand, und so stehen wir immer noch da, als Fritjof Abendroth endlich vom stillen Örtchen zurückkehrt.

»Oh, sind Sie sicher, dass ich Ihnen helfen kann?«, fragt er verwirrt bis belustigt, aber ich muss gestehen: Der Mann ist ebenso eine Überraschung für uns wie wir für ihn. Kurz vorweg: Selbst wenn er sich auf der Couch niedergelassen hätte, er wäre auch im Sitzen noch größer gewesen als ich im Stehen. Der Mann misst locker über zwei Meter, ist schlaksig und ganz in Schwarz gekleidet. Seine langen, dunklen Haare trägt er offen und tropfnass. Jetzt reicht er mir eine riesige Flosse, ich drücke die zwei Finger, die ich zu fassen kriege.

»Entschuldigung, dass Sie warten mussten, aber zwischen zwei Sitzungen mache ich mich immer gerne frisch. Kann man ein Ritual nennen, aber ich glaube, ein Tick trifft es eher. Also, mein Name ist Fritjof Abendroth, und ich leide unter einem Waschzwang.«

Ich nicke verständnisvoll. Klar, der Mann, an den wir uns wegen nicht vorhandener Beziehungsprobleme wenden, ist eine Mischung aus Joey Ramone und Mister Monk. Hummel schüttelt Herrn Abendroths Hand: »Hallo«, sagt er, und: »Coole Band.«

Hummel deutet auf das T-Shirt unseres Therapeuten, das von dem Schriftzug »The Dirt Bombs« geziert wird.

Herr Abendroth freut sich etwas unangebracht über dieses Kompliment: »Oh, die kennt sonst kaum einer! Warst du … Waren Sie auf dem Konzert letzten Monat?«

Hummel schüttelt den Kopf, Herr Abendroth befindet: »Na, da haben Sie was verpasst. Aber – setzen Sie sich doch.«

Irgendwie hat der Typ es geschafft, uns beide in Richtung Sofa zu manövrieren, Hummel und ich plumpsen einfach drauf und hocken da wie in einem Loriot-Sketch. Unser Therapeut ignoriert die Sessel, ist in zwei ungelenken Schritten hinter dem Schreibtisch und zieht den Drehstuhl hervor. »Der ist auf meine Riesenbaby-Größe eingestellt«, informiert er uns, setzt sich, dann atmet er durch: »Sie haben beide gerade so glücklich gelächelt, als ich reinkam. Was war der Anlass?«

Statt zu antworten, lächeln wir wieder etwas beschämt. Aber dann fange ich doch an zu erzählen, bevor die fünfzig Minuten vorüber sind: »Ich habe daran gedacht, wie wir uns kennengelernt haben.« Hummel versichert: »Ich auch.«

Herr Abendroth bedeutet mir durch eifriges Nicken, dass er unseren Ausführungen bis hierher folgen kann. Ich erzähle also weiter: »Also, das war an der Uni, vor acht Jahren. Wir hatten beide bei einer Umfrage mitgemacht, na, eher so ein Psychotest. Und wir waren die Einzigen, deren Ergebnisse bei einer Frage … äh … von der Norm abwichen.«

Hummel berichtigt: »Wir waren die Einzigen, die überhaupt eine logische Antwort auf die Frage gefunden haben. Die richtige Antwort.« Fritjof Abendroth schaut zwar interessiert, aber um mitlachen zu können, fehlen ihm offenbar die Hintergrundinformationen.

Ich löse auf: »Es war die Psychopathen-Frage. Kennen Sie die?« Unser Therapeut schüttelt ratlos den Kopf.

»Also, die Frage lautet: Eine Frau geht zur Beerdigung ihrer Mutter und sieht dort einen Mann, der ihr sehr gut gefällt. Nach dem Begräbnis sieht sie ihn leider nicht mehr wieder, was sie sehr schade findet. Und drei Monate später bringt die Frau ihre Schwester um. So ungefähr jedenfalls. Und man sollte ungestützt Vermutungen äußern, weshalb die Frau diesen Mord begangen hat.«

Hummel nickt mein Kurzreferat kommentarlos ab, der Therapeut nicht: »Krass. Ich würde mal vermuten, dass da entweder eine sehr extreme Eifersuchtsgeschichte dahintersteckt, weil die Schwester mit dem Mann etwas hatte oder simple Wahnvorstellungen.«

Hummel und ich sagen gleichzeitig: »Ja, das antworten die meisten.«

Um nicht völlig gestört rüberzukommen, entschärfe ich mit einem Lob: »Das bedeutet, dass Sie ein sehr empathischer Mensch sind.«

Herr Abendroth seufzt erleichtert: »Das hilft bestimmt in meinem Job. Und was haben *Sie* geantwortet?«

Hummel übernimmt: »Wir haben beide gesagt, dass die Frau ihre Schwester umbringt, weil sie hofft, den Mann bei deren Beerdigung wiederzusehen, weil der ja ein Bekannter ihrer Mutter war. Daher wird er auch zum Begräbnis der Tochter erscheinen. Deswegen *musste* die Frau ihre Schwester umbringen.«

Fritjof Abendroth sieht uns an, sein Mundwinkel zuckt, ich muss da etwas hinzufügen: »Und es war schlau von ihr, die Tat zeitnah zu begehen, innerhalb von drei Monaten. So konnte sie fast sichergehen, dass der Mann, den sie bisher nie gesehen hatte, sich noch in der Gegend aufhält.«

Fritjof Abendroth schaut aus dem Fenster, enervierend lange. Dann fragt er: »Okay, und das haben Sie beide geantwortet. Und dann mussten Sie … zur Nachprüfung?«

Gar nicht *so* dumm, der Mann.

»Das trifft es ziemlich genau. Denn diese Frage wird wohl in den USA von Profilern verwendet, um zu testen, ob jemand psychopathische Tendenzen hat. Und die hat man scheinbar, wenn man richtig antwortet.«

Unser Therapeut grinst. »Ich fühle mich auf einmal so total sicher, hier, mit Ihnen …«

Hummel beruhigt ihn: »Na ja, es ist so: Die Frage ist ja nun schon ein bisschen älter, und die von der psychologischen Fakultät haben sich auch gedacht: Vielleicht kannten die beiden die Testfrage schon und wollten nur mit der Antwort schockieren. Also haben die uns eingeladen, und wir mussten tatsächlich einen Lügendetektor-Test machen. So wollten sie rausfinden, ob wir nun geschummelt haben oder …«

»… ob Sie beide waschechte Psychopathen sind«, ergänzt Herr Abendroth, aber er sieht nicht verängstigt aus. Das will ich ändern: »Wir haben den Lügendetektor-Test beide bestanden. Dann wurde es erst wirklich lustig. Wir haben drei Stunden mit den Dozenten über logische Schlussfolgerungen diskutiert. Am Ende haben wir uns darauf geeinigt, dass wir keine Psychopathen sind, sondern uns eben nur sehr gut in gestörte Persönlichkeiten einfühlen können.«

»Ein Job als Profiler ist uns trotzdem nicht angeboten worden«, seufzt Hummel, »obwohl das *nur* logisch gewesen wäre. Danach haben wir einen Kaffee zusammen getrunken. So haben wir uns kennengelernt.«

Herr Abendroth sieht schweigend von Hummel zu mir, dann von mir zu Hummel. So kann man die Zeit auch rumkriegen, aber das muss ja nicht sein.

»Ich werde nicht schwanger«, platzt es aus mir heraus, »obwohl alles in Ordnung ist mit uns beiden.« Vor diesem Termin habe ich mir geschworen, dem Therapeuten keine Steilvorlage zu geben.

Er soll schließlich was tun für sein Geld und wenigstens erraten, weshalb wir hier sind. Aber jetzt wird Fritjof Abendroth unter Garantie wissen wollen: »Wenn mit Ihnen alles in Ordnung ist, warum sind Sie dann hier?«

Immerhin formuliert er es etwas geschickter: »Aha. Okay. Ordnung ist Ihnen also sehr wichtig, kann das sein?«

»Doch«, gebe ich zu, Hummel schränkt ein: »Kommt drauf an.«

»Aha«, denke ich, »worauf denn?«

»Aha«, sagt unser Therapeut, »wo würden Sie denn Ausnahmen machen, Herr Biene?«

Herr Biene setzt seinen nachdenklichen Blick auf, und auch ich halte das für eine Fangfrage.

Eine Antwort hätte ich trotzdem gerne von ihm gehört, und schließlich spricht mein Freund: »Ordnung ist gar nicht so wichtig. Ich meine, ich kann auch schon mal das Geschirr für zwei Tage in der Spüle stehen lassen …«

Ja, das kann er. Ich schnaube wie ein verärgertes Pferdchen. Hummel sieht mich gekränkt an, Herr Abendroth noch eine Spur gekränkter: »Och, es geht bei Ihnen auch nur um so banale Dinge wie die Aufteilung der Hausarbeit? Schade. Ich dachte, Sie wären nicht ganz so durchschnittlich.«

Immerhin gibt es doch noch einige Dinge, die Hummel und ich sowohl gemeinsam als auch gleichzeitig tun. Zum Beispiel die Luft anhalten, wenn etwas Unglaubliches geschieht. Dieser Mann kann kein Therapeut sein. Erstens sollen die doch nicht werten, zweitens nicht in dem Ton, und drittens mögen wir einiges sein, aber nicht durchschnittlich.

»Was hat Sie an meiner Aussage eben am meisten gestört?«, fragt Fritjof Abendroth, scheinheilig grinsend, und ich weiß es wirklich nicht.

Hummel schon: »Dass Sie recht haben. Wir streiten uns über alltäglichen Kleinkram und sind somit total durchschnittlich. Daher wohl auch der ganz durchschnittliche Wunsch, eine Familie zu gründen.«

Meine Kinnlade hängt schon seit Hummels erstem Satz herunter. Das ist dem Therapeuten auch aufgefallen, also sieht er sich genötigt, mich wieder in das Gespräch einzubeziehen: »Und Sie, wollen Sie auch eine Familie gründen?«

»Was ist denn das für eine bescheuerte Frage?«, erkundige ich mich, und zwar in einem Ton, der Herrn Abendroth wahrscheinlich dazu veranlassen wird, mir noch eine Broschüre über Aggressionsbewältigung zuzustecken.

Aber er antwortet nur: »Na ja, bisher haben Sie nur gesagt, dass Sie nicht schwanger werden. Das heißt ja noch nicht, dass Sie unbedingt ein Kind wollen.«

»Ach, jetzt ist das meine Schuld, oder was?«, keife ich, und weil ich nicht der Typ bin, der keift, füge ich noch »Tschuldigung« hinzu, bevor ich zusammenfasse: »Ja, ich will ein Kind. Oder zwei. Auch drei. Möglichst bald. Und ich tue alles dafür.«

O nein. Das hat sich jetzt eindeutig so angehört, als sei ich eine ehrgeizzerfressene Jurastudentin, die um einen Job in einer Topkanzlei bettelt.

Herrn Abendroths Nachfrage überrascht mich erneut: »Ah, Sie tun alles. Ihr Partner aber nicht, verstehe ich Sie da richtig?«

»Nein!« Hat der Mann etwas gegen Frauen oder nur gegen mich persönlich? Hummel greift nach meiner Hand, wahrscheinlich, damit ich meinen Hintern wieder auf das Sofa pflanze. Ist mir gar nicht aufgefallen, dass ich aufgesprungen bin. Normalerweise habe ich meinen Körper und meine Stimmlage unter Kontrolle. Das Thema regt mich einfach auf. Und die Wandfarbe.

»Entschuldigung«, wiederhole ich mich, Herr Abendroth meint: »Wenn Sie sich jedes Mal entschuldigen, wenn bei Ihnen Emotionen hochkommen, dann bleiben Sie ja dran.« Das hat er jetzt nicht gesagt.

Doch.

Hummel stöhnt auf wie ein angeschossener Bär, ich fange an zu kichern. Und höre nicht mehr auf. Heute würde ich den Psychopathentest nicht bestehen, keine Frage. Fritjof Abendroth sieht sich irritiert um, wahrscheinlich nach der Telefonnummer der nächstliegenden Klapsmühle. Der arme Mann hat keine Ahnung, weshalb mir die Lachtränen in die Augen schießen, aber ich will nicht schon wieder »Entschuldigung« sagen, weil ich sonst nie wieder aus dieser Schleife herauskomme, sondern – dranbleibe. Schließlich ringe ich mir unter größter Konzentration den Satz »Tut mir leid« ab. Gut gemacht, Maike, schön variiert.

Jetzt muss Hummel gackern. Langsam finde ich Gefallen an dieser Paartherapie. Noch drei, vier Sitzungen, und wir haben uns jeder ein Sixpack angelacht.

Aber Herr Abendroth unterbricht unser Training mit einer ziemlich weit hergeholten Frage: »Würden Sie sagen, dass Sie einen großen Freundeskreis haben? Ich möchte Sie bitten, nacheinander zu antworten. Herr Biene?«

Herr Biene hört auf zu kichern, klingt aber immer noch ziemlich amüsiert, als er zugibt: »Nein. Nein, nicht so. Meine Studienkollegen sind alle über die ganze Welt verstreut. Und unsere Freunde hier, die haben alle Kinder. Oder sie sind grade schwanger.«

Mein Freund und ich kreischen auf. Nein, was für ein Klopper, alle schwanger, auch die Kerle, haha! Unser Therapeut begnügt sich damit, eine Augenbraue hochzuziehen. Ich beruhige mich so weit, dass auch ich ihm bestätigen kann: »Ja, so ist das. Die meisten, die wir kennen, sind ein paar Jahre älter als wir, und daher …«

Herr Abendroth schaut tatsächlich etwas bekümmert drein, so als täte es ihm leid, dass sich unser überschaubarer Freundeskreis in Millionäre und Kleinfamilien aufgelöst hat. Ich will ihn trösten und versichere ihm: »Aber man sagt doch: Zwei gute Freunde genügen, oder?« Schon scheint es dem Therapeuten besser zu gehen.

Lächelnd erkundigt er sich: »Aha, sagt man das? Haben Sie denn zwei gute Freunde, Frau Wilmers?«

Ich nicke, Herr Abendroth traut mir offenbar nicht, also nenne ich Namen: »Jenny auf jeden Fall. Und … Hummel. Also Matthias. Herrn Biene. Er hier.« Ich deute auf meinen Freund, um zu klären, dass es sich nicht um vier unterschiedliche Personen handelt.

»Interessant«, sagt Herr Abendroth. Offenbar bestand seine gesamte Ausbildung darin, sich das Werk »Seelenklempnern für Dummies« bis zum zweiten Kapitel durchzulesen, und im Anschluss daran hat er direkt seine Praxis orange angestrichen und am nächsten Tag eröffnet.

Ich seufze laut. Immer wenn man denkt, man hätte endlich einen Zugang zu einem Menschen gefunden, wird man wieder zurückgeworfen. Ich lasse durchblicken, dass ich das Spiel schon kenne: »Falls Ihre nächste Frage darauf abzielt, ob ich ein ambivalentes Verhältnis zu meinen Eltern hege, dann lautet die Antwort: Ja. Ich meine, wer denn bitte nicht?«

Ich hatte gehofft, dass Herr Abendroth sich nun zur Abwechslung mal bei mir entschuldigt, aber er grinst nur noch frecher: »Oh. Wollten Sie auch mal Therapeutin werden, Frau Wilmers?«

Man soll ja ehrlich sein, auch zu unverschämten Menschen, die man niemals im Leben wiedersehen wird. Also gestehe ich: »Ja. Doch.«

Damit wäre das Thema für mich erledigt, aber nicht für Fritjof Abendroth: »Könnte ich mir gut bei Ihnen vorstellen, Frau Wilmers, doch. Was arbeiten Sie jetzt, wenn ich fragen darf?«

Warum sollte ich ihm das nicht erzählen, es ist ja nichts, wofür ich mich schämen müsste, im Gegenteil: »Ich schreibe an meiner Doktorarbeit. Ist so eine interdisziplinäre Angelegenheit, da ich vor meinem Geschichtsstudium noch einen Bachelor in Biologie gemacht habe, ist ziemlich schwer zu erklären.« Ich überlege kurz. Wenn ich schon zum ersten und letzten Mal bei einer Paartherapie-Sitzung bin, sollte ich doch wenigstens versuchen zu erklären, was schwer zu erklären ist. Ist ja völlig egal, ob der Therapeut das am Ende versteht oder nicht. Wir sind ja nur hier, damit ich verstehe, weshalb ich hier bin. »Also, ich schreibe eine Doktorarbeit über Möglichkeit, Nutzung und Verbreitung von natürlichen Verhütungsmethoden vom ausgehenden Mittelalter bis zum 14.Jahrhundert, mit dem geografischen Schwerpunkt nördliches Rheinland. Die These ist die, dass es schon vor Jahrhunderten Sinn machte und Möglichkeiten gab, weniger Kinder in die Welt zu setzen, um den gesellschaftlichen Status aufrechtzuerhalten beziehungsweise verbessern zu können.« Warum ist mir bisher nie aufgefallen, wie krank das klingt?

Herr Abendroth meint: »Na, das ist ja topaktuell.«

Haha. Da kann ich jetzt nicht drüber lachen, und Hummel auch nicht. Dafür versaut mein Freund unserem Therapeuten die etwas zu naheliegende Begründung dafür, weshalb wir noch keine Kinder haben: »Wir haben keine Angst davor, finanziell schlechter dazustehen, wenn wir eine Familie gründen.«

Ich ergänze: »Weil dem auch nicht so sein wird.« Und Hummel macht: »Mpf.«

Moment. Was war das denn? Dieses spezielle »Mpf« kam mir sehr bekannt vor, ich habe es schon öfter vernommen. Nur nicht von Hummel, sondern von … ich komme nicht drauf, und Herr Abendroth unterbricht meine Gedanken erneut: »Äh, Herr Biene, möchten Sie das genauer ausführen?«

Darauf wäre ich jetzt tatsächlich auch gespannt. Schließlich führt Hummel aus: »Also, wir haben das ja längst alles besprochen. Und auch aufgeschrieben, wie wir das alles managen, wenn das Kind unterwegs ist. Aber ich stehe in meinem Job sehr unter Druck, daher überlege ich …«

»... dort zu kündigen«, beende ich seinen Satz, ganz ruhig und gefasst. Erstens machen das Paare, die auf einer Wellenlänge sind, so, zweitens möchte ich dem Beziehungsprofi subtil andeuten, dass ich überhaupt kein Problem mit dieser Entscheidung habe. Ich habe eher ein Problem mit »Mpf«. Das hat mich verletzt, und ich weiß nicht einmal, wieso.

Aber ich bin gar nicht dran mit Statusmeldungen, Hummel schüttelt den Kopf: »Ne, nicht kündigen, nicht einfach so. Ich würde gern in Elternzeit gehen. Darauf muss mein Chef eingehen und mir für die Zeit sogar volles Gehalt zahlen, während ich mich um das Kind kümmere und mir dabei in Ruhe einen neuen Job suchen kann. Oder eine ganz neue Branche.«

Herr Abendroth guckt wie ein Zweitklässler, der vor der gigantischen Aufgabe steht, jedes alarmierende Teilstück in Hummels Aussage andersfarbig zu unterstreichen. Ich selbst kann gar nicht ausdrücken, wie sehr mich die Worte meines Freundes berühren. Natürlich versuche ich es trotzdem: »Hummel, das ist doch absolut ...«

Der Herr Therapeut grätscht dazwischen: »Frau Wilmers, darf ich da kurz nachhaken? Herr Biene, wollen Sie sich beruflich neu orientieren, Ihrem Chef eins auswischen, oder wollen Sie ein Kind haben?«

»Warum nicht alles gleichzeitig?«, frage ich. Jetzt fällt mir auch das Wort ein, was ich eben suchte: Hummels Idee ist: genial. Ich strahle ihn an, er lächelt zurück: Genau, Spannung, Spiel und Schokolade, alles ist möglich, wenn man nur mal seine Wünsche klar definiert. Fritjof Abendroth sieht etwas besorgt aus, aber wir sind ja da, um ihn von seinen Zweifeln zu befreien: »Ich finde das total gut,« unterstreiche ich noch einmal, »Hummel hat sich eine Auszeit verdient, und ich möchte, dass unser Kind eine männliche Bezugsperson hat, von Anfang an. Der Plan haut finanziell hin, und ich habe nicht nur die Zeit, mich um meine

Doktorarbeit zu kümmern, sondern danach noch einen Job zu finden. Und dann suchen wir uns eine Kita, da kommen in unserem Umkreis drei infrage. Alles super, wirklich.«

Der Beziehungsprofi nickt interessiert, aber für meinen Geschmack etwas zu oft. Er benötigt noch eine Bestätigung von Hummel, klar: »Ich bin jetzt wirklich erleichtert. Mit diesem Plan können wir viel entspannter an die Sache herangehen.«

Das glaube ich auch. Und ein Blick auf die Uhr sagt mir, dass wir unser Ziel geradezu punktgenau erreicht haben, es bleibt mir nur noch zu sagen: »Sie haben uns sehr geholfen, wirklich, Herr Abendroth. Danke.«

Jetzt verstehe ich, warum der Mann als Koryphäe auf seinem Gebiet gilt. Aber selbst er gesteht nun ein: »Ja, dann sind Sie wohl mein neuer Rekord. In dreiundvierzig Minuten habe ich noch nie alle Probleme aus dem Weg geräumt. Bliebe nur noch eine Frage, nämlich …« Ich weiß, worauf er hinauswill, daher antworte ich direkt: »Wir zahlen die Sitzung in bar, wenn es recht ist.«

Ein Lächeln huscht über das Gesicht des Beziehungsgurus: »Ist mir recht, Frau Wilmers. Das kann nämlich immer etwas länger dauern, bis ich das Kartenlesegerät angeworfen habe. Technik ist nicht so mein Ding.«

Na, dafür hat er andere Talente. Ich ziehe die zuvor abgezählten hundertzwanzig Euro für die Sitzung lässig aus meiner Hosentasche und lege sie auf den Couchtisch. Ich muss mich extrem davor zurückhalten, nicht noch »Danke, stimmt so« zu sagen.

»Oh. Das sind leider nur hundertfünfzehn Euro, Frau Wilmers.«

Herr Abendroth breitet die Scheine so auf dem Tisch aus, als wäre er sicher, dass Addieren nicht so *mein Ding* wäre. Und tatsächlich, da fehlt ein Fünfer. Hummel überspielt die peinliche Situation, indem er seine Hand auf meinen Hintern legt. Für seine andere Hand findet er auch noch eine gute Beschäftigung. Er zückt lässig sein Plastikgeld aus der Jacke: »Dann wohl doch mit Karte.«

Ich sammle meine Scheine wieder ein, Herr Abendroth doktert ewig auf den Tasten des Lesegerätes herum, ich glaube, er will unsere Aufmerksamkeit auf sich lenken: »Also, ich nehme dann mal an, Sie kommen nicht wieder zu mir?«

Ich schaue so bedauernd, wie ich es eben vermag, wenn mir der untere Rücken aufs Angenehmste gekrault wird. Unser ehemaliger Therapeut ist zum Glück ganz mit seinen eigenen Problemen beschäftigt.

»Schade. Wenn Sie wiedergekommen wären, hätte ich tatsächlich noch ein, zwei weitere Fragen gehabt.«

Mit solchen Aussagen kriegt man Hummel leider immer: »Darf ich raten? Es geht um meinen Spitznamen.«

Fritjof Abendroth schaut zum krönenden Abschluss noch einmal richtig perplex drein, aber er nickt.

Ich will nach Hause, deswegen nehme ich die Pointe vorweg: »Ich nenne ihn Hummel, weil Hummeln nicht fliegen können, rein theoretisch. Aber sie tun es trotzdem – daher.« Das kam jetzt nicht so herzergreifend herüber, wie ich es mir vorgenommen hatte. Aber das lag daran, dass ich mich stark darauf konzentrieren musste, nicht zu erwähnen, dass Hummels bescheuerte Mutter Hummel Hummel nennt, eben weil er ein enorm fettes Kind war. Gewisse Schlüsselworte sind einfach kontraproduktiv, wenn man plant, in allernächster Zukunft die ganz normale Mutter eines ganz normalgewichtigen Kindes zu werden. Aber damit mein Freund weiß, wie sehr ich ihn und seine Fähigkeiten schätze, füge ich noch rasch hinzu: »Ja, Hummeln zeigen der Natur den Stinkefinger, deswegen.«

Hummels Hand verschwindet von meinem Hintern. »Stinkefinger« ist vielleicht auch nicht die erste Wahl, um die frühlingshafte Stimmung aufrechtzuerhalten.

Fritjof Abendroth ignoriert meinen missglückten Versuch im Bereich Dirty Talk und ringt sich die bestimmt gut gemeinten

Worte ab: »Das ist doch schön. Dann wünsche ich Ihnen – alles Gute.« Er schüttelt mir die Hand.

Hummel will natürlich wissen: »Was wäre denn Ihre zweite Frage gewesen?«

Unser ehemaliger Therapeut zieht die Schultern hoch: »Tut mir leid, Zeit ist um.«

»Zeit ist um – was für ein Jahrmarktsscharlatan!«, empöre ich mich, als wir wieder vor Herrn Abendroths Haustür stehen, Hummel meint: »Ach, lass ihm doch seinen Spaß. Und uns unseren.«

Er schaut mich an, als wolle er mich direkt zurück ins Treppenhaus zerren. Da die nächste Bahn erst in zehn Minuten fährt, ziehe ich den Gedanken ernsthaft in Erwägung. Leider fällt die Haustür in diesem Moment ins Schloss.

»Da vorne ist ein Taxi!« Hummel schreit so erfreut, als hätte er zum ersten Mal im Leben ein derartiges Gefährt erblickt, und bugsiert mich in dessen Richtung. Schön, dass da einer noch dringender nach Hause will als ich. »Wo geht's hin?«, erkundigt sich der Fahrer, und als wir ihm das Ziel nennen, brummt er nur. Ja, das sind nur zwei Stationen mit der Bahn, ich verstehe, dass er für das Geld nicht losfahren will, aber wenn ich ihn entsprechend motiviere, zeigt er bestimmt auch Verständnis für unsere Lage: »Den Rest können Sie behalten«, sage ich und reiche ihm einen Zwanziger.

Minuten später stellt sich dieses üppige Trinkgeld als gute Investition heraus. Meine Jeans liegt auf dem Boden, ich selbst auf dem Küchentisch. Und es ist großartig. Wir reden nicht mehr, ich denke nicht mehr …

Bis ich die Augen öffne. Da fällt mir auf:

Dass dieses wunderbare wohlige Gefühl, das den ganzen Körper nach gutem Sex durchströmt, viel schneller nachlässt, wenn man auf Holz liegt statt auf einer Matratze.

Dass ich das jetzt aber nicht erwähnen sollte, weil ich noch den ganzen Abend hier so liegen könnte, mit Hummels Kopf auf meiner Brust. Und mir das bestimmt gelingt, wenn ich mich auf etwas anderes konzentriere, zum Beispiel …

Dass die Lampe dreckig ist. Von innen. Wie gelangt Hausstaub in das Innere eines Lampenschirms?

Dass nur Frauen, die schwanger sind, ein so übertriebenes Hygieneempfinden an den Tag legen.

Dass ich bei aller Liebe gar nicht schwanger sein kann, auch nicht so ein ganz bisschen, weil heute gar kein fruchtbarer Tag ist.

»Alles klar bei dir, Süße?« Hummel hebt seinen Kopf, seine Nase berührt fast meine. Ja, alles klar. Nur nicht eingestehen, dass wir eben nach Monaten wieder einfach nur gespaßvögelt haben. Denn ich will das gerne beibehalten. Das Schlimmste, so haben mir Frauen mit unerfülltem Kinderwunsch berichtet, ist es, wenn man seinen Mann zum Zuchtbullen degradiert und ihn mit aufgeschlagenem Menstruationskalender in die Kiste beordert. Das soll uns nicht passieren. Das wird uns nicht passieren.

»Alles klar. Ich habe gerade nur gesehen, wie dreckig die Lampe ist. Von innen.« Hummel schnauft und steht auf. »Das war jetzt keine Kritik an dir. Oder an dem Sex.« Ich stehe lieber auch auf, denn offenbar kann ich im Liegen nur Dinge sagen, die völlig falsch rüberkommen.

Hummel nimmt mich in den Arm: »Hatte ich auch nicht so verstanden. Du wolltest mir nur sagen, dass ich öfter putzen könnte, richtig?«

»Genau«, sage ich schnell.

Hummel drückt mir einen Kuss auf die Wange und verschwindet im Bad. Ich seufze glücklich. Da ist nach einer Stunde Paartherapie noch mehr hängen geblieben, als ich je zu träumen gewagt hätte. Vielleicht wird jetzt sogar die Hausarbeit gerecht aufgeteilt. Als ich meine Jeans aufhebe, bemerke ich eine verdächtige Beule an der hinteren Tasche. Noch ein Rätsel gelöst: Ich hatte die

120 Euro für Herrn Abendroth doch richtig abgezählt, nur habe ich mir dann irgendwie, irgendwo und irgendwann eine Schachtel Zigaretten gekauft. Sachen gibt's, da darf man sich gar nicht weiter drüber wundern, sondern muss erst mal eine rauchen.

»Oh, ich dachte, wir hätten endgültig damit aufgehört.« Hummel steht im Türrahmen, die Hände in die Hüften gestemmt. Der Anblick wäre um einiges erträglicher, wenn er nicht meinen Bademantel tragen würde. Den mit dem großen Blumenmuster, ein Erbstück von meiner Mutter.

»Ist die letzte«, verspreche ich und halte ihm die Packung hin. Er schüttelt den Kopf, ich drücke meine Kippe aus.

Hummel setzt Teewasser auf, ich dusche, obwohl mir gar nicht danach ist, den Geruch loszuwerden. Nach dem Tee gehen wir früh zu Bett.

»Hast du morgen etwas Besonderes vor?«, fragt Hummel, nachdem er mir einen langen Gute-Nacht-Kuss verpasst hat. »Ich muss zur Uni, mit der Zöllner was besprechen.«

»Aha. Wann denn?«

»Wieso ›wann denn‹?«, denke ich, »will er mitkommen? Gar einen Quickie anberaumen, falls es in seine Mittagspause passt?« Ich setze mich aufrecht hin »So gegen fünf. Vielleicht gehe ich danach direkt mit Jenny noch was trinken.« Ich füge nicht hinzu: »Das kann ich ja durchaus tun, weil ich nicht schwanger bin. Auch nicht so ganz knapp, was du eigentlich wissen müsstest, du Mathegenie!«

Aber Hummel seufzt nur unbestimmt und zieht mich wieder zu sich: »Oh. Okay. Grüß Jenny, ja?«

»Klar. Kann ich machen.«

Hummel kuschelt sich an mich, und als ich ihn fragen will, ob ihm das nicht zu warm wird, ist er schon eingeschlafen. Ich hingegen bin hellwach. Wie gut kennt der Mann, der mir in den Nacken atmet, meinen Zyklus tatsächlich? Nach all den Jahren des

Zusammenseins? Und all den Monaten des produktionsorientierten Beischlafs? Ich sollte ihn wecken und geradeheraus fragen, ob er weiß, was wir da gerade getan haben. Wenn er es weiß, ist ja alles gut, und wir nehmen solche netten Einlagen wieder öfter ins Programm auf. Vielleicht nicht unbedingt auf dem Küchentisch. Wenn Hummel allerdings tatsächlich glaubt, wir könnten eben ein Kind gemacht haben, dann wird er tierisch enttäuscht sein, dass ich ihn so schäbig verführt und ausgenutzt habe. Allein, ihn zu wecken ist eine ganz miese Idee, er wird unleidlich, wenn er nicht genug Schlaf bekommt.

Um das zu beweisen, brummt er nun gereizt: »Wo willst du jetzt hin, verdammt?«

»Mir ist was eingefallen, wegen der Doktorarbeit, schlaf weiter.«

Er blinzelt vorwurfsvoll: »Okay, mach aber nicht so lange, ja. Du brauchst auch deinen Schlaf.«

So leise wie möglich verlasse ich das Schlafzimmer, koche Kaffee, fahre den Rechner hoch und öffne das Dokument: »Doktor_Version_12_April«. In den Notizen zu Kapitel 4, Überschrift: »Pheromone/Hormone – Zunehmende Duftstoffausschüttung während des Eisprunges.« Unter all den Grafiken habe ich die These aufgestellt: »Ausgehend davon, dass die Frau während ihrer Fruchtbarkeit allein durch ihren Geruch attraktiver wird: Bestand/Besteht eine Möglichkeit, diese Lockstoffe zwecks Verhütung

a) zu übertünchen

b) künstlich herzustellen, um den Gatten/Liebhaber zu täuschen.«

Da habe ich mir aber eine tolle Frage ausgedacht, ich wünschte, die Antwort stünde auch schon da. Ein simples »ja« oder »nein« würde mir momentan genügen, der Wissenschaft wohl eher nicht. Aber immerhin sind da noch an die vierzig Bücher aufgelistet, die ich zu dem Thema durchschauen sollte, wenn ich dazu etwas Plausibles oder gar Bahnbrechendes schreiben will. Wollte ich bestimmt mal. Jetzt will ich das Kapitel aus der Inhaltsangabe löschen, einfach so tun, als sei es nie da gewesen. Ich tue es. Ach, das ist befreiend. Und es merkt garantiert niemand, dass es nach Kapitel 3 direkt mit Kapitel 5 weitergeht. Ich füge Kapitel 4 wieder ein, toll, nur ein Mausklick, und alles ist wieder in Ordnung. Kapitel 4 hat bestimmt gar nicht gemerkt, dass es kurz weg war, im Äther verschwunden, das kleine hilflose Ding, das mir noch einen Haufen Arbeit bescheren wird. Aber falls Kapitel 4 doch mitbekommen haben sollte, dass ich es kurzfristig loswerden wollte, rede ich ihm gut zu. Nein, Blödsinn, ich schreibe ihm gut zu, hänge ihm einen weiteren Unterpunkt an, nämlich: »Re-Evolution/Die ›Schnecken-Hypothese‹: Wie sähe die Entwicklung der Weltgeschichte aus, wenn sich auch bei Humanoiden erst während des Geschlechtsaktes entscheiden würde, welcher Partner im Anschluss den weiblichen/männlichen Part übernimmt?«

Ich meine, darum geht es doch in modernen Beziehungen im Großen und Ganzen: Wer hat die Eier, und wer trägt sie aus?

Mir ist klar, dass ich damit ein ganz neues Fass aufmache, sogar die gesamte Wissenschaft damit vor den Kopf stoßen könnte. Eine heikle Angelegenheit, daher sollte ich diesen neuen Ansatz zunächst einer ausgewählten Zielgruppe präsentieren. Sprich: Ich werde morgen mit Jenny ein paar Bier mehr als empfohlen trinken, um diesen ganzen akademischen, emotionalen und eingebildeten Unfug mal aus meinem System spülen zu können. Außerdem brauche ich jemanden, der mir ganz objektiv sagen kann, ob ich mittlerweile völlig durchgedreht bin oder ob es sein kann, dass ich Hummel gerade gehörig geschwängert habe. So wie ich sie kenne, wird Jenny die Möglichkeit in Betracht ziehen. Zwar sagt sie einerseits, dass alle Kerle gleich sind, andererseits ist sie ehrlich genug, um zuzugeben, dass auch sie eben noch nicht alle ausprobiert hat.

7

Nachdem ich die Schneckenhypothese wieder aus meinen Notizen herausgelöscht hatte, konnte ich mit etwas weniger weit hergeholten Ansätzen durchaus Eindruck bei meiner Doktormutter schinden. Frau Professor Zöllner ermutigte mich in unserem Gespräch, durchaus mal über den Fachbereich Biologie und Geschichte hinaus auch auf soziologische Aspekte zu achten, was ich durch meine sorgfältig kommentierten Diagramme zu den Geburtenstatistiken verschiedener Adelsgeschlechter selbstredend schon angerissen hätte.

»Aber nicht, dass Sie sich verzetteln, Frau Wilmers. Sie promovieren ja nicht in Genderstudies. Oder gar Hexerei«, meinte sie und lachte dreckig über meinen entgeisterten Gesichtsausdruck. Die Zöllner verfügt nicht nur über einen tiefschwarzen Humor, sondern sieht auch aus, als hätte sie sich etwas zu lange und intensiv mit Kräuterweibern beschäftigt. Vorzeitig verschrumpelt, stets in schwarze Ponchos gehüllt und mit gelblicher Haut, ist sie eine unbedingte Respektsperson. Ich vermute, dass es sich bei der Geschichte um den Doktoranden, der sie versehentlich in ihrer Anwesenheit »Frau Gargamel« genannt hat und den sie daraufhin persönlich vom Campus gejagt haben soll, nicht um eine Legende handelt. Aber dass sie ihn auf einem Besen reitend verfolgt hat, ist natürlich Quatsch. Frau Professor Zöllner ist passionierte Motorradfahrerin. Und aus diesem Grund ist sie jetzt auch erst einmal bis nach Pfingsten unterwegs, eine Tour durch Neuseeland, man gönnt sich ja sonst nix.

»Bis dahin sind Sie ja halb fertig mit Ihrer Arbeit, so wie ich

Sie kenne, Frau Wilmers«, behauptete sie zum Abschied. Sie hält mich für schlau, strebsam und selbstständig. Diesen Eindruck will ich nicht zerstören, also würde ich ihr gegenüber niemals andeuten, dass ich nebenbei mit der Familienplanung beschäftigt bin. Wahrscheinlich sollte ich mich, sobald ich schwanger bin, auch in schwarze Tücher hüllen, um meinen Zustand zu verbergen. Frau Zöllner ist der Typ Mensch, dem man seine Kinder lieber erst präsentiert, sobald sie sich immatrikulieren.

Ich mochte ihre schräge Art immer, aber aktuell ist mir etwas übel von dem Tee, den ich bei ihr getrunken habe. Da hilft nur eins: aufs Fahrrad schwingen und den Kopf mit frischer Luft durchpusten lassen. Und falls das nicht hilft, habe ich ja direkt im Anschluss ein Date mit Jenny und ein paar Bieren. Die Kombination wird dafür sorgen, dass ich bis übermorgen bestimmt an gar nichts denken kann.

Da ich weiß, dass Jenny mindestens eine halbe Stunde zu spät am Treffpunkt erscheinen wird, stelle ich mein Fahrrad am Park ab und setze mich ein bisschen auf die Wiese. Das ist sehr entspannend für Leute, die sich gut entspannen können. Mir ist das nicht so gegeben. Normalerweise habe ich immer zwei bis drei Fachbücher zum Lesen mit, falls sich Löcher im Terminkalender ergeben. Aber heute befinden sich allein die Versatzstücke meiner Doktorarbeit in der Tasche. Wenn ich da jetzt reinschaue, wird das überhaupt nichts mehr mit dem gemütlichen Biertrinken, fürchte ich. Entweder ich finde einen neuen, interessanten Ansatz und schreibe die halbe Nacht daran, oder ich stelle fest, dass alles bisher Verfasste total hirnrissig ist, lande ohne Umwege direkt beim Schnaps und werde Alkoholikerin statt Mutter. Das gilt es zu vermeiden, also übe ich jetzt mal ganz bewusst intensives Abschalten.

Ich schaue über die Wiese. Sie ist grün. Zwei Kaninchen sitzen nicht weit entfernt unter einem Busch und sehen auch nicht entspannter aus als ich. Sie mümmeln hektisch und mit weit aufgerissenen Augen, in stiller Panik sozusagen, als würden sie darüber nachdenken, ob sie vielleicht vergessen haben, den Herd in ihrer Höhle abzustellen. Ich weiß, dass Kaninchen nicht über solche Dinge nachdenken, weil sie über gar nichts nachdenken. Sie machen einfach: mümmeln, hoppeln, paaren, werfen, einem Hund entwischen oder auch nicht. Falls nicht, sterben sie halt später. Falls doch, haben sie zumindest einmal in ihrem Leben ein Abenteuer überstanden. Ist aber auch nicht viel wert, weil sie ihren Enkeln nicht davon erzählen können. Gott, ist das deprimierend.

Ich wende mich von den Karnickeln ab, den Menschen zu. Dort geht eine Hochschwangere. Da noch eine. Die Frau, die den Kinderwagen schiebt, scheint auch wieder einen Braten in der Röhre zu haben. Oder sie eifert einfach nicht Model-Mamas wie Heidi Klum hinterher, die kurz nach der Geburt schon wieder auf ihren Crosstrainer hüpfen. Natürlich bin ich mir bewusst, dass es sich bei diesen Beobachtungen um meine selektive Wahrnehmung handelt: Ich sehe überall werdende Mütter, weil das mein Thema ist. Es besteht also objektiv kein Anlass, die entsprechenden Behörden anzurufen und denen mitzuteilen, dass die geburtenschwachen Jahrgänge vorüber sind und eine Überalterung der Gesellschaft nicht zu befürchten ist. Wie um meine Ahnung zu beweisen, steht etwas weiter links eine Gruppe Erwachsener, die den Buggy einer nicht mehr ganz so jungen Mutter umringt haben. Der vierfache großelterliche Stolz weht bis zu mir herüber, sie alle beobachten das kleine Kerlchen, das sich aufgemacht hat, um die Welt zu erkunden. Das Wunderkind sitzt im Gras und zupft daran. Als es die Feststellung »Ham-ham!« macht und sich die Ernte ins Mündchen werfen will, erleidet das Grüppchen fast einen kollektiven Herzinfarkt. Mit vereinten Kräften wird der Bub zurück in den Buggy befördert. Dort thronend, lächelt er verwirrt, aber doch goldig. Fünf Handys werden gezückt, um für die

Ewigkeit festzuhalten, wie der kleine König Gefallen an der Arbeit seiner Untertanen bekundet. Die Mutter des Jungen wischt ihm nun mit einem feuchten Tuch durch das Gesicht, wegen der Keime oder weil sie das alle drei Minuten eben automatisch tut. Sie ist etwa so alt wie ich und das Kind wahrscheinlich schon über zwei Jahre alt. Als mir einfällt, dass mein Vater bald seinen 65. Geburtstag feiert, wende ich mich trotzdem lieber wieder den Wildkaninchen zu.

»Was guckst du da?«, werde ich von der Seite gefragt. Ein etwa sechsjähriges Mädchen steht neben mir. Es sieht etwas weniger entzückend aus als die restliche Umgebung: Die Haare fettig, und eine kleine Rotzkruste klebt an der Nase, dafür nimmt der pinkfarbene Pulli sehr hübsch die Farbe ihres erhitzten Gesichts auf.

»Ich gucke mir die Kaninchen an«, sage ich zu der kleinen Ghettoprinzessin und deute auf den Busch.

»Hallo, hallo, Kaninchen!«, ruft die Kleine begeistert, winkt heftig und stolpert ungelenk auf die Kaninchen zu. Die Viecher rasen grußlos davon. »Ey, voll doof, die Kaninchen. Voll gemein. Oder haben die Stress gehabt?«

Dieses Kind überrascht mich nicht nur mit seiner Wortwahl, es will auch Antworten haben. Ich bringe es nicht übers Herz, dem Mädchen zu sagen, dass es höchstwahrscheinlich selbst den Kaninchen Stress gemacht hat. Also sage ich: »Ne, die haben keinen Stress. Die sind einfach nur doof. Wie du sagtest.« Man muss Kinder immer loben, auch für ihre mittelguten Einfälle.

Das Mädchen scheint meine freundliche Gesinnung zu spüren. Es lässt sich neben mich plumpsen. »Meine Mama sagt auch, das sind blöde Kaninchen. Aber man kann die essen, obwohl, wenn unser Hund die fängt, müssen wir Strafe zahlen. Obwohl das eh zu viele sind, sagt Mama. Und davon sind die auch krank, weil die immer mehr werden. Aber es gibt auch Kaninchen, die man streicheln kann, weil die im Käfig sind und nicht weglaufen können. Die sind dann aber weiß oder schwarz. Das sind die guten Kaninchen. Die würde ich auch nicht essen. Du?«

»Nein«, sage ich und füge sicherheitshalber noch hinzu: »Ich esse gar keine Kaninchen.«

Das Mädchen nickt: »Ich mag auch lieber Chips. Meine Schwester ist übrigens voll doof. Wegen der müssen wir unseren Hund weggeben.«

Wir schweigen ein wenig, weil das Mädchen seine Haare verknoten muss und ich darüber nachdenke, ob ich es adoptieren möchte. Ganz ehrlich: Die junge Dame hätte es doch offensichtlich besser bei mir. Ich würde sogar den Hund ungesehen mit aufnehmen, ihre Talente fördern und ihr die Haare kämmen. Und sie mag mich ja auch ein bisschen, sonst würde sie mir nicht ihr Herz ausschütten.

»Wo sind deine Kinder?«, fragt meine Fasttochter nun, und da unser Verhältnis auf Ehrlichkeit basiert, sage ich direkt heraus: »Ich habe noch keine.«

Sie mustert mich und beschließt: »Dann bekommst du wohl auch keine mehr, jedenfalls nicht so bald.« Sie ist also doch kein Aschenputtel, sondern die böse Fee. Und außerdem doof. Es brächte jetzt gar nichts, ihr zu erklären, dass es für eine Frau durchaus möglich ist, noch nach Abschluss des siebzehnten Lebensjahrs Kinder zu gebären, Menschen sind schließlich keine Kaninchen. Ich will mich gar nicht mehr mit der Göre unterhalten, also stehe ich auf und wische mir das Gras vom Hintern. Wenigstens diese Geste weiß das dumme Kind richtig zu deuten. Grußlos schlurft es davon, wahrscheinlich muss es noch andere fremde Frauen belästigen.

Ich schließe mein Fahrrad auf, und radle zu der Kneipe, vor der Jenny bestimmt schon auf mich wartet. Ein vernünftiges Gespräch unter Erwachsenen, das weder Kräuterhexen, Kaninchen noch dumme Kinder beinhaltet, ist genau das, was ich jetzt brauche. Bei Jenny kann ich mir ziemlich sicher sein, dass sie keinen dieser Themenkomplexe anschneiden wird.

Als ich an der Ecke ankomme, scharrt meine beste Freundin schon ungeduldig mit den Hufen. »Du kommst zu spät«, informiert sie mich, als ich noch mein Rad abstelle.

»Seit wann bist du hier?«, frage ich zurück, sie zuckt mit den Schultern.

»Zwei Minuten vielleicht. Aber ich hatte so einen Terror zu Hause, da habe ich mir schon mal ein Bier vom Kiosk geholt. Auch eins?«

In praktischen Dingen ist Jenny durchaus effizient. Noch bei der Begrüßungsumarmung drückt sie mir eine geöffnete Flasche in die Hand, und bevor ich ihr sagen kann, dass sie gut aussieht, gibt sie zu: »Meine Kinder treiben mich in den Wahnsinn.«

Das geht mir runter wie Öl, und das Bier – wie Bier. Der leichte Schwindel in meinem Kopf setzt aber nicht aufgrund des Alkohols bei mir ein, sondern weil Jenny innerhalb von fünf Minuten erzählt, was man in vierundzwanzig Stunden erleben kann, wenn man einen Zahnarzttermin für eine Vierzehnjährige vergisst. Offenbar kann diese Verfehlung eine Lawine von Beschwerden von seiten des Kindes, des Arztes, der Klassenlehrerin und des Rektors nach sich ziehen, sowie die komplette Neusortierung des eigenen Lebens. Jenny hat heute tatsächlich darüber nachgedacht, morgen ein Jurastudium aufzunehmen, um übermorgen die Schule und die Sprechstundenhilfe zu verklagen. Falls am Nachmittag dann noch Zeit sein sollte, will sie zudem ihre Tochter wegen Zickerei vor die Tür setzen, und ihren Sohn gleich mit, weil der eben auch Pubertät hat.

»Ich sag es dir, Maike: Teenager sind der reine Horror. Wie konnte ich mir zwei davon zulegen, bitte, verrate es mir.« Jenny unterbricht ihr Wehklagen, um ihre Kehle zu befeuchten. Fast will ich sagen: »Du hast Zwillinge, weil zwei Spermien gleich schnell an deiner Eizelle angekommen sind, was nach neuesten Erkenntnissen bei nicht vorhandener Disposition zu Zwillingsschwangerschaften in beiden parentalen Stammbäumen für einen leidenschaftlichen Beischlaf spricht, Glückwunsch dazu.«

Aber natürlich kenne ich Jenny genauso gut wie meine übliche Textzeile, die in unserem Skript nun folgt: »Meistens kommt ihr aber doch gut miteinander aus, oder?«, frage ich also aufmunternd, und Jenny seufzt die bekannte Antwort: »Ach, du weißt ja: Kinder sind wie Fürze: Die eigenen erträgt man immer irgendwie.«

Normalerweise lachen wir an dieser Stelle beide und wenden uns wichtigen Dingen zu, wie zum Beispiel der Frage, was bei der jeweils anderen im letzten Vierteljahr sonst so los war, aber mir gelingt nur ein schiefes Grinsen. Jenny bemerkt es gar nicht, sie erzählt von irgendeiner Idee, die sie für ihr Eine-Frau-Kindertheater ausbrütet. Noch scheint der Handlungsstrang nicht nur mir vage, aber auf jeden Fall will sie aus pädagogischen Gründen in ein Tierkostüm schlüpfen. Tiere gehen eben immer, sagt sie, nur bei mir heute nicht mehr. Völlig unkontrolliert bricht aus mir also heraus, was mir schon seit gestern Nacht wirklich auf der Seele liegt: »Hummel hat den Bademantel meiner Mutter angezogen. Dann hat er noch Tee gekocht und wurde ganz kuschelig und gleichzeitig besitzergreifend. Er wollte genau wissen, wo wir heute hingehen. Er will Rauchmelder anbringen. Gut, das ist im Prinzip vernünftig. Vielleicht habe ich da etwas überreagiert. Dabei bin ich noch gar nicht schwanger.«

Mein letzter Satz war überflüssig. Wir stehen ja nicht aus reinem Vergnügen mit unseren Bierflaschen vor der Kneipe, sondern vor allem, weil man drinnen nicht mehr rauchen darf. Jenny nimmt einen tiefen Zug von ihrer Zigarette und meint: »Wow. Bist du sicher, dass dein Matthias noch heterosexuell ist?«

Meine beste Freundin redet zwar viel Quatsch, aber ihre Fragen sind niemals rhetorisch. Daher stelle ich klar: »Also, gestern war er es noch. Kurz vorher sogar.«

Jenny tut so, als würde sie sich verschlucken: »Zu viel Information, Maike. Toll, jetzt habe ich ein Bild von euch im Kopf, wie ihr übereinander herfallt, igitt. Obwohl, eigentlich ist es ja ganz beruhigend, dass da noch was geht, nach so langer Zeit ...«

Ich leere meine Flasche. Jenny soll die Vorstellung, dass Hummel und ich Sex haben, weder ekelerregend, beruhigend oder sonst irgendwie finden. Sie soll sich das überhaupt nicht vorstellen, das mache ich ja umgekehrt auch nicht. Wozu auch, sie erzählt mir jedes Mal sehr detailliert von ihren Abenteuern.

»Ey, Maike, das war ein Spaß. Matthias ist ein toller Typ, du bist eh die Tollste, und euer Liebesleben ist bestimmt ebenso bezaubernd, wie eure Kinder es sein werden. Prost!«

Damit ist der Fall für Jenny erst mal erledigt. Mir geht es auch schon ein bisschen besser. Jenny hat einfach diese spezielle Wirkung, nicht nur auf mich.

»Sie ist ein sehr charismatisches Mädchen, so lebendig«, befand meine Mutter, als ich sie vor über zwanzig Jahren zum ersten Mal mit nach Hause brachte.

»Extraordinär«, urteilte mein Vater, meine Schwester gab natürlich ebenfalls ihren Senf dazu: »Ne, Papa, gar nicht. Ich finde, die hat irgendetwas total Ordinäres an sich.«

Ganz klar, dass Jenny und ich nach diesem Juryurteil unzertrennlich wurden. Schon rein optisch ist sie das komplette Gegenteil von mir: Jenny ist nicht nur fast so groß wie Hummel, sie hat auch riesige Augen, eine markante Nase, einen Schmollmund, und ihr Kinn ist ebenso prominent wie ihre Brüste. Was die Natur ihr gegeben hat, unterstreicht Jenny mit bunten Klamotten, hohen Stiefeln und dramatischem Make-up. Ich finde es immer wieder erstaunlich, welchen Typus Mann sie damit anzieht. Nämlich absolut jeden, allerdings immer nur für höchstens vier Monate. Jenny ist vielen zu viel, und zwar von allem. Und ich gebe zu: Obwohl wir uns ewig kennen und in derselben Stadt leben, sehen wir uns eher selten. Auch ich kann meine beste Freundin nur in homöopathischen Dosen ertragen. Zum Glück habe ich das Fritjof Abendroth gegenüber nicht erwähnt.

»Die Frage ist aber doch …« Jenny macht eine Kunstpause, und ich bin ganz Ohr, wie ihr abschließendes Urteil zu meinem Dilemma ausfällt, »…holen wir uns jetzt noch ein Bier vom Kiosk, oder gehen wir rein, um uns das Elend drinnen anzusehen?«

»Rein«, bestimme ich. Nicht, weil ich unbedingt Elend gucken will oder weil es unlogisch ist, einerseits das Kneipensterben zu bedauern und sich andererseits weiterhin mit vergleichsweise günstigem Fremdbier zu versorgen. Aber ich möchte für ein etwas ernsthafteres Gespräch einfach lieber sitzen und bin bereit, dafür zu zahlen.

»Okay, aber beschwer dich hinterher nicht, der neue Wirt ist so ein Saftarsch.«

Jenny schnippt die Kippe in den Rinnstein, ich erwische meinen Kopf dabei, wie er sich kurz und unwirsch schüttelt. Wenn Jenny jemanden als Saftarsch tituliert, kann ich mir einigermaßen sicher sein, dass sie da noch die Probe aufs Exempel machen will. Sie steht einfach auf Loser. Ich halte ihr die Tür auf, und meine beste Freundin betritt das Lokal so selbstbewusst, wie nur sie es kann: als stünde sie auf einem Streitwagen. Den Kopf hoch erhoben, damit der unsichtbare Lorbeerkranz nicht hinabfällt, der Blick gnädig herablassend. Und tatsächlich bin ich etwas überrascht, dass niemand im Raum auf die Knie fällt und »Heil dir, Venus vom Wanderzirkus!« ruft.

Es ist nämlich so: Krisen werden von jeher im *Dead Horst* besprochen, so ist's der Brauch zwischen Jenny und mir. Die abgeranzte Kneipe diente schon vor vierzehn Jahren als Kulisse, als Jenny herausfand, dass sie schwanger war. Ebenso stießen wir hier drei Monate später mit Wasser an, als ihr gesagt wurde, dass sie es mit Zwillingen war. Wir waren sogar noch kurz vor der Entbindung hier, als der nichtsnutzige Vater der Kinder Jenny verlassen hat. So manche Bewerbung für den Posten »Ziehvater« haben meine beste Freundin und ich an dieser Theke ausdiskutiert, und rückblickend muss ich zugeben, dass diese Vorgehensweise in sämtlichen Fällen ein großer Fehler war. Die Gestalten, die hier gewöhnlich an der Theke rumhängen, sind durchweg so speziell bekleidet, tätowiert und gepierct, dass jeder Anwärter auf Jennys Gunst im Vergleich zu ihnen wie eine hervorragende Partie wirkte. Kurz: Alleine habe ich das *Dead Horst* nie betreten, weil es mir Angst gemacht hat. Jetzt will ich rückwärts wieder hinausgehen, weil ich denke, dass wir im falschen Laden gelandet sind.

Besagte Theke wirkt nahezu klinisch rein, nicht nur im Vergleich zu früher. Sämtliche Aufkleber und Kritzeleien sind von ihr entfernt worden, ebenso wie die üblichen Stammgäste. Wer auch immer die neue Innendekoration vorgenommen hat, scheint entweder äußerst günstig an einen Restposten Glasbausteine gekommen zu sein oder hat ein ungesundes Faible für Fernsehserien, die vorrangig in der Gerichtsmedizin spielen. Das Licht ist indirekt und grünlich, die Tische sehen aus wie Leichenbahren, die Musik ist zum Tanzen zu leise und zum Leben zu fies: Irgendein Lounge-Pop ohne Text. Ich entdecke auf Anhieb zwanzig Gründe, weshalb wir die einzigen Gäste sind. »Was ist hier los?«, frage ich leise. Jenny zuckt nur mit den Schultern: »Ich habe dich gewarnt.« Aber sie lächelt schon wieder, als sie auf die Bar zusteuert. »Hallo, Günther«, begrüßt sie den Barkeeper dahinter. Und der lächelt zurück, lässt dabei einen schiefen Schneidezahn aufblitzen, von dem ihm irgendeine Trulla wohl mal gesagt hat, wie sexy sie den findet.

»Ich heiße Gunnar«, korrigiert er, und Jenny winkt ab, um anzuzeigen, dass sie es für völlig unerheblich hält, welchen Namen der Typ trägt oder ob überhaupt. Ah, das ist also der Saftarsch, kombiniere ich und wünschte mir, wir hätten uns doch ein weiteres Bier vom Büdchen geholt. Schließlich habe ich Jenny treffen wollen, um mit ihr zu erörtern, welches Problem mein Freund hat, und nicht, damit sie sich einem ihrer zukünftigen Exlover präsentieren kann.

»Wir hätten gerne zwei Pils. Aber bitte aus der Flasche, ich habe dich zapfen sehen«, gibt Jenny unsere Bestellung auf, und da dem guten Gunnar darauf keine Retourkutsche einfällt, trollt er sich zum Kühlschrank an der anderen Thekenseite. Sein Versuch, die paar Schritte geschmeidig zu gestalten, schlägt fehl. Panthergleich nur insofern, als er an eine Großkatze nach dem Mittagessen erinnert. Wenigstens bringt der Blick auf Gunnars Wohlstandsbäuchlein auch Jenny wieder auf das eigentliche Thema zurück: »Also, Maike, jetzt reden wir mal Klartext: So wie du es erzählst, will dein Matthias unbedingt Kinder haben und will dir durch sein Verhalten nur zeigen, was für ein toller, aufmerksamer, umsorgender Vater er werden wird. Ist doch genauso schön wie selten. Aber wenn dir das nicht geheuer ist, frage ich mich doch: Willst du überhaupt Kinder?« Ich schmolle. Jetzt ist es also raus: Nicht nur unqualifizierte Therapeuten denken, es liege an mir, sondern auch meine beste Freundin. Aber es ist unnötig, Jenny zu erläutern, wie sehr ich ein Kind will und was wir alles schon unternommen haben, um schwanger zu werden. Es geht nämlich gar nicht mehr um mich. »Also, ich bin ja mittlerweile echt froh, dass ich den ganzen Kram so früh hinter mich gebracht habe. Meine zwei sind ja inzwischen so selbstständig, außer es geht um Zahnarzttermine. Und ob ich mich noch einmal um so ein kleines, hilfloses Wesen kümmern könnte, weiß ich nicht.«

Wenigstens den Programmpunkt mit dem Betrinken werde ich heute mühelos abhaken können. Dieses trockene Schlucken macht mich ziemlich durstig, aber ich tue es immer wieder, statt

Jennys Ausführungen zu berichtigen. Fakt ist: Ihre Kinder waren noch weniger geplant als meine erste Nichte. Außerdem sind ihre Zwillinge in meinen Augen nicht freiwillig selbstständig geworden, sondern haben einfach früh gelernt, sich von ihrer chaotischen Mutter loszueisen. Beide schauen sich jetzt schon nach einer kaufmännischen Ausbildung um, was Jenny natürlich als pubertäre Auflehnung empfindet. Ich denke ja eher, dass diese frühzeitige Suche nach einem stinklangweiligen Job daher rührt, dass die Mutter sich vielleicht nicht immer so optimal gekümmert hat um ihre hilflosen Wesen. Aber aus verschiedenen Gründen sage ich jetzt mal nichts dazu, wie üblich.

»Kinder sind echt das Größte. Alles andere wird so unwichtig, sobald man welche hat.« Wenn Jenny das jetzt gesagt hätte, wäre unsere Freundschaft vielleicht nun richtig ins Wanken geraten. Aber es war Gunnar, der unsere Biere gebracht hat. Genauso ungefragt, wie er sich in unser Gespräch eingemischt hat, zieht er nun ein Foto von seinem kleinen Racker hervor: »Das ist der Fritz. Im Garten bei seiner Mutter. Ich sehe ihn, so oft ich kann, aber ist halt schwierig in der Branche.«

Jenny nimmt das Bild und sagt vollautomatisch »Wie süß!«, obwohl der Junge auf dem Bild aussieht, als wäre er einem Werbeplakat für Kondome entsprungen. Bedenklich dicke Backen, abstehende Ohren, ein paar spärliche schwarze Flusen auf dem Kopf, und der Blick so stier in die Kamera gerichtet, als plane er, zeitnah in Polen einzumarschieren. »Ohhh! Wie alt ist der jetzt?«, fragt Jenny, Gunnar lächelt: »Übernächste Woche wird er drei.«

»Ein tolles Alter. Meine waren so schnuckelig in der Zeit …«

Nein, waren sie nicht, denke ich. Sie waren bockig, hyperaktiv und ständig abwechselnd krank. Wahrscheinlich absichtlich, die kleinen Biester haben sich immer schon abgesprochen.

»Ich werde niemals Mutter werden. Es ist einfach nicht in mir«, begreife ich plötzlich und kämpfe mit den Tränen. Jenny bemerkt es nicht, weil Gunnar seine ergreifende Lebensgeschichte erzählt: »Ja, also mit der Mutter, das war ein Unfall, mehr oder weniger. Ich war damals eigentlich mit einer anderen zusammen, meiner großen Liebe, aber die ist dann nach Australien abgehauen. Ich bin natürlich trotzdem voll froh, dass es den Fritz gibt, ist ja klar.«

Ganz klar, völlig logisch. Jeder Vater liebt seine Kinder, umso mehr, wenn er weiß, dass sie sicher und dauerhaft bei der amtlich zugeteilten Aufsichtsperson geparkt sind. Ich warte gespannt darauf, dass Jenny jetzt etwas in der Richtung sagt, aber die steht kurz vor einem Milcheinschuss. Auf dieses Ereignis scheint Gunnar nur zu warten, so wie der mittlerweile auf ihre Möpse lugt.

Ich kann fast alles ertragen, nur nicht, wenn meine taffe Freundin Jenny, die Überlebenskünstlerin, die trotz aller Widrigkeiten ihre Familie und ihre diversen Jobs unter einen Hut kriegt, weich wird. Was heißt hier weich? Sie ist Wachs in den Händen eines Typen, dessen Saftarschigkeit sie doch schon diagnostiziert hatte.

»Ja, wenn sie da sind, möchte man sie gegen nichts mehr eintauschen«, säuselt sie jetzt, und mir platzt der Kragen: »Also, Gunnar, du bist also ein Wochenendvater, ja? Obwohl, nein, ist ja schwierig in der Branche, also siehst du dein Kind vielleicht einmal pro Woche?«

Gunnar sieht mich an, als wäre ich ein besonders fieses Ungeziefer, das über seine Picknickdecke gekrochen kommt. »Ich sehe Fritz jeden Mittwoch. Da hole ich ihn aus der Kita ab.«

Ist das Empörung oder tatsächlich noch Stolz in seiner Stimme? Das werde ich nun herausfinden. »Aha. Jeden Mittwoch, nachmittags. Abends kommt er wieder zurück zur Mutter, oder? Dann schauen wir doch mal: Die Woche hat sieben Tage, der Tag vierundzwanzig Stunden, du siehst dein Kind an einem dieser Tage acht Stunden. Du bist also nur zu einem Einundzwanzigstel Vater. Sagen wir, zu einem glatten Zwanzigstel, weil du ja auch bestimmt zu seinem Geburtstag gehst.«

Das habe ich vollkommen korrekt ausgerechnet, aber ein Einwand kommt ausgerechnet von Jenny: »Maike, das kannst du doch so nicht sehen. Das klingt ja grausam. Die Liebe zu einem Kind kann man doch nicht aufrechnen.«

Das klingt in meinen Ohren grausam. Vielleicht sollte Jenny lieber Schlagertexte schreiben, statt sich weiterhin an experimentellen Kinder-Theaterstücken zu versuchen. Gerade will ich ihr das vorschlagen, als Gunnar mit dem leichten Bedauern in der Stimme grinst: »Du hast wohl keine Kinder, oder?«

Nein, aber ich habe noch einen Schluck Bier in der Flasche. Mit dem spüle ich all die unsachlichen Argumente hinunter, die mir gerade auf der Zunge liegen. Es bringt gar nichts, einem selbstverliebten Idioten wie diesem Gunnar zu berichten, dass auch ich durchaus über Einfühlungsvermögen verfüge, obwohl ich noch nie in den Wehen lag. Aber zum Beispiel war ich dabei, als Jenny ihre Kinder auf die Welt gebracht hat. Da war jede Menge Blut, Jenny hat meine Hand zerbissen, und ich habe keine der tausend Verfluchungen vergessen, mit denen sie den Vater ihrer Kinder in diesen langen Stunden bedacht hat. Und auch nicht diesen unbeschreiblich glücklichen Blick, als sie ihre Babys zum ersten Mal im Arm hielt. Zu diesem Zeitpunkt war sie völlig pleite, ihr Körper zerschunden, und im Aufnahmeblatt des Krankenhauses stand unter Berufsbezeichnung: »Clown in Ausbildung«. Das habe ich alles tapfer weggelächelt. Aber ausgerechnet als ihr bescheuerter Exfreund endlich zu Besuch kam, um zu bestaunen, was er da angerichtet hatte, war ich gerade nicht vor Ort. So hat der Drecksack es geschafft, die völlig vor Glück zugedröhnte Jenny dazu zu bringen, sämtliche Unterhaltsansprüche ihm gegenüber fallen zu lassen. »Er hat ja auch kaum Kohle. Und so ein Rechtsstreit ist wohl das Letzte, was ich jetzt gebrauchen kann«, verteidigte sie ihren Ex damals sogar noch, und zur Krönung: »Es war so süß, wie er die beiden angeschaut hat.«

Ich hätte den Typen damals umbringen können. Und Jenny auch. Ich stelle die leere Flasche auf die Theke und muss verwundert feststellen: Ich hatte völlig vergessen, dass ich vollkommen traumatisiert bin, dank Jenny. Die hat sich nicht an die Abmachung gehalten, an den Schwur, den wir im Alter von fünfzehn geleistet haben. Der besagte nämlich, dass wir beide erst Kinder bekommen werden, wenn wir eine Ausbildung abgeschlossen und danach mindestens zwei Jahre in einem festen Job gearbeitet haben. Und natürlich wollten wir unsere Gene nur mit denen des Mannes verpaaren, der unseren Vorstellungen bis ins kleinste Detail entspricht. Wir hatten errechnet, dass wir im Alter von fünfundzwanzig, spätestens siebenundzwanzig, diese Standards erreicht hätten. Aber nein, statt sich ein bisschen am Riemen zu reißen, lässt sich Jenny zwei Jahre nach dem Abitur von einem schwäbischen Feuerschlucker schwängern, der Brad Pitt nicht im Geringsten ähnlich sah. Wenigstens sah er auch nicht aus wie Johnny Depp. Den, oder zumindest ein sehr ähnliches Modell, hatte ich nämlich zum Vater meiner Kinder auserkoren. Aber heimlich hatte ich schon auf den echten Johnny Depp spekuliert. Man sagt mir einen Hang zum Perfektionismus nach.

»Ist dir nicht gut?«, fragt Jenny besorgt. Die Tränen sind also doch aus den Augen geschossen, sonst wäre sie nicht so alarmiert. Vielbeschäftigte Mütter reagieren immer erst, wenn einer heult. Es ist aber auch alles so verdammt traurig: Jenny ist zu früh Opfer ihrer Hormone geworden, und ich werde es wahrscheinlich nie werden. Ich bin zu abgeklärt, dafür war ich mit fünfzehn unfassbar naiv. Das einzig Positive, was ich der momentanen Situation abgewinnen kann, ist, dass Gunnar schuldbewusst dreinschaut. Da werde ich doch mal ansetzen und dabei möglichst weit ausholen:

»Nein, ich habe keine Kinder.« Hummel wäre stolz auf mich, wenn er das gehört hätte. Ein kurzer, perfekter Satz, der nicht die kleinste Lüge beinhaltet. Ich habe nicht das Wort »leider« eingefügt, um damit nach Mitleid zu heischen, und auch habe ich nicht selbstgerecht behauptet, eben »noch« keine Kinder zu haben. Persönlich bin ich gerade auch extrem froh, nicht ein »Gott sei Dank« angefügt zu haben.

Und siehe da, Ehrlichkeit, gepaart mit einem verheulten Gesicht, zahlt sich doppelt aus. »Oh, ja, hm, 'tschuldige, das war vielleicht etwas unsensibel von mir«, stottert Gunnar nun vor sich hin, und wo er es sagt, fällt es auch Jenny endlich wie Schuppen von den Augen: Der Typ ist nicht nur als Vater, sondern auch als Mann völlig unbrauchbar.

»Ich glaube, mit Reden machst du es grad schlimmer, Gunnar. Vielleicht holst du meiner Freundin lieber noch ein Bier.«

Gunnar nimmt den Auftrag dankbar an, er geht sogar runter in den Keller, wahrscheinlich, um besonders kühlen Gerstensaft für mich zu besorgen. Oder um aus der Schusslinie zu geraten, was wahrscheinlicher ist.

»Ach, Süße, es tut mir so leid. Nicht nur, dass du nicht schwanger bist, meine ich, sondern auch, dass ich angezweifelt habe, dass du überhaupt Kinder haben willst.«

Ich schniefe und bin ausnahmsweise mal froh, dass Jenny einen Hang zu ausufernden Monologen hegt. Dieses leicht schuldbewusste Gurren wirkt ungeheuer beruhigend auf mich. Wahrscheinlich haben das auch nur Mütter so richtig gut drauf: »Weißt du noch, als wir uns das so zurechtgelegt haben, wann wir Kinder bekommen wollten? Da waren wir so jung, vierzehn, oder so.«

Ich nicke, aber so vage, als hätte ich ewig nicht daran gedacht. Jenny seufzt: »Was wir da nicht alles überlegt haben: Ganz wichtig war es uns, nicht älter als fünfundzwanzig zu sein, bevor wir Kinder kriegen, damit wir mit denen später noch in dieselben Clubs gehen können und dabei nicht peinlich aussehen. Weißte noch?« Jenny strahlt, mich haut es fast vom Hocker. Es ist doch erstaunlich, welche Unterpunkte eines Paktes bei den unterschiedlichen Parteien so hängen bleiben. Jenny lässt ihren Blick durch den Raum schweifen und stellt betrübt fest: »Na ja, und jetzt guck dich um. Meine beiden fangen vielleicht in zwei Jahren an mit Ausgehen und so. Bis dahin haben sie den Laden hier so kaputt renoviert, dass ich garantiert nicht mehr hierhin gehen will. Die Zeiten, in denen es hier hoch herging, die sind vorbei. Waren aber geile Zeiten, oder?« Wahrscheinlich. Ich war nicht so oft hier. Unter der Woche habe ich entweder gelernt oder gearbeitet, und wenn am Wochenende ein Konzert hier war, habe ich meist auf meine Nichte aufgepasst. Manchmal auch auf Jennys Kinder. Ich war nicht nur ein sehr aufopferungsvoller, sondern auch ein extrem günstiger Babysitter. Und irgendwann habe ich eingesehen, dass Johnny Depp wohl kaum bei mir anklingeln würde, um mich für diese Qualitäten zu belohnen, daher hatte ich wohl Kopf und Herz frei, als Hummel in mein Leben trat. Und als wir dann zusammen waren, sind wir natürlich schon ausgegangen, als frisch verliebtes Paar. Bis zu vier Stunden am Stück waren wir unterwegs. Dann haben wir eingesehen, dass Frischverliebte andere, wichtigere Aufträge haben und sie sich am besten in den eigenen vier Wänden aufhalten, um diese auszuführen. Kochen, Fernsehen und Verhüten, zum Beispiel. Nach ein paar Wochen hat Hummel das Super-Jobangebot bekommen, und ich habe mich zum zweiten Studium entschlossen.

»Die Zeit rast«, bestätigt mir auch Jenny, »und deswegen dachte ich, als du dreißig wurdest: Bei denen hat sich das Thema Kinder jetzt aber auch erledigt. Wirklich. Nicht mal ich hätte gedacht, dass deine biologische Uhr jetzt noch zu ticken anfängt.«

Meine beste Freundin. Meine einzige Freundin. Sitzt da und lächelt, vielleicht nicht ganz so beseelt wie vor ein paar Minuten, als sie ein fremdes Kleinkind auf einem Foto betrachtet hat, aber doch anmaßend liebevoll. Als wolle sie mit einem blöden

Grinsen ausdrücken, dass wir das Beste mitgenommen haben. Aber das stimmt ja mal so überhaupt nicht. Sie hat immer nur die dümmsten Typen abgeschleppt, und ich habe die ganzen Dramen dann im zweiten Aufguss serviert bekommen.

Bevor ich dieser Frau aber nun vorwerfen kann, dass sie meine besten Jahre geraubt hat, erscheint Gunnar wieder auf der Bildfläche: »Hier, Jenny, ich hab dir auch eins mitgebracht. Geht aufs Haus natürlich.«

Jenny behält die Mundwinkel oben, als sie sich Gunnar zuwendet. Na toll, selbst dieses verschlagene Grinsen darf ich mir mit dem Vollidioten teilen. Und der ist auch ganz gerührt von seiner Großzügigkeit. Vielleicht wird's ja was mit den beiden, die Zwillinge sind ja jetzt alt genug, um selbst mal den Babysitter zu spielen. Wenn sie bei dem furchteinflößenden Fritz damit anfangen, haben sie noch einen Grund, den Männergeschmack ihrer Mutter zu verachten. »Leute, ich geh mal.« Das kann ich hervorpressen, ziemlich neutral sogar. Gunnar schaut vorwurfsvoll, schließlich hat er das mir zugedachte Bier ja schon geöffnet.

»Och nein, geh doch noch nicht! Wir wollten doch mal richtig reden, Süße.« Jenny formt einen beleidigten Schmollmund, der mich vom Aufbrechen abhalten soll. Ich lächele so schwach, wie ich mich fühle. Vielleicht hätten wir vor Jahren mal richtig reden sollen. Ich stehe auf, Jenny hält mich am Arm fest: »Habt ihr denn schon mal über künstliche Befruchtung nachgedacht?«

Gunnar legt die Stirn in Falten, als wolle er zeigen, dass es dahinter arbeitet und auch er nach einer Sekunde zu dem Schluss gekommen ist, dass eine künstliche Befruchtung wohl die Lösung für meine Probleme wäre. Dieser blöde Dackelblick löst endlich einen Knoten in mir, besser gesagt in meinem Magen. Ich stürze aus der Kneipe und kotze mir die Seele aus dem Leib. Nach dem ersten Schwall stelle ich fest, dass Jenny mir nicht nach draußen gefolgt ist, um mir die Haare hochzuhalten. Wahrscheinlich diskutiert sie mit Gunnar über meinen Hormonhaushalt, der übrigens immer noch tipptopp ist.

Die zweite Runde Mageninhalt verteile ich großzügig über das Pflaster. Bei dem Gedanken, dass Gunnar das morgen wegmachen muss, geht es mir etwas besser. Ich wische mir den Mund mit einem Taschentuch ab und wage es, den Kopf zu heben. Nehme ich jetzt die Bahn nach Hause, oder würden mir zwanzig Minuten strammes Fahrradfahren besser bekommen? Bei dem Gedanken an die ewige Zeitspanne von zwanzig Minuten kommt mir etwas hoch, was gar nicht in meinem Körper sein kann. Ich spucke Galle oder so etwas Ähnliches. Es wäre wohl klug, den Weg zum Taxistand einzuschlagen. Aber ich kann nicht gehen, andere anscheinend schon. Ich höre Schritte und Gesprächsfetzen, ein ganzes Rudel Nachtschwärmer nähert sich mir, und ich stehe hier in meinem eigenen Erbrochenen. Peinlicher geht's nicht.

Doch. »Ey, dafür isses aber noch ein bisschen früh, oder, Mutti?«, meint ein Spaßvogel mit Baseballkappe belustigt.

»Ich bin nicht deine Mutti«, will ich sagen, und auch: »Ich bin niemandes Mutti und werde es wohl auch nicht werden.« Stattdessen übergebe ich mich erneut, knapp an den jungen Männern vorbei. Das war jetzt vielleicht nicht so schlau. Sie alle blöken erbost, einige bedenken mich mit Worten, die weitaus weniger schmeichelhaft als »Mutti« sind. Mir wird ganz schummrig, aber ich falle nicht hin. Mein Unterbewusstsein sagt mir, dass ich mich nicht noch kleiner machen darf als diese Zwanzigjährigen. Sonst fallen sie vielleicht über mich her, fressen mich oder, was wahrscheinlicher ist, machen Fotos mit ihren Handys, die ich schon morgen früh im Internet bewundern kann.

»Soll ich Ihnen ein Taxi rufen?«, fragt nun der Junge mit der Kappe. Ich schüttle tapfer den Kopf, obwohl mich die finale Demütigung schon erwischt hat. Ich werde für eine sieche Greisin gehalten, im Dunkeln, vor einem Szenelokal, beim Kotzen. Ich habe mein Leben also nun amtlich verwirkt, da braucht es gar nicht mehr diesen großen Schatten, der plötzlich neben mir auftaucht.

»Sollen wir zur Notaufnahme, oder schaffst du es nach Hause?«, fragt Hummel. Ich wundere mich sehr, dass ich mich gar nicht so sehr darüber wundere, dass er hier ist. Ich finde es viel bemerkenswerter, dass er seine einzige einigermaßen coole Jacke zu diesem Zweck angezogen hat und wie verschüchtert die pöbelnden Buben jetzt auf einmal sind.

»Nach Hause«, krächze ich und halte mich an meinem Freund fest. Der stützt mich, und obwohl ich durchaus registriere, dass er mich in Richtung Krankenhaus hievt, protestiere ich nicht. Ich schließe nur die Augen und genieße es, dass wirklich nichts mehr in meinem Körper drin ist, was da noch rauswill. Also, aktuell nicht.

»Was hast du denn getrunken?«, fragt Hummel.

»Zwei Bier.« Wenn Hummel die Stirn krauszieht, dann hat das was, anders als bei diesem Gunnar. Das kommt daher, dass Hummel viel schlauer ist, und auch, weil seine Sorge um mich ehrlich ist und ich ihn liebe. Und das sollte ich ihm jetzt dringend mal sagen. Ich klammere mich noch fester an seinen Hals und flüstere ihm ins Ohr: »Ich würde dich niemals gegen Johnny Depp eintauschen.«

»Waren wohl doch ein paar Bier mehr, was?«

Dazu sage ich nichts mehr, weil wir jetzt am Krankenhaus angekommen sind und Hummel mich wieder auf eigenen Füßen stehen lässt, als wir beim Anmeldefenster ankommen.

»Was haben Sie für Beschwerden?«, will die diensthabende Schwester dahinter wissen. »Extreme Übelkeit, Erbrechen, Schwindel. Kam auf einmal, nach sehr geringem Alkoholgenuss.«

Hummel mustert mich zweifelnd, die Schwester kritisch: »Besteht die Möglichkeit einer Schwangerschaft?«

»Nein«, antwortet Hummel. Die Schwester blickt ihn streng an, um ihm zu zeigen, dass diese Wortmeldung von seiner Warte aus völlig unangemessen war. Ich hingegen finde diese Antwort so etwas von beruhigend und klärend. Er weiß, dass ich nicht schwanger bin, und bringt mich trotzdem zum Arzt. Ich bin so befreit, dass ich mich direkt wieder übergeben muss. Auch die Schwester bemerkt nun endlich, was Hummel für ein Schatz ist. Er hat genau im richtigen Moment eine Plastiktüte vor meinen Mund gehalten.

»Sie haben Glück, um die Uhrzeit ist es ja noch ganz leer hier. Gehen Sie direkt durch, Zimmer 3, die Ärztin kommt gleich«, sagt sie und drückt den Türsummer.

Wir gehen den Flur hinunter bis zum Behandlungszimmer, Hummel fragt: »Soll ich mitkommen, oder willst du lieber allein da rein?«

Ich hätte nie gedacht, dass ich auf eine derartige Frage am liebsten mit »beides« antworten würde. Ein Blick auf Hummels Hand lässt mich auf die richtige Lösung kommen: »Es dauert bestimmt nicht lange. Vielleicht entsorgst du in der Zwischenzeit die Tüte, und ich hole dich dann im Wartezimmer ab.«

Noch während Hummel diesen Plan abnickt, drängt sich eine junge Ärztin zwischen uns, fragt hektisch: »So, Sie sind das heftige Erbrechen? Dann kommen Sie mal mit rein.« Hummel grinst und winkt mit der Kotztüte.

»Ist das Ihr Mann?«, erkundigt sich die Ärztin, noch während sie ihr Stethoskop aus dem Kittel zerrt.

»Ja, das ist er. In der Tat.«, Vielleicht sage ich das etwas zu laut und deutlich. Jedenfalls muss ich mich dreimal an die eigene Nase fassen, bis auch die Ärztin mir glaubt, dass ich wirklich nur zwei Bier getrunken habe.

8

So eine Magenschleimhautentzündung hat durchaus Vorteile: Wenn Ärzte mir bescheinigen, dass ich Stress vermeiden soll, halte ich mich viel eher daran, als wenn so eine Empfehlung von einem Laien kommt. Überhaupt habe ich in den letzten Wochen gern und viel mit medizinischem Fachpersonal gesprochen, teils beruflich, teils privat, teils sehr intim. Zum Thema »Verhütung im ausgehenden Mittelalter« habe ich mich mit einem Professor aus Berlin ausgetauscht, der mir versicherte, dass Klöster keine Lösung gewesen waren, um den Kindersegen einzudämmen. Wie viele Nachkommen die Mönche gezeugt hätten, wisse keiner, aber es existieren enorm viele Schriften über Entbindungen in Nonnenklöstern, bei denen die Schwestern wohl nicht nur als Hebammen zugegen waren. Zum Beispiel war die Mutter des Marquis de Sade eine Nonne. Das hat mir besagter Professor nicht erzählt, das habe ich in *Das Handbuch des unnützen Wissens* gelesen, mein ständiger Begleiter auf meinem Praxismarathon: Frauenarzt, Hausarzt, Frauenarzt, Hautarzt, Frauenarzt, Zahnarzt. Letzterer machte mir sogar Hoffnung: Sämtliches Amalgam ist nun aus meinem Mund verschwunden. Angeblich erhöht dies das allgemeine Wohlbefinden sowie die Chancen, schwanger zu werden. Denn natürlich will ich immer noch beziehungsweise wieder ein Kind haben, meine Zweifel waren eben durch einen gereizten Magen bedingt.

Laut meinem Frauenarzt verfüge ich sogar über »schöne Eierstöcke«, und dass der schwarze Fleck auf dem Ultraschallmonitor tatsächlich meine Gebärmutter ist, in der auch pünktlich »schöner Schleim« aufgebaut wird, muss ich ihm, wie jede andere Frau, einfach glauben. Aber tatsächlich glaube ich seiner Sprechstundenhilfe, Frau Westhoff, viel mehr, um nicht zu sagen: alles. Wenn die nach jedem Besuch zu mir sagt: »Mit vierunddreißig sind Sie doch heute nicht mehr spätgebärend! Und die drei Zigaretten, die Sie am Tag rauchen, die können Sie sich dann in aller Ruhe abgewöhnen, im ersten Monat. Das wird schon.« Frau Westhoff ist meine Vertrauensperson geworden, deshalb tut es mir umso mehr leid, dass ich sie anlüge. Ich rauche mindestens zehn Zigaretten am Tag. So habe ich mehr zum Abgewöhnen, zeige damit also noch mehr Opferbereitschaft. Ja, langsam werde ich ziemlich spirituell, aber das liegt daran, dass mein Zugriff auf die echte Welt beschränkt ist (Jenny hat sich noch gar nicht wieder gemeldet, und sobald ich Bekannte mit Kinderwagen sehe, wechsle ich die Straßenseite) und die virtuelle immer böser wird. Jeder Depp darf seine Meinung im Internet kundtun, aber Frauen wie ich, die jetzt über ein halbes Jahr lang ungewollt kinderlos sind, sollen »froh sein, dass sie bisher wenigstens keine Fehlgeburten erlitten haben«. Das behauptet zumindest *babajaga_911*, und ich bin kurz davor, die Dame allein wegen ihres Nicknames an die NSA zu verpfeifen. Aber da kein einziger Geheimdienst der Welt telefonisch zu erreichen ist, schreibe ich doch lieber an meiner Doktorarbeit weiter. Und das läuft gut, seit ich mich ganz auf die Menschheit statt auf das Tierreich konzentriere.

Zwischen Hummel und mir läuft es sehr gut. Seit er mich in dieser Nacht vor der Kneipe aufgelesen hat, reden wir wieder mehr. Ich habe ihm ohne Umschweife sagen können, dass es mir kein bisschen weiterhilft, wenn er mir Vorwürfe wegen des Rauchens macht. Und damit er es nicht so mitbekommt, lüfte ich die Küche gut oder sprühe zumindest Raumspray, sobald ich höre, wie sich der Wohnungsschlüssel im Schloss dreht. Wegen der blöden Magenschleimhautgeschichte trinke ich kaum noch Kaffee und habe auf Schonkost umgestellt. Hummel isst seine Falafel mit Chilisauce jetzt allein auf dem Heimweg, aber das rieche ich natürlich trotzdem an seinen Klamotten, wenn er nach Hause kommt. Wenn wir mal zusammen Abend essen, kommt also wenig Erfreuliches auf den Tisch. Ich selbst schon gar nicht mehr. Wir haben uns darauf geeinigt, dass wir erst einmal nur noch miteinander schlafen, wenn es klappen könnte. Und da das so deprimierend klingt, haben wir das auch stillschweigend gemeinsam beschlossen. Um die ganze Nummer zu entkrampfen, machen wir drei bis vier Nummern daraus, obwohl es natürlich albern und wissenschaftlich unnötig ist. Zumindest fühlt es sich so an.

Im Juni fielen meine fruchtbaren Tage mit dem Brückentag um Fronleichnam zusammen, was nicht nur praktisch war, sondern auch mehrfach romantisch. Danach musste ich Frau Westhoff allerdings gestehen, dass zu meinen drei erlaubten Zigaretten noch die Zigaretten danach und davor hinzukamen. Beziehungsweise in drei Fällen die Zigarette stattdessen, was ich wiederum aus meinem Bericht an sie unterschlagen habe. Sie winkte ab. »Solange Sie nicht schwanger sind«, meinte Frau Westhoff nur, und wenn sie es sagt, klingt es, als wäre Nicht-schwanger-Sein kein trauriger Zustand, sondern ein Geschenk, mit dem man außer der Lizenz zum Rauchen noch allerlei andere verwegene Vergünstigungen genießen könnte. Frau Westhoff hatte ein paar tolle Vorschläge parat, was ich »vorher« alles noch erledigen könnte: »Gehen Sie doch tanzen, oder reiten. Wasserski soll toll sein, oder streichen Sie die Wohnung, das sollte man ja eh lange vor der Geburt des Kindes tun, wegen der Dämpfe aus den Farben. Essen Sie Steak, bis Sie fast platzen. Fallschirmspringen soll auch toll sein, obwohl: Das klingt schon ein bisschen danach, als müssten Sie eine Midlife-Crisis bewältigen, oder?« Wir lachten herzlich, Frau Westhoff boxte mir sogar scherzhaft in die Rippen. Dann ging sie zurück an die Arbeit, auf ihren mörderischen High Heels, die sie durchaus tragen kann bei ihrer Figur. Ich vermute, dass sie selbst viel Sport treibt, alle halbe Jahre ihre Wohnung streicht und schon lange mit einem Fallschirmsprung liebäugelt. Sie muss enorm darunter leiden, dass sie in dieser Umgebung arbeitet, in der sie dauernd von Schwangeren umringt ist, wo sie selber keine Kinder hat. Oder vielleicht erfreut sie sich an Frauen wie mir, bei denen es auch nichts wird.

Heute hatte ich meinen ersten Termin bei meinem neuen Gynäkologen. »Ihr Mann ist nicht hier?«, fragte der mich eben, nachdem er sich meine Laborwerte angesehen hatte. Nun, ich nehme an, wenn man ein allgemein angesehener Fachmann auf dem Feld der Reproduktion ist, muss man nicht notwendigerweise auch noch ein exzellenter Beobachter sein.

»Nein, aber bei dem ist alles in Ordnung«, bestätigte ich ihm. Und in Anbetracht der jüngsten Fehlstarts spezifizierte ich: »Seine Spermien sind mehr als in Ordnung.«

Der Arzt nickte: »Ja, bei Ihnen ist auch alles, wie es soll. Ihr Körperfettanteil könnte im Verhältnis zu den Muskeln etwas ausgewogener sein, aber das sollte der ganzen Sache nicht im Wege stehen. Führen Sie eine hauptsächlich sitzende Tätigkeit aus?«

Deswegen unterhalte ich mich so gerne mit Akademikern. Statt einem mahnend in den Rettungsring zu piksen, erklären sie einem, dass dieser kein Hindernis darstellt für einen entschlossenen Mann. Trotzdem musste ich mich natürlich rechtfertigen: »Ich promoviere gerade.«

Das beeindruckte den Spezialisten nicht wirklich, nicht mal nach dem Thema hat er gefragt, sondern nur geseufzt: »Ja, ich habe da in der Endphase auch ganz schön zugelegt.« Daraufhin habe ich wohl so unglücklich dreingeschaut, dass der Herr Doktor ganz tief in die Trickkiste griff und mir die Hand tätschelte: »Wissen Sie, in zwanzig Prozent der Fälle weiß man gar nicht, woran es liegt. Hormontherapie ist in Ihrem Fall sinnlos. Daher schlage ich Ihnen vor, möglichst bald über die In-vitro-Möglichkeiten zu sprechen. Dann wird das schon. Vielleicht bringen Sie ihren Mann also zum nächsten Termin besser mit.«

Ja, das wäre wahrscheinlich wirklich schlau von mir, denke ich, als ich nun die Praxis verlasse. Fast will ich noch einmal umkehren, um zu fragen, ob es ein Problem darstellt, dass mein Mann und ich nicht verheiratet sind. Aber wir leben doch in einer modernen Gesellschaft. Das ist ja heute alles kein Ding mehr, alles ist unkompliziert, offen und frei. Ein paar meiner schönen Eizellen werden mir entnommen, ein paar von Hummels Superschwimmern ausgewählt, die werden unter einem Mikroskop vereinigt, es kann durchaus etwas unangenehm werden beim Einsetzen oder danach, aber, mein Gott, die letzten Monate waren auch unangenehm. Und den letzten Versuchen im trauten Heim fehlte es auch an einer persönlichen Note, um ehrlich zu sein.

Es ist ein viel zu schöner Tag, um darüber nachzudenken, ob ich Hummel vor dem nächsten Termin sicherheitshalber heiraten sollte oder ob ich mich im Internet darüber schlaumache, ob man als seit acht Jahren in Sünde lebendes Paar vielleicht ins liberale Ausland fahren sollte. »Du bist in Dänemark entstanden, mein Kind«, kann ich dann später sagen, »deswegen heißt du Gitte. Oder Sören. Oder Lena, Sven, Lasse und Ida, weil die Dänen dachten, viel hilft viel.«

Ich muss Zigaretten kaufen, und das scheint ein gar nicht so einfaches Unterfangen zu sein, hier in der Gegend. Stets hatte ich den Eindruck, meine Heimatstadt würde pro Einwohner mindestens einen Kiosk bereithalten, aber hier scheint es nur Reformhäuser, Bio-Fleischereien und Designerlädchen für Kindermode zu geben. Ich begutachte ein Schaufenster und stelle fest, dass ich in der falschen Branche tätig bin. Wer hätte gedacht, dass man fast fünfzig Euro dafür verlangen kann, wenn man zwei Geschirrtücher zu einem Strampelanzug zusammennäht? Okay, das war ein hässlicher Gedanke, aber ist es gerecht, dass ich dafür gleich ausgepeitscht werde, mitten ins Gesicht?

»Scheiße«, rufe ich, weil mir nichts anderes dazu einfällt, wenn ich in einem gentrifizierten Neu-Nobelviertel von einem Unsichtbaren grundlos verdroschen werde.

»Das sagt man nicht«, belehrt mich ein Stimmchen hinter mir. Ich blicke meinem mutmaßlichen Peiniger direkt in die Augen. Es ist ein etwa fünfjähriger Fahrradfahrer. Der riesige Helm, den er auf seinem Kopf trägt, ist rot mit weißen Punkten, der verschlagene Gesichtsausdruck untermauert, dass es sich bei dem dringend Tatverdächtigen um einen Giftpilz handelt. Eindeutig überführen kann ich ihn anhand der Tatwaffe: eine meterlange, biegsame Plastikstange ist am Gepäckträger befestigt, ein bunter Wimpel direkt auf Höhe meiner Augen. Wer bringt solche Mordwerkzeuge an Kinderfahrrädern an? Wahrscheinlich die Eltern dieses Gnoms, der jetzt kräht: »Wer ›Scheiße‹ sagt, ist selber scheiße!«

»Haha, Eigentor!«, rufe ich triumphierend. Der dumme Junge versteht das nicht, also entschließt er sich, mit Fliegeralarm zu kontern. Das Sirenenheulen aus seinem Mund lockt in Sekundenbruchteilen eine Frau an, die eindeutig seine Mutter ist. Sie trägt dasselbe Fahrradhelm-Model und schämt sich nicht, den albernen Namen des Balgs laut auszusprechen: »Augustin, was ist denn hier los? Bist du wieder vorgefahren, obwohl die Mama gesagt hatte, du sollst an der Ecke warten? Wie oft hat die Mama das gesagt?« Ihrem Ton nach zu urteilen, tippe ich auf etwa tausendmal in der letzten halben Stunde, aber ich wurde ja nicht gefragt.

Auch Augustin nimmt die Frage als rhetorisch auf, weiß aber zu berichten: »Die Frau hat mit mir geschimpft, obwohl ich die gar nicht kenne!« Das Kind starrt mich feindselig an, die Mutter noch feindseliger. Ich stelle den Sachverhalt klar: »Ihr Kind hat mich gestreift. Also, die Fahrradstange Ihres Kindes, im Gesicht.«

Der große Giftpilz wendet sich an den kleinen: »Stimmt das, Augustin?« Augustin bockt mit vollem Körpereinsatz: Die Ärmchen vor der Brust verschränkt, der Fuß stampft in die Pedale, die Nase läuft. Zum Glück lässt sich seine Mutter dadurch nicht beeindrucken, sie insistiert auf eine verbale Stellungnahme: »Was sagt man denn dann, hm? Was sagst du zu der Tante, wenn so etwas passiert, Augustin?«

Die Tante wartet geduldig auf eine kurze Entschuldigung, welche sie mit einem »Schwamm drüber« quittieren will. Wir müssen das hier nicht breittreten, ich habe noch andere Dinge zu tun. Aber Augustin verdreht die Augen wie eine Operndiva, deren Garderobeneingang von Rosensträußen verstopft wurde, und quäkt: »Dann rufe ich: Weg da!«

Bitte was? Das war die richtige Antwort? Fliegenpilz-Mutti nickt enthusiastisch: »Genau, ›Weg da!‹, das rufst du, wenn Erwachsene den Bürgersteig blockieren! Und was machst du, wenn da eine andere Mutti mit Kinderwagen ist? Na? Genau, dann fährst du links vorbei! Wo ist links, Augustin?« Bevor Augustin den Fifty-fifty-Joker zücken kann, klinke ich mich kurz ein: »Sagen Sie mal, geht's Ihnen gut?«

Die Mutter schaut mich an, als hätte ich sie gerade gefragt, ob sie sich vorstellen könnte, Augustin an einen Wanderzirkus zu verkaufen. Aber so weit wollte ich gar nicht vorgreifen. Nun kneift sie die Augen zusammen, gleich ist es so weit: Sie wird mich anspucken. Aber sie sagt nur: »Maike? Maike Wilmers? Das gibt es ja gar nicht, hallo!« Geübt hält sie mit einer Hand den Lenker ihres Hollandrades fest, während ihr anderer Arm ausfährt, um mich zu umarmen.

Wer ist diese Irre? Bevor ich das kläre, umarme ich lieber zurück. Dabei stelle ich fest, wie gut ich das Thema für meine Doktorarbeit gewählt habe. Obwohl wir uns alle für visuelle Typen halten, sind es in Wahrheit Gerüche und Düfte, die unser Erinnerungsvermögen ankurbeln. Die Giftpilz-Mutti riecht nach Zimt. Höchst ungewöhnlich zu dieser Jahreszeit, aber ich kenne genau eine Person, die sich saisonunabhängig stets mit diesem weihnachtlichen Duft eingenebelt hat: meine ehemalige Tutorin Kerstin. Als ich mich aus der Umarmung der Frau löse und einen besseren Blick auf ihr sorgengegerbtes Gesicht erhasche, ist mir klar: Das muss Kerstins Mutter sein. Nicht, dass ich sie je gesehen hätte, aber nun gilt es, den Verdacht zu verifizieren: »Oh, Frau Stengmann, ich …«

Frau Stengmann lacht: »Ja, Frau Wilmers, wie förmlich! Wahnsinn, wen man so trifft, wir haben uns doch seit der Uni nicht mehr … Augustin, nicht in den Mülleimer fassen, das ist bahbah.« Die Frau, die ihre eigene Tochter ist, zieht ihr Kind aus dem Mülleimer. Kerstin ist nicht nur faltig, sondern auch dicklich geworden. Unter ihrem Helm lugt eine Haarsträhne hervor. Die ist grau und fettig. Bah-bah.

Augustin scheint genau zu spüren, dass ich um Worte verlegen bin, also übernimmt er die Gesprächsführung: »Warum redest du mit der Tante, obwohl die ›Scheiße‹ gesagt hat?«, erkundigt sich der kleine Naseweis, Kerstin erklärt lachend: »Weil das eine gaaanz alte Freundin von der Mama ist, Gusti. Die kannte ich schon, da warst du noch gar nicht auf der Welt, und da ist die Mama noch zur Uni gegangen.« Ein wenig Wehmut scheint mir in Kerstins letztem Satz mitzuschwingen, aber zum Glück weiß Augustin diese unangebrachte Nostalgie zu unterbinden: »Mama, ich find die doof.« Danke, gleichfalls. Kerstin verzieht halbherzig das Gesicht, und seufzt: »Hach, Kinder.«

Ja, Kinder, die Entschuldigung für alles, denke ich, und mein Wunsch nach einer Zigarette steigt ins Unermessliche, weil ich einfach weiß, welcher Satz unweigerlich als Nächstes aus Kerstins Mund flutschen wird: »Hast du auch welche?« Ich muss mir den Gesichtsausdruck, den ich mir als Antwort auf diese Frage zurechtgelegt habe, dringend wieder abgewöhnen. Er bringt die Leute dazu, falsche Schlussfolgerungen zu ziehen. Die Dialoge mit Menschen, die ich auch nur flüchtigst kenne, laufen in letzter Zeit immer exakt gleich ab: »Ach, hallo, Maike, wie geht es dir, wie geht es Matthias?« »Danke, gut.« »Schön, dass ihr immer noch zusammen seid! Und …Kinder?« Und der Gesichtsausdruck dieser Menschen ist so impertinent, dass sie auch direkt fragen könnten: »Wollt ihr nicht, oder könnt ihr nicht?« Aber ich bleibe höflich und entgegne stets: »Schön, dich getroffen zu haben, aber ich muss dringend los. Termine.«

Meine ehemalige Tutorin überrascht mich indes mit nachträglichem Feingefühl: »Oh, das tut mir leid, ist ja auch eine sehr intime Frage, am Ende«, entschuldigt sie sich, Augustin kreischt: »PAPAAAAA!« Der kleine Wirbelwind lässt sein Fahrrad auf den Bürgersteig knallen und läuft auf einen Mann zu, der ganz offensichtlich sein Vater ist, obwohl er keinen Pilzhelm als familieninternes Erkennungszeichen trägt. »Augustin, pass auf die anderen Leute auf«, kräht Kerstin ihrem Sohn hinterher. Ich überlege, ob es eine gute Idee wäre, Plastiklanzen für Kinder zu entwickeln, die sie nicht am Fahrrad befestigen müssen, sondern immer mit sich herumtragen können, um die Menschen links und rechts aus dem Weg zu prügeln. Aber das scheint vollkommen unnötig. Wie in einem schmalzigen Hollywood-Film weichen die Menschen dem kleinen Jungen aus, der in die ausgebreiteten Arme seines Papas rennt. Nur Kerstin grummelt: »Schon wieder zu spät dran, der Penner.« Das sagt man aber nicht, denke ich. Außerdem muss ich feststellen, dass der Penner, der nun mit dem lieben Augustin auf dem Arm auf uns zulatscht, verdammt gut aussieht. Nicht nur im Vergleich zu Kerstin. Lässiges Outfit, volles Haar, breite Schultern. Und je näher er kommt, desto jünger wird er. Ganz ähnlich wie Herr Turtur, der Scheinriese aus den *Jim-Knopf*-Büchern, der immer kleiner wurde, je näher man ihm kam. Die Idee hat mich schon als Achtjährige fasziniert, und auch jetzt stehe ich mit offenem Mund da und glotze den Scheingreis an. Als er vor mir steht, sieht er aus wie Mitte zwanzig.

»Hannes, du bist zu spät dran. Ach, das ist übrigens Maike, Maike, das ist Hannes, der Vater von Augustin.«

Männermodel Hannes reicht mir lächelnd die Hand. Zu Kerstin sagt er: »Ja, ich war noch im Fahrradladen, eine neue Klingel für Augustin kaufen. Die alte ist ja schon vor Wochen kaputtgegangen.« Kerstin schnauft, Hannes lächelt weiter, das macht er sehr schön, aber es wirkt mittlerweile etwas angespannt. Mir fällt die Liste ein, die Hummel und ich vor einer kleinen Ewigkeit erstellt haben. Bei all den Punkten, mit denen wir klären wollten, ob wir als Eltern taugen, haben wir »Fahrradfahren – Sicherheit und Verkehrserziehung« völlig ignoriert. Dabei scheint es um nichts anderes zu gehen in Kleinfamilien. Wenn man da nicht an einem Strang zieht, ist eine Trennung unvermeidlich.

Endlich entspannt Augustin die Lage: »Papa, die hat ›Scheiße‹ gesagt. Die ist doof.« Sein Vater lächelt, sagt aber nicht: »Kinder!«, sondern setzt auf pädagogische Milde: »Na, wir sagen doch alle mal ›Scheiße‹ , oder? Sogar der Papa hat gerade ›Scheiße‹ gesagt.« Augustin lacht vergnügt über so viel Scheiße, Kerstin umklammert ihren Fahrradlenker so fest, dass ihre Fingerknöchel ganz weiß werden. Der ideale Zeitpunkt, um zu gehen, denke ich, bleibe aber sowohl unschlüssig stehen als auch Gesprächsthema.

»Die hat keine Kinder«, petzt Augustin, »weil die eine Lesbiene ist.« Außer mir lacht keiner, endlich sind sich die Eltern des Kindes mal wieder einig: »Augustin!«, rufen beide, aber dann beenden sie ihre jeweiligen Sätze doch höchst unterschiedlich. Kerstin belehrt: »Das heißt nicht Lesbiene, sondern Lesbierin. Oder Lesbe. Maike, was ist korrekt?« Hannes hingegen schmunzelt: »Also, in diesem Fall keines von beidem, oder?« Der Kerl flirtet mit mir. Vor den Augen der Kindsmutter. Abstruser wird es heute nicht, es sei denn, Kerstin hat noch was in petto. Hat sie: »Hannes, hier sind Augustins Sachen. Wir sehen uns Montag, ja? Dann bringst du ihn bei Uwe und mir vorbei, ja?« Die Wissenschaftlerin in mir erwacht. Wer ist Uwe? Kerstins Neuer? Wie kann eine Frau, die mit Fliegenpilz-Helm auf dem Kopf wahrscheinlich besser aussieht als ohne, Super-Hannes für einen anderen verlassen?

Kerstin bietet mir die Gelegenheit, das herauszufinden: »Ach, Maike, sollen wir noch einen Kaffee trinken?« Ohne meine Antwort abzuwarten, verabschiedet sie sich bei ihrem Kind: »Augustin, komm mal her. Du passt auf, dass der Hannes dich pünktlich weckt, und kein Fernsehen morgen, ja? Ich rufe zwischendurch an, okay? Mama hat dich lieb. Tschüss, Hannes.« Augustin ist zu sehr mit seiner neuen Klingel beschäftigt, um Mutters Sorgen zu zerstreuen, Hannes winkt uns, überraschenderweise lächelnd.

Wenig später finden Kerstin und ich uns an dem einzig freien Tisch vor einem Café an der nächsten Ecke wieder. Als Kerstin endlich sitzt, sieht sie schon viel entspannter aus. Wie ein Sitzsack mit Gesicht. Ich registriere, dass sich keine Aschenbecher auf den Tischen befinden, und nehme mir vor, diesen Plausch so kurz wie möglich zu halten. »Ich bin nicht lesbisch«, nehme ich den Faden ziemlich ungeschickt wieder auf. Kerstin kann ihre Mundwinkel tatsächlich noch heben: »Ach, ich überlege grad, ob ich es werde. Scheißkerle, oder?«

Ich nicke heftig, statt anzumerken, dass ihr Augustin auf dem besten Wege ist, ebenfalls einer zu werden. Da die blöde Kellnerin damit beschäftigt ist, uns gewissenhaft zu übersehen, schweige ich ein bisschen. Es funktioniert. Kerstin erzählt mir ohne Umschweife, wie ihr Leben in den letzten zehn Jahren verlaufen ist.

»Augustin ist ein Wunderkind. Ich meine, er ist ein absolutes Wunder, weißt du?« Nein, aber ich ahne. Vor mir sitzen die traurigen Ruinen einer Frau, die unbedingt ein Kind wollte, eine, deren Eizellen am Ende wahrscheinlich schon allein den Weg in die Pipette gefunden haben. Kerstin hat genau das getan, was ich gerade in Erwägung ziehe. Und Uwe ist wahrscheinlich ihr Siamkater, mit dem sie ihr tristes Leben teilt, wenn das Wunderkind mit seinem Erzeuger unterwegs ist. Kerstin seufzt: »Wir haben es versucht und versucht, sogar schon über künstliche Befruchtung nachgedacht.« Ich stutze. So sieht man irgendwann aus, wenn man nur darüber nachdenkt? Kerstin lässt sich weiterhin nicht dadurch beirren, dass ich nichts zu unserer Unterhaltung beitrage: »Ja, zehn Jahre war ich damals schon mit Uwe zusammen, und dann, zack – eine Nacht mit Hannes, und schwupp: schwanger.«

Ich wiederhole, als würde ich einen Comicstrip vorlesen: »Zack. Schwupp. Schwanger. Und Uwe?«

Kerstin zuckt mit den Schultern: »Na ja, wir sind doch alles erwachsene Menschen, oder? Uwe liebt den Kleinen wie seinen eigenen Sohn, aber natürlich fordert auch Hannes seine Rechte als leiblicher Vater ein. Da entstehen natürlich Reibungspunkte, aber mittlerweile finde ich es toll, dass sich drei Erwachsene um ein Kind kümmern. Da bekommt Augustin doch viel mehr Input.« Ja, und Fahrradzubehör, denke ich. Kerstin hält die Bedienung an deren Schürze fest: »Wir bekommen zwei Milchkaffee, ja?«, informiert sie die verdutzte Studentin knapp. Milchkaffee ist okay, obwohl ich lieber etwas Kaltes gehabt hätte. Kerstin lehnt sich entspannt zurück, und ich korrigiere: Richtig fett ist sie nicht, eher kräftig und unvorteilhaft gekleidet, auch jenseits des Helmes. Khakihose, Armeejacke, derbe Stiefel. Eine Augenklappe oder ein Holzbein würden den Look perfekt machen. »Seit wir Augustin haben, ruhe ich wirklich in mir selbst, Maike.« Wie viele Sprüche von der Sorte kann ich noch ertragen? Gibt es unter Frauen meines Alters kein anderes Thema als Mutterschaft?

»Wir versuchen es jetzt etwas länger als sieben Monate«, höre ich mich sagen, und Kerstin winkt ab: »Oh, das ist ja gar nichts. Obwohl: Zu der Zeit wurde es bei Uwe und mir auch das erste

Mal kritisch. Da ging es dann von Arzt zu Arzt, alle hatten tolle Tipps, natürlich. Aber wusstest du, dass man in zehn Prozent der ungewollten Kinderlosigkeit gar nicht erklären kann, woran es liegt?«

»Zwanzig Prozent«, sage ich, um Kerstin auf den neuesten Stand zu bringen. Und damit sie sich nicht so speziell fühlt, das tue ich ja auch nicht. »Meinetwegen auch zwanzig. Ist ja noch schlimmer. Jedenfalls, als ich das gehört habe, ist unsere Beziehung erst richtig ins Wanken geraten. Und dann kam Hannes. Dann Augustin. Wie gesagt, ein Wunder.« Wenn irgendjemand unser Gespräch belauschte, würde der garantiert als Letztes darauf tippen, dass sich hier zwei studierte Biologinnen unterhalten. Offenbar habe ich ein wenig zu verständnisvoll geguckt, denn Kerstin schnappt sich meine Hand und vertraut mir noch Persönlicheres an: »Ich sage dir eins, Maike: Hannes ist ein ziemlicher Schwachkopf, aber ich bin so froh, dass wir nicht durch diese ganze Scheiße mit der künstlichen Befruchtung durchmussten, Uwe und ich. Das macht Paare doch kaputt, wenn ich mich da im Bekanntenkreis umgucke, nur Drama, Tränen, Hoffen, Bangen, Trennungen. Dann lieber einmal richtig Zoff, aber dann ist der Druck raus. Und Augustin ist zum Glück ein Sonnenschein, die meiste Zeit.« Ja, genau das ist es, denke ich. Bei Kerstin ist der Druck raus, sowie sämtliche Körperspannung, Selbstwertgefühl und Intelligenz. Ich denke über Jennys Theorie nach, dass Kinder wie Fürze sind. Vielleicht liebt Uwe tatsächlich die Darmwinde des schönen Hannes wie seine eigenen, aber kann man bei so einer dicken Luft zu Hause wirklich noch eine partnerschaftliche Beziehung führen? Kann man jemals im Leben wieder mit einer Frau ins Bett gehen, die einen täglich daran erinnert, dass man eine ziemlich einfache Übung in zehn Jahren nicht bewältigen konnte? Und kann man umgekehrt einen Mann noch attraktiv finden, der so devot sein Schicksal als Kuckucksvater aufnimmt?

Die Bedienung schubst missmutig unseren Kaffee auf den Tisch: »Kann ich direkt kassieren? Gleich ist Schichtwechsel.« Säuerlich drückt Kerstin der Frau ein paar Münzen in die Hand. »Vielen Dank«, säuselt die Kellnerin in dem professionellen Ton, mit dem man ein lumpiges Trinkgeld quittiert. Kerstin schenkt ihr einen Blick, der sie dazu bringt, ganz schnell das Wechselgeld auf den Tisch zu legen. Kerstin achtet darauf, dass die Bedienung noch in Hörweite ist, als sie zischt: »Wenn die ihren Job mies erledigt, belohne ich sie doch nicht noch dafür.« Wow. Das wäre doch ein hübscher Spruch für Kerstins Familienwappen, denke ich. Und plötzlich habe ich eine wundervolle Idee: »Weißt du was, Kerstin, ich gehe mir mal eben schnell Zigaretten holen, okay? Bin gleich wieder da.«

Und weg bin ich. Kein schlechtes Gewissen, schon weil ich den Kaffee ja nicht bestellt habe. In der nächsten Seitenstraße finde ich endlich einen Tabakladen, und der erste Zug an der Zigarette schmeckt wirklich so, wie sie es in der Werbung versprechen: nach Freiheit, mit einem Hauch von Lagerfeuer, außerdem wächst beim Rauchen der Wunsch in mir, immer weiter westwärts zu gehen, einsam der untergehenden Sonne entgegen. Vielleicht sollte ich doch noch mal meine Hormone checken lassen. Da ist bestimmt zu viel Testosteron vorhanden, sonst würde ich jetzt nicht dreckig vor mich hin grinsen, wenn ich mir Kerstins blödes Gesicht vorstelle. Was soll's, ich sehe sie ja mit ein wenig Glück nie wieder, ich wohne ja ganz woanders.

Mir geht es plötzlich richtig gut, weil ich doch ein paar richtige Entscheidungen in meinem Leben getroffen habe: im dritten Anlauf doch noch das passende Studium gefunden, und im Gegensatz zu diesem Viertel ist meine Wohngegend extrem angenehm. Ich verstehe mich gut mit meinen Eltern, bin aber gleichzeitig froh, dass es nur zwei von ihnen gibt. Ich habe vielleicht nicht viele Freunde, aber den einzig richtigen Mann, und trotz sämtlicher Schwierigkeiten bin ich ein denkender Mensch geblieben. Mit zwei sehr hübschen Beinen, wie ich gerade meinem Spiegelbild in der Schaufensterscheibe bestätigen muss. Vielleicht lege ich mir mal neue Dessous zu, etwas Verführerisches, was meinem Mann signalisiert, dass ich ihn liebe, schätze und ehre, und nicht nur mit ihm … trainiere, bis ein Hannes des Weges kommt. Ich ziehe den Bauch ein, mein Handy klingelt. Hummel ist dran. »Hey, wie geht's dir?«, frage ich fröhlich.

»Mir geht's gut, Süße, und dir?« Er klingt ernst, fast etwas besorgt. Aber das tut er immer, wenn er bei der Arbeit ist: »Mir geht's auch gut. Was ist los?« Ich höre Hummel schlucken, bevor er sagt: »Ich wollte dich was fragen. Aber lieber persönlich, zu Hause.« Warum ruft er dann an, frage ich mich, aber dann fällt mir auf: Hummel hat von unserem Festnetz aus angerufen. Er ist schon daheim, weil er mich eben etwas ganz Persönliches fragen will. Er will mir einen vernünftigen Heiratsantrag machen.

»Ich bin in einer halben Stunde zu Hause«, sage ich, »oder soll ich früher kommen? Oder später?«

»Nein, eine halbe Stunde ist perfekt. Bis gleich.«

Der Spitzen-BH passt auch perfekt. Ich behalte meine neue Unterwäsche direkt an, und ziehe, ganz verwegen, nur meine Jeansjacke über das Ensemble, mein T-Shirt landet in der Einkaufstüte.

Genau achtundzwanzig Minuten später stehe ich vor unserer Wohnungstür und überlege, ob ich aufschließen oder klingeln soll. Um Punkt 16.03 Uhr, am 23. Juli, knöpfe ich meine Jacke auf und entscheide ich mich für ein zartes Klopfen. Darauf ertönt ein heiseres Bellen, aber bevor ich mich deswegen erschrecken kann, fliegt die Tür auf. »Maikimaikimaiki! Na, das ist mal ein Willkommen!« Siandikreist lässt meine BH-Träger flitschen und drückt seinen nackten Bauch an meinen. Über seine Schulter hinweg sehe ich Hummel, der nur mit den Schultern zuckt, den fusseligen kleinen Hund, der schäbig grinst, und zwei große

Reisetaschen, die nichts weiter tun, als auf dem Boden zu stehen. Als Andreas Biene mich endlich aus seiner Umarmung freigibt, lässt er seinen älteren Bruder wissen: »Also, Matze, ich glaube, von Maikileins Seite geht das klar, dass ich erst mal hierbleibe. Cool. Dann koche ich für uns, okay?«

Andi springt an mir vorbei in die Küche. Ich knöpfe meine Jacke wieder zu. Hummel scheint das gar nicht zu bemerken, er fragt nur: »Ist das wirklich okay? Er hat sich von seiner Mia getrennt und macht eine schwere Phase durch.« Hieß Mia nicht mal Lisa? Oder war das nur so eine Zack-schwupp-Angelegenheit, die wir vor ein paar Monaten beobachten durften? Andi kramt in unseren Küchenschränken herum, ich höre ein Krachen. Es klang ziemlich genau so, als ob ein schwerer Bräter auf unsere sämtlichen Tassen gefallen ist. Andi schreit: »Scheiße! Tschuldigung!« Immerhin. Der Hund wieselt zum Ort des Geschehens, um laut kläffend sein Herrchen anzufeuern. »Klar kann Andi bleiben«, murmle ich schließlich und kann mir nicht verkneifen hinzuzufügen: »Wir haben ja Platz.«

Hummel nimmt mich in den Arm. »Danke. Und wie war's beim Arzt?«

»Na ja, er sagt …« Ich stocke. Hummel guckt noch schuldbewusster als zuvor, und das aus gutem Grund. Ich habe ihm nichts von dem Arztbesuch erzählt. Und auch den Termin nicht auf dem Kalender in der Küche notiert, sondern nur auf meinem Rechner. Der steht aufgeklappt auf dem Tisch. Die letzte Version meiner Doktorarbeit ist auch geöffnet. Ich fasse es nicht: »Wie kommst du dazu, an meinen Rechner zu gehen?«, fauche ich Hummel an, der meint tatsächlich: »Der war an, und Andi musste was im Internet gucken. Ich hab's nur zufällig gesehen. Außerdem redest du ja kaum noch mit mir, seit Wochen.«

Bevor ich da einiges richtigstellen kann, werden wir unterbrochen.

»Oder wollen wir in den Park, grillen? Bei dem geilen Wetter?« Andi lugt um die Ecke, in einem Arm trägt er den Hund, im anderen ein voll beladenes Kehrblech, dessen Inhalt meine vorherigen Befürchtungen bestätigt. Aber ich kann ihm nicht böse sein. Das muss ich auf jemand anderen verschieben: »Der Arzt sagt übrigens, dass er deine Schwimmer selbst über die Ziellinie bringen will«, sage ich und gehe ins Bad. Ich höre noch, wie Siandikreist seinen Bruder fragt: »Alter, habt ihr irgendwie Beef oder so? Soll ich wieder abhauen?«

Ich lausche. Hummels Antwort darauf interessiert mich wirklich. Schließlich seufzt Hummel matt: »Andi, du kannst übers Wochenende bleiben, nicht länger, okay? Und zieh dir was an, verdammt.«

Das reicht mir für den Moment. Ich steige in die Dusche und muss zugeben, dass Andis Besuch gar nicht so ungelegen kommt. Da können wir doch hübsch beobachten, wie es so läuft, wenn unsere Wohnung von einem tollpatschigen Monster annektiert wird. Und wenn der Hund die ganze Nacht so durchkläfft wie jetzt, dann kommt das Ganze dem Wahnsinn, auf den wir hinsteuern, schon ziemlich nah. Obwohl ich gerade nicht mit Sicherheit sagen kann, wer bei dieser Odyssee noch an Bord ist.

9

Das Wochenende war ziemlich lehrreich. Ich hätte nie gedacht, dass man einen Grill komplett abfackeln kann. Andi schon. Aber meinen Wetteinsatz von zehn Euro hat er mir erlassen, weil er lebenslanges Aufenthaltsverbot im Stadtpark hat und ich mit seinem Hündchen ausgehen muss. Als ich ihn fragte, wie der Kläffer überhaupt heißt, zuckte er mit den Schultern: »Hat er mir nie gesagt.« Als ich ihn darauf hinwies, dass es sich bei dem Tier um eine Hündin handelt, meinte er nur: »Das erklärt, warum er so eine Bitch ist.« Jetzt heißt das Vieh eben »Die Bitch«, und ich glaube, sie mag mich. Wenn sie mit mir allein ist, bellt sie kaum noch, und im Gegensatz zu Andi ist sie stubenrein. Irgendwie hat der Bruder meines Freundes es geschafft, den Inhalt seiner Reisetaschen komplett in unserem Wohnzimmer zu verteilen. Aber was auf den ersten Blick wie ein komplettes Chaos wirkt, hat durchaus System. »Überall, wo etwas kaputtgegangen ist, habe ich ein T-Shirt drübergehängt. Das ersetze ich euch alles, wenn ich groß rauskomme.«

Jetzt ist es Montagabend, und Andi ist weg. Allerdings nur vorübergehend, bei einem Geschäftstermin. Neben seinem Standbein in der Filmbranche versucht er, sich ein zweites in der Getränkeindustrie aufzubauen, und spricht verschiedene mögliche Zwischenhändler vor Ort direkt an, um deren Angebot zu testen.

»Kann dein Bruder nicht einfach sagen, dass er eine Kneipentour macht?«, frage ich Hummel. Der schaut überrascht auf: »Oh, wir sprechen also wieder miteinander?«

Ja, offenbar. Und es ist nicht so, als hätten wir in den letzten

Tagen überhaupt nicht miteinander geredet, erst gestern sagte ich zu ihm: »Gib mir mal die Milch, bitte.« Und wenn ich mich nicht täusche, habe ich in den letzten zweiundsiebzig Stunden mindestens hundertmal meine Gesprächsbereitschaft signalisiert, indem ich ihn fragte: »Was denn?«, sobald er mich mit diesem Blick angesehen hat, den die Bitch auch draufhat, wenn ich etwas Essbares in der Hand habe. Aber immer wenn Hummel vielleicht sagen wollte, was denn jetzt sein könnte, kam Andi angerannt, weil etwas nicht funktionierte, brannte oder überlief. Am Sonntagabend kehrte dann Entspannung ein, Andi war endlich müde, aber statt zu schlafen, hat er sich seines Liebeskummers erinnert. Hummel musste bei ihm auf der Couch nächtigen. Einerseits fand ich das süß, andererseits fühlte ich mich ausgestoßen. Dafür ist Hummel heute arbeiten gegangen, und ich habe Andi mal unauffällig auf den Zahn gefühlt. Dabei kam heraus, dass ich eine recht begabte Musikerin bin, solange es bei *Guitar Hero* nicht über Schwierigkeitsstufe 1 hinausgeht. »Bass wäre eher dein Instrument, Maikilein. Wir brauchen nur ein zweites Kabel, dann geht es.« Es ging leider nicht. Dass die Aktion im Vorfeld zum Scheitern verurteilt war, hätte mir auffallen sollen, als Andi Hummels alten Rechner dafür aufschrauben musste. Wenig später haben Hummel und ich übrigens ebenfalls sehr wohl miteinander gesprochen. Er sagte: »Aha, wenn du an meinen Rechner gehst, dann ist das wohl was anderes«, woraufhin ich erwiderte: »Es ist doch dein *alter* Rechner. Den hast du eh nicht mehr benutzt.« Bevor dann einer von uns beiden erwähnen konnte, dass ich mich genau wie Hummels Mutter anhöre, schrie Andi: »Ey, guckt mal: Ich habe aus der anderen Gitarre einen Bass gebaut. Wenn wir jetzt noch ein Drumset dazukaufen, können wir eine Band gründen.« Haben wir aber nicht. Uns war nicht so nach Jammen, und Andi war feinfühlig genug, uns mal allein zu lassen. Und seit wir das Fiepen der Bitch unterbrochen haben, indem wir sie hochpädagogisch erst ausgeschimpft und dann doch ins Bett haben hüpfen lassen, schauen wir drei Hübschen friedlich auf den Fernseher. Aber irgendwann kann auch die schönste Reportage über Atombombenversuche die Anspannung nicht mehr übertünchen, und weil Hummel offensichtlich immer noch nicht bereit dazu war, sich für seine Spionageattacke zu entschuldigen, habe ich halt klein beigegeben und ein harmloses Gespräch angefangen. Den ersten Anlauf kann ich wohl als Streichergebnis werten, aber ich probiere es noch einmal: »Guckst du den Mist da tatsächlich an?«

»Nein.«

»Kann ich umschalten?«

»Meinetwegen.«

Ich schalte den Fernseher aus. Die Bitch fiept anklagend. Sie mag Andi, also muss sie Atombombentests wahrscheinlich lieben. »Ich hasse diesen Köter«, murmle ich. Hummel meint: »Dann schmeiß ihn doch wieder raus. Aber warte vielleicht, bis Andi wiederkommt, dann können die beiden zusammen abhauen.«

»Darum geht es doch gar nicht«, zische ich, Hummel fragt lauter zurück: »Worum geht es denn dann, hm? Doch nicht um den blöden Hund.« Der blöde Hund kläfft und wedelt aufgeregt mit seinem Stummelschwänzchen.

»Na toll, jetzt sind alle Nachbarn wach«, stelle ich fest, Hummel steht auf und geht in die Küche. Ich höre ihn etwas aus dem Kühlschrank holen, eine Flasche, die er von ihrem Kronkorken befreit. Dann schnauft er nur noch. Nein, ich glaube, er tut etwas anderes. Das muss ich sehen, um es zu verifizieren.

»Willst du auch eine haben?«, fragt er mich und hält mir die Zigarettenschachtel hin. Ich schüttle den Kopf, genehmige mir aber einen tiefen Schluck aus seiner Bierflasche.

»Du kannst auch ein eigenes haben«, bemerkt er.

»Ich weiß«, bemerke ich.

Die Bitch hat inzwischen bemerkt, dass wir gar nicht mehr im Schlafzimmer sind, kommt in die Küche getrottet und denkt offensichtlich scharf darüber nach, was als Nächstes zu tun ist. Sie beschließt, dass es auf keinen Fall schaden kann, ihrem eigenen Schwanz nachzulaufen, bis sie schließlich einen Schwindelanfall bekommt und auf den Boden fällt. Genau zwischen Hummel und mir. Bei jedem anderen Hund würde ich von Instinkt, vielleicht sogar von Situationsgespür und Deeskalationsgeschick sprechen, aber in diesem Fall würde ich sagen: Die Bitch ist eben genauso bekloppt wie Andi, und egal, was sie tut, man muss sie trotzdem lieb haben.

»Ist das nicht eigentlich eine Rüdensache? Das, was sie jetzt macht, meine ich.«

Schön, dass Hummel mir noch auf einigen Gebieten eine gewisse Kompetenz zutraut. Ich beruhige ihn: »Ne, das machen die alle. Ist meistens ein Zeichen von Unsicherheit. Kann aber auch bedeuten, dass sie sich hier zu Hause fühlt. Vielleicht juckt sie nur was.« Hummel kichert. Ich auch. Manchmal ist es doch schön, wenn ein Dritter im Raum ist, um die düstere Stimmung aufzuhellen. Und noch schöner, dass es nur ein Hund ist, der unter unserem Tisch liegt und sich mit Hingabe die eigenen Genitalien leckt.

»Es könnte alles schlimmer sein«, spricht Hummel meine Gedanken aus, aber ich muss zugeben: »Aber auch weitaus besser.«

Hummel zieht mich an sich, die Bitch rülpst leise. Und das ist der Anstoß, den ich brauchte, um wirklich zu reden: »Hummel, ich weiß gar nicht mehr, was ich will. Vielleicht will ich ein Kind, aber nicht um jeden Preis, also, ich würde mich schon künstlich befruchten lassen, aber ich habe total Angst, dass wir uns dabei verlieren. Wenn wir dann doch kein Kind bekommen, oder … oder wenn es dann da ist. Ich meine, wir können ja nicht mal Andi länger als drei Tage ertragen.«

Hummel legt seinen Arm um meine Taille, die Bitch schüttelt sich die Brotkrümel aus dem Fell. »Andi ist aber auch ein sehr spezielles Kind«, murmelt er, ich verdrehe die Augen. Irgendwer hat hier den Ernst der Lage nicht erkannt, und es ist nicht der Hund.

Hummel gesteht schließlich: »Also, ich bin auch nicht für künstliche Befruchtung. Nicht aus männlichem Stolz heraus, sondern einfach, weil es mir so … unnatürlich vorkommt.«

»Das ist die Definition von künstlich.« Hummel schaut mich an, als hätte ich den Kern der Sache verfehlt. Das kann sogar möglich sein, aber ich bin wild entschlossen, dass wir den noch heute Nacht finden werden – heute oder nie mehr. »Ich will doch ein eigenes Bier.«

Hummel reicht mir eins aus dem Kühlschrank. »Und immer noch keine Zigarette dazu?«, horcht er nach.

»Ich habe seit drei Tagen keine einzige mehr geraucht. Ist dir das nicht aufgefallen?« Mir fällt es auch erst jetzt auf.

»Doch, und ich bin stolz auf dich.«

Das klang ernst gemeint. Ich bin auch stolz auf ihn, weil er nie länger als fünf Minuten am Tag unerträglicher Laune ist. Gut, wir sehen uns in letzter Zeit nicht länger als eine halbe Stunde täglich, und das bringt mich schließlich darauf, was hier wirklich schiefläuft: »Die Arbeit macht dich kaputt, oder? Ich meine, so richtig, mehr, als du je zugegeben hast.«

Hummel nickt traurig: »Ich bin nur noch todmüde, wenn ich nach Hause komme. Ich hab das Gefühl, mein Leben geht einfach an mir vorbei.«

Ich schlucke. Wie man's dreht und wendet, das klingt beschissen. Entweder bin ich nicht Hummels Leben, oder ich gehe an ihm vorbei. Die Bitch steht auf und verzieht sich in den Flur. Fast will ich ihr folgen. Es ist alles so unfair.

»Meinst du denn, unser Leben macht mich gerade glücklich? Mir macht das auch keinen Spaß, über meiner bescheuerten

Doktorarbeit zu hocken und alle paar Wochen festzustellen, dass es nicht geklappt hat.«

Hummel sagt: »Mpf«, und jetzt ist das Maß voll.

Ich ergänze: »Und es macht noch weniger Spaß, wenn du mich dann so anguckst, als könnte ich was dafür, dass du uns nicht aus deinem blöden Job rausschwängern kannst.« Das war ein Schlag ins Gesicht, nicht nur für Hummel. Um diesem Ausbruch den wohl unpassendsten Nachhall hinzuzufügen, vernehmen wir das Trippeln vier kleiner Pfoten aus dem Flur, gefolgt von ein paar viel größeren Füßen. Andi schaut Hummel mit großen Augen an, dann mich, dann wieder Hummel. Wenn er noch eine Sekunde länger so guckt, muss ich ihm sagen, dass wir zwar Probleme haben, aber, was immer auch passiert, wir ihn ganz doll und immer gleich lieb haben werden. Zum Glück bleibt mir das erspart.

»Ich weiß nicht genau, worum es geht«, gibt Siandikreist zu, »aber ich empfehle euch dringend, euch etwas anzuziehen. Im Haus gegenüber ist 'ne Party, und die Leute sind echt krass.«

Eine Party. Deren Gäste selbst Andi als krass empfindet. Das ist das Vorletzte, worauf ich jetzt Lust habe. Das Letzte, wonach mir jetzt der Sinn steht, ist, hier weiter mit Hummel zu sitzen und uns gegenseitig zu zerfleischen. Hummel sieht das ähnlich: »Heute ist Montag, Andi«, murmelt er, Andi nickt verständnisvoll: »Keine Sorge, Alter, der ist nächste Woche wieder.«

Dieses Lächeln von Hummel trifft mich nur ganz kurz, aber mitten ins Herz, weil es in Andis Richtung geht. Hummel steht auf und sagt im Vorübergehen: »Okay, ich rasiere mich nur kurz. Kannst du mir meine Jeans raussuchen?«

Ich fasse es nicht. Gut, dass Andi da ist: »Klar, mache ich. Maike, du musst dich nicht noch rasieren, oder?«

Nein, ich muss ins Schlafzimmer stapfen und wütend die Tür zuknallen. Mich aufs Bett werfen, noch im Flug feststellen, wie dämlich das wirken muss, und aus dem Augenwinkel Hummels

Jeans sehen. Will ich, dass Andi hier reinkommt? Oder gar Hummel? Nein. Ich stehe wieder auf, reiße die Tür auf und schleudere die Hose in den Flur. Das zweite Zuschlagen war noch lauter, stelle ich befriedigt fest, allerdings wird mein Statement dadurch abgemildert, dass sich die Bitch offenbar in Hummels Jeans verbissen hat. Ich höre Andi schimpfen, dann lachen. Ich höre Hummel lachen. Ich wünschte, wir hätten geheiratet. Dann könnte ich jetzt aus dem Zimmer stürmen und die Scheidung verlangen. Aber ich komme noch nicht einmal zum Beenden unserer Beziehung, sondern höre nur, wie die Wohnungstür ins Schloss fällt. Ganz normal, ohne Knallen. Hummel hat einfach kein überschäumendes Temperament. Ich normalerweise auch nicht. Und selbst wenn ich noch über die Energie verfügen würde, ein wenig Geschirr zu zerdeppern – es wäre unmöglich, Andi hat tatsächlich nicht eine Tasse heil gelassen.

Natürlich könnte ich meine Sachen packen und einfach gehen. Bloß: wohin? Jenny wäre keine gute Adresse, selbst wenn wir gerade nicht im Clinch lägen, meine Schwester würde mich auslachen, und meine Eltern – wären auf unterschiedliche Weise enttäuscht. Mein Vater, weil ich mich extrem kindisch benehme, und meine Mutter, weil sie immer glaubt, dass Hummel grundsätzlich ein Heiliger ist. Und sie hätten auch noch beide recht. Wenn ich meinen Eltern die Lage erklären würde, müsste ich sogar zugeben, dass ich unglaublich gemein war und Hummel gar nicht einer sachlichen Diskussion entwichen ist, sondern ich froh sein kann, wenn er jemals wiederkommt. Das Beste, was ich tun kann, ist also, hier zu sitzen und abzuwarten. Nein, das ist das Schlimmste, was ich tun kann. Ich warte seit sieben Monaten. Auch wieder falsch, ich warte seit Jahren, denn ich wollte immer Kinder haben, und zwar zum richtigen Zeitpunkt. Es war wohl dumm von mir, zu denken, dass der jemals kommt. Wahrscheinlich ist der einfach irgendwann vorüber gewesen, und ich habe keinerlei Warnung erhalten. Keine Sirenen, nicht mal ein Glöckchen schrillte, es kam keine Benachrichtigung per Postkarte, wie von meinem Zahnarzt, wenn die nächste Prophylaxe ansteht. Vielleicht habe ich jahrelang überflüssigerweise die Pille geschluckt.

Und jetzt ist auch noch der Mann weg. Tja, dumm gelaufen. Was tut eine emanzipierte Frau in so einer Situation? Fallschirmspringen wahrscheinlich. Oder sie sucht sich ein weniger gefährliches Hobby, schließlich muss sie ja auch weiterhin in die Rentenkasse einzahlen, wenn ihre Kinder das schon nicht tun. Ich werde zuversichtlicher: Neben all den Beschäftigungen, die mir Frau Westhoff schon vorgeschlagen hat, fallen mir bestimmt ein Dutzend Freizeitbeschäftigungen ein, denen ich immer schon einmal nachgehen wollte, aber an denen Hummel mich gehindert hat. Allein durch seine erschreckend konservativen Erwartungen an mich. So hat er doch all die Jahre indirekt eingefordert, dass ich die Wochenenden mit ihm verbringe, weil sein Job ihm, und somit auch mir, seine karge Freizeit diktiert hat. Was hätte ich nicht alles unternehmen können: Gärtnern zum Beispiel. Nur weil Hummels Mutter ihm eine Grünzeug-Phobie anerzogen hat, konnte ich mich nie diesbezüglich ausleben. Und weil wir keinen Garten haben. Aber es gibt Gemeinschaftsgärten hier in der Stadt, ganz tolle Projekte werden da angeboten, wahrscheinlich könnte ich da sogar nützliches, fast vergessenes Wissen verbreiten, ich weiß ja, welcher Käfer an welches Kraut geht. Ja, genau, Maike, das wird ein Spaß: Du sitzt auf dem Gemeinschafts-Komposthaufen und belehrst die Menschen über nährstoffreiche Böden und Schädlinge. Und die hören dir bestimmt auch zu, die netten jungen Familien, die Leinenhosen-Väter und Fahrradhelm-Mütter, die ADHS-Kinder, die man wirklich nur lieben kann, wenn sie aus dem eigenen Schoß gekrochen sind.

Bevor ich komplett durchdrehe, suche ich mir Zettel und Stift.

Es hilft immer, eine Liste zu erstellen. Ich schreibe einfach auf, was ich mit dem Rest meines Lebens zu tun gedenke. Ganz oben auf die Liste sollte ich wohl »Zettel und Stift finden« setzen. Im Schlafzimmer liegt so etwas nicht herum, aufgrund von Schlafhygiene. Da soll einen nämlich nichts belasten, da soll man ruhen oder Kinder machen, sonst nichts. Im Wohnzimmer liegt nur die Bitch und schläft, Hunden scheint das also völlig wurscht zu sein, ob in ihrem Schlafbereich Arbeitsmaterialien herumliegen. Obwohl ich etwas neidisch auf die Fähigkeiten der Bitch bin, versuche ich sie nicht zu wecken, während ich durch Andis Klamotten wate. Wenn wirklich überall, wo Andi ein T-Shirt hingelegt hat, etwas kaputtgegangen ist, besitzen wir kein unbeschädigtes Möbelstück mehr. Ich hebe ein schwarzes Tanktop mit Batman-Logo von der Sofalehne. Die ist weder versengt noch aufgerissen, nicht mal zerkratzt. Stattdessen liegt ein Briefumschlag darauf. »Matthias« steht drauf, aber der Umschlag liegt in meinem Wohnzimmer, also reiße ich ihn auf. Hundert Euro sind drin. Unglaublich. Siandikreist hält uns für Putzhilfen, die er großzügig bezahlt, wenn sie seinen Scheiß wegräumen. Ich reiße ein T-Shirt von der Lampe. Noch ein Umschlag an Hummel. In dem befindet sich kein Hundert-Euro-Schein, sondern zehn. Tausend Euro. Jetzt wird es gruselig. Woher hat Andi so viel Geld? Minuten später ist der Hund wach, und gemeinsam spüren wir zweiundzwanzig Umschläge auf. Andis Garderobe liegt in der Mitte des Raumes auf einem Haufen, und weil ich wahrscheinlich auch unter irgendeiner zusätzlichen Störung leide, habe ich die Umschläge feinsäuberlich danebengelegt. Daneben liegen die Hunderter. Es sind einundzwanzigtausend Euro und keine Erklärung dazu. Vielleicht bin ich nicht der beste Menschenkenner, aber irgendetwas sagt mir, dass dies kein Drogengeld ist und Andi auch keine Bank überfallen hat. Er ist zwar irre, aber hochmoralisch veranlagt. Hoffe ich. Ich besinne mich darauf, dass ich schon längst ein Hobby habe. Tatsächlich handelt es sich bei dieser Freizeitbeschäftigung um meine allerliebste Tätigkeit, die weder bei meiner bescheuerten Doktorarbeit noch bei meiner ungewollten Kinderlosigkeit gefragt ist: denken. Und die wichtigsten Fragen kann ich mir auch ohne Zettel und Stift stellen, also: Abgesehen davon, dass Andi dieses Geld aus unbestimmter Quelle hat, wieso versteckt er es so schlecht, und viel interessanter, weshalb will er es Hummel schenken? Ist mit Andi, abgesehen davon, dass er Siandikreist ist, irgendetwas nicht in Ordnung, beziehungsweise benimmt er sich noch auffälliger als sonst? Ja, doch. Er entschuldigt sich, wenn er etwas kaputt macht. Er drängt mir seinen Hund auf. Er verteilt über zwanzigtausend Euro in unserer Wohnung, verdammt. Ich denke im Kreis, und Andi wahrscheinlich auch. Trotzdem komme ich zu einem Ergebnis: Menschen, die nichts mehr zu verlieren haben, suchen ohne vorherige Ankündigung ihre engsten Familienmitglieder auf und verschenken ihr Hab und Gut, weil sie meinen, es nicht mehr zu benötigen. Andi will sich das Leben nehmen. Ich muss Hummel warnen.

Ich springe in meine Jeans und bin schon fast aus der Tür. Wo genau ist die Party, was hatte Andi gesagt? Die Bitch schaut mich an, als wolle sie sagen: »Hey, du warst doch auf der Uni, oder? Ich bin nur ein Hund, der eine sehr empfindliche Nase hat, wie jedes Kind weiß …« Sie muss gar nicht weitergucken. Ich schnappe mir das Batman-Shirt, nehme die Bitch unter den Arm und rase die Treppen herunter. Auf der Straße setze ich den Hund ab und entblöde mich nicht, sie an dem Shirt schnüffeln zu lassen und »Such!« zu rufen. Die Bitch pinkelt erst mal. Richtig so, mit voller Blase ist schlecht Leben retten. Nach ihrem kleinen Geschäft rast sie auch direkt los. Na gut, sie dackelt los, aber zumindest in der Richtung scheint sie sich sicher zu sein. Dieser winzige Hund, den ich wirklich nicht geschenkt haben möchte, trippelt über die Straße, dann bleibt er vor einem Einfahrtstor stehen. Die Bitch ist zumindest so schlau, dass sie weiß: Da kommen wir nicht durch. Von der anderen Seite des Tores höre ich Stimmen, Musik und Gelächter, es riecht nach Feuer. Ein Garten ist eben nicht nur da, um darin zu pflanzen, normale Menschen grillen dort auch. Unabhängig davon, dass Montag ist, befinden wir uns schließlich im Hochsommer. Die Nacht ist nicht lau, sondern immer noch erdrückend heiß, worunter besonders die Menschen zu leiden haben, die einen Wollpullover tragen. In Beige. Wer kauft mir beige Pullover und zieht sie mir im Juli an? Die Bitch fiept, vielleicht weil sie auch zu warm angezogen ist in ihrem Fell, aber wahrscheinlicher ist, dass sie mich auf etwas aufmerksam machen will. Zum Beispiel, dass ich als stellvertretender Rudelführer mal eine Ansage machen sollte. Ich klopfe an das Tor. Laut, lauter, ich hämmere gegen das Tor. Und schließlich öffnet eine junge Frau, ihre langen blonden Haare passen hervorragend zu ihrem Engelslächeln: »Oh, tschuldigung, wir machen die Musik sofort leiser. Und danke, dass Sie nicht sofort die Polizei gerufen haben.«

Während ich noch schockiert bin, dass eine Frau, die vielleicht fünf Jahre jünger als ich ist, mich so hemmungslos siezt, wetzt die Bitch schon durch den Türspalt. »Oh, Ihr Hund«, bemerkt die Frau scharfsinnig und blickt dem Fellknäuel hinterher.

»Ist nicht meiner, ich passe nur auf ihn auf. Ich glaube, der Besitzer ist da drin. Draußen. Im Garten.« Ich weiß nicht, was ich mit meinen Händen anstellen soll, deshalb wedele ich mit dem Batman-T-Shirt vor ihrer Nase herum.

Die blonde Frau schaut etwas irritiert, aber dann hält sie mir die Tür auf: »Tja, dann suchen Sie mal den Hund. Oder den Besitzer. Und wenn Sie ein Bier wollen – Batmans Freunde sind auch meine Freunde.« Ich folge ihr durch einen überdachten Gang, in dem die Fahrräder so kreuz und quer gestapelt sind, dass sie die an der Wand angebrachten Zettel, auf denen steht »Keine Fahrräder abstellen« zum großen Teil verdecken. »Wir haben die Räder nur für die Party dahin gestellt«, informiert mich die Frau. Ich sehe das als Hinweis, meinen Gesichtsausdruck zu ändern. Ganz offensichtlich kann ich mittlerweile genauso missbilligend gucken wie meine Schwester.

Der Garten ist nicht besonders groß, aber trotzdem ist die ganze Szenerie eindrucksvoll. Überall stehen Fackeln, sämtliche Mieter aus den Häusern rundherum scheinen auf ihren Balkonen mitzufeiern, wie in einem Amphitheater für und von Hippies. Falls in der Mitte allerdings Rasen gepflanzt war, kann der morgen entsorgt werden. Fünfzig, wenn nicht siebzig Menschen stehen oder sitzen dort in kleineren und größeren Grüppchen und unterhalten sich angeregt. Jetzt muss ich über den Vorschlag der Frau lächeln, die Musik leiser zu machen. Die ist kaum noch zu hören, fast die gesamte Geräuschkulisse besteht aus Rufen, Lachen und Gläserklirren, die Leute hüpfen von den unteren Balkonen zum Grill, ans Lagerfeuer oder zum Freiluftbuffet. Es geht zu wie in einem Bienenstock. Gutes Stichwort. »Äh, Entschuldigung, aber ich sehe den Hund grad nicht. Haben Sie vielleicht zwei Männer gesehen? Der eine ist ziemlich groß, der andere ziemlich … nackt, obenrum?«

Die blonde Frau reißt die Augen auf und meint: »Ah, du bist eine Freundin von Andi und Matthias? Sag das doch gleich, ich bin Sarah. Aus dem zweiten Stock.«

Sarah spricht die Worte aus, als wolle sie andeuten, dass »aus dem zweiten Stock« ein bekannter Adelstitel sei und ich ihr Foto vielleicht aus den Klatschblättern kennen sollte. Gut, dann schaue ich eben etwas pikiert zurück und hoffe, dass meine nonverbale Botschaft ankommt. Ich bin nicht *eine* Freundin von Matthias, ich bin *die* Freundin von Matthias, sozusagen eine Fast-Biene. Sarah aus dem zweiten Stock geht gar nicht auf meinen indignierten Blick ein, sondern plappert einfach munter weiter: »Den

Matthias sehe ich ja ab und zu auf der Straße, morgens. Aber du wohnst auch drüben, klar, jetzt kommt mir dein Gesicht doch bekannt vor. Habt ihr eine Dreier-WG, oder kommen da noch mehr von der Sorte?«

Bevor ich antworten kann, drückt Sarah mir ein Bier in die Hand. Ich beschließe, mir erst einmal einen Schluck zu genehmigen, bevor ich Nachfragen stelle wie: »In welchem Verhältnis stehst du zu meinem Freund? Wie oft seht ihr euch morgens? Grüßt ihr euch, oder geht da mehr? Wieso kommt mir dein Gesicht *nicht* bekannt vor? Und was soll das heißen: von der Sorte?«

Ich sehe, wie in einiger Entfernung die Bitch versucht, die Terrassenstufen zu erklimmen. Sarah meint: »Ah, genau, die Jungs habe ich zuletzt bei Alex in der Wohnung gesehen, da unten, wo der Hund ist. Ist aber ein schlaues Tier.«

Eine interessante Weltanschauung, die diese Sarah da vertritt: Hummel und Andi sind »die Jungs«, ich aber werde erst mal verdächtigt, ein Blockwart zu sein, und die Bitch ist schlau.

»Danke, Sarah. Ich geh da mal hin«, murmle ich und winke zur Abwechslung mal mit dem Bier statt mit dem T-Shirt. Die Bitch springt mir auf den Arm, als hätten wir das zuvor geprobt, ich zwänge mich an einer Gruppe junger Männer vorbei, die offenbar im Sägewerk tätig sind oder sein wollen. Vollbärte und Holzfällerhemden, teilweise baumeln den Typen riesige Kopfhörer um den Hals. Zu meiner Zeit hieß das Grunge, aber die ist ja noch nicht so lange vorbei. Ist es tatsächlich schon an der Zeit für ein Revival der Neunzigerjahre?

Einer der Bärtigen hebt sein Bier, fragt: »Willst du hier durch?« Ein kluger Zeitgenosse. Ohne meine Antwort abzuwarten, packt er mich an der Schulter und schiebt mich durch die Terrassentür ins Innere der Wohnung. Abgesehen davon, dass ich es nicht mag, von Fremden angefasst zu werden, hat mir diese Berührung doch etwas Mut mit auf den Weg gegeben. Den braucht es auch, um durch dieses Wohnzimmer zu gelangen, das mit Verstärkern und Gitarren vollgestopft ist, und weiteren Menschen, die lustig plaudernd auf den Sperrmüllmöbeln hocken. Es sind schöne Menschen, obwohl manche von ihnen alles tun, um diesen Umstand zu verbergen. Die Frauen tragen das Haar zu hohen Dutts gebunden, eine Frisur, die schon laut meiner Großmutter extrem abschreckend auf das andere Geschlecht wirkte. Aber den »Jungs« von heute hat das noch niemand erzählt. Mit aufmerksamen Gesichtern lauschen sie, was die Ladys zu erzählen haben, und die Damenwelt ihrerseits scheint auch nicht abgetörnt durch Brillen, Bärte oder die Tatsache, dass angesichts der späten Stunde wohl keiner der Typen vorhat, sich morgen früh zu einer Arbeitsstätte hinzubewegen. Wenn ich sie so betrachte, fühle ich mich, als wäre ich nicht nur uralt, sondern auch als Einzige wirklich schräg gekleidet. Zur Abwechslung kläfft die Bitch und springt von meinem Arm.

Auch ich habe die Zielpersonen ausfindig gemacht beziehungsweise akustisch wahrgenommen.

»Alter, natürlich geht das, du brauchst nur eine Anfahrtsstrecke von fünfzig Metern, dann kannst du ganz easy mit dem Moped über die Rampe und dann über das Feuer springen«, dröhnt Andi aus einem anderen Zimmer, das jenseits des Flures liegt, wahrscheinlich die Küche.

Ich entsinne mich meiner Mission: Ich bin hier, weil der Bruder meines Freundes ganz eindeutig selbstmordgefährdet ist. Nun höre ich aus dem lauten Diskurs heraus Hummels Stimme: »Andi, das ist Unfug. Du brauchst mindestens hundert Meter Anfahrt, die Rampe muss höher sein, und die Kiste muss anders betankt werden. Dann geht es.«

Die Menschen im Nebenraum staunen vielleicht nicht ganz so sehr wie ich über diesen Einwurf meines Freundes, aber doch lautstark. »Matthias hat vollkommen recht«, höre ich, und: »Als

Physiker sehe ich das genauso«, als auch: »Ist ja nur Theorie, aber so wird ein Schuh draus.«

Als ich mutig in den Flur schleiche, meldet sich auch wieder Andi zu Wort: »Krass, wo kommt denn mein Hund her?« Vielstimmiges Gelächter, ich verschwinde hinter der nächstbesten Tür und höre meinem Herzschlag zu. Na toll. Ich sterbe auf einer Toilette, fast genau wie ein Rockstar. Nur verrecke ich nicht an einer Überdosis, sondern an Überhitzung. Ein Blick in den Spiegel sagt mir, dass man dabei mindestens genauso beschissen aussieht. Und dass ich keine siebenundzwanzig mehr bin. Seit wann habe ich diese Falten um den Mund, und warum sind da dann trotzdem noch zwei Pickel auf meiner glühenden Wange? Ich sehe gleichzeitig müde und aufgekratzt aus, aber insgesamt wie eine Gouvernante. Während mein Freund einer von den Jungs ist, der Matthias, der feiert und gefeiert wird, nur ein Zimmer entfernt. Ich ziehe den Pullover aus, um besser atmen zu können. Schon besser. Jetzt streife ich das Batman-T-Shirt über. Zeitlos schick geht anders, vielleicht sieht's besser aus, wenn ich den verschwitzten Pulli in den Müll pfeffere.

Was nun? Hummel wird sich, anders als Andi, denken, dass die Bitch nicht allein hier ist, und wenn ihm etwas an mir liegt, wird er mich suchen. Wie immer, egal, ob ich bei Designerpartys verschütt gehe oder mich vor einer Kneipe übergebe. Ich muss einfach hier warten. Aber das wollte ich ja nicht mehr tun. Ich bin jetzt dran mit suchen, es wird sich nicht mehr versteckt. Ich muss ja auch noch Andi retten und mich bei Hummel entschuldigen. Entschlossen öffne ich die Tür, trete zurück in den Flur und steuere auf die Küche zu. Da stehen sie, die jungen Physiker, die Motorenbegeisterten, die unbekannten Stuntmen der Theorie: die Nerds, die bei uns in der Schule noch Streber genannt wurden und mit denen damals keiner sprach – außer mir, weil ich selbst noch verkorkster war. Und auch heute füge ich mich wieder in ihre Randgruppe ein, sie spüren, dass keine Gefahr von mir ausgeht, obwohl ich eine Frau bin. Oder sie lächeln bloß, weil meine Brust mit dem Emblem einer ihrer Superhelden geschmückt ist.

Nur zwei lächeln nicht, dafür brüllt einer von ihnen: »Maikilein, wie geil, dass du noch rübergekommen bist! Und das Shirt kannst du haben, steht dir besser als mir!«

Andi winkt mir aus der Ecke mit einem Kochlöffel entgegen, Hummel steht daneben und starrt mich an. Nicht wütend, sondern eher überrascht. Aber da ist noch etwas in seinem Blick, etwas Kindliches. Exakt der Ausdruck, den ein kleiner Junge auf dem Spielplatz zur Schau trägt, kurz bevor er quäkt: »Nein! Noch nicht nach Hause! Wir spielen doch gerade so schön. Noch fünf Minuten, ja, Mama?«

Und auch wenn ich nicht seine Mama bin, kann ich Hummel jetzt unmöglich enttäuschen. Und schon gar nicht kann ich ihm sagen, dass sein Bruder in einer ungeahnten Krise steckt. Und ich kann mich auch nicht entschuldigen für das, was ich vor einer Stunde in der Küche gesagt habe, denn das würde nur ein längeres Gespräch bedeuten, bei uns zu Hause. Er will aber noch nicht nach Hause. Leider gibt es auch keine anderen Mütter, zu denen ich mich noch auf die Bank setzen und klönen könnte, bis die Jungs müde sind. Und auf gar keinen Fall darf ich nichts tun. Dazu werde ich zu sehr von allen Seiten angestarrt. Wie so oft rettet mich die Wissenschaft. Ich sage: »Man müsste die Rampe schräg stellen, sodass du letztendlich am Feuer vorbeispringst. In dem Moment, wo du am höchsten bist, gießt man einfach noch ein bisschen Spiritus auf das Feuer oder lässt ein paar Silvesterraketen los. Davon wird das Publikum abgelenkt, und alle denken, du seist wirklich über das Feuer gesprungen. So wird's beim Film gemacht.«

Vielleicht sehe ich noch älter als siebzig aus. Sämtliche Jungs, inklusive Andi und Hummel, starren mich nämlich ehrfürchtig an, als wäre ich der weiseste Mensch auf der ganzen Welt. Nur die Bitch hechelt relativ unbeeindruckt, vielleicht kannte sie den Trick schon. »Na klar, so müssen die das machen«, sagt schließlich ein baumlanger Kerl mit wirren Haaren, »woher weißt du das?«

Andi brüstet sich: »Meine Schwägerin arbeitet beim Fernsehen, deshalb. Die hat's voll raus.«

Ja, vor allem hat sie raus, wie man nicht mehr beim Fernsehen arbeitet, denke ich, sage aber: »Nein, ich durfte mir mal so Studios angucken.«

Sie alle hängen nun an meinen Lippen, und da das Epizentrum einer jeden Party auch heute noch die Küche ist, wächst die Zahl derer, die mir lauschen. Es sind die Bärtigen und die Hochsteckfrisuren, die blonde Sarah und sogar grauhaarige Nachbarn, die nur kurz Rotwein holen wollten. Vor staunenden Massen berichte ich, wie ich mal den ersten Platz in einer Naturwissenschaftsolympiade errungen habe und daher nach Babelsberg fahren durfte. Ich hatte dieses Erlebnis schon fast vergessen, aber während ich davon erzähle, erscheint es plötzlich nicht mehr unglaublich lang her, sondern nur noch extrem cool. Noch nie wurde ein Referat von mir mit bewundernden Echos bedacht, wie: »Eine Naturwissenschaftsolympiade, wie geil ist das denn?«, oder »Du durftest selber springen? Durch eine Fensterscheibe aus Zuckerglas? Das ist mein Traum!« und schließlich: »Irre, heute machen die so etwas wahrscheinlich gar nicht mehr. Ich wünschte, ich wäre nur zehn Jahre älter.«

Das war wieder der Lange mit der tragischen Haartracht. Fast könnte ich ihn knuddeln für diesen Satz, aber ich reiße mich zusammen. Meine Zurückhaltung wird belohnt. Hummel tippt mir auf die Schulter und fragt: »Möchtest du auch noch ein Bier?« Komplizierte Frage. Ich sollte meine Kehle ölen, denn noch habe ich ja gar nicht die Geschichte vom »Pompeji-Camp« erzählt, wo meine Mitschüler einen sensationellen Fund machten, den ich in der Nacht zuvor neben dem Zeltlager vergraben hatte. Andererseits vermute ich, genug Alkohol getrunken zu haben. Aber Hummel könnte mir ja ein Wasser mitbringen. Wenn ich ihn jetzt so anschaue, geht es ihm aber eher darum, kurz die Küche zu verlassen, und zwar mit mir. Das ist eine gute Idee, man sollte vor der Zugabe immer von der Bühne gehen, damit die Fans sich daran erinnern, wie einsam es ohne den Star ist. Und vor allem könnte ich mich bei dieser Gelegenheit endlich bei Hummel entschuldigen, also folge ich ihm in den Garten. Hier ist es ruhiger geworden. Genau genommen sind wir, abgesehen von einem knutschenden Pärchen, die Einzigen dort.

»Danke«, sagt mein Freund nur. Kein bisschen ironisch, also muss ich auch nicht »Bitte!« zischen, sondern einfach nur »Wofür?« fragen.

»Weil du es einfach auch mal gut sein lassen kannst. Und dass du noch vorbeigekommen bist. Und dass du endlich mal wieder lachen kannst. Danke, dass du meine Freundin bist und meinen Bruder erträgst.« Langsam geht es mir persönlich etwas zu sehr in Richtung evangelischer Gottesdienst hier, aber ich spüre, aus Hummel muss jetzt mal alles raus, so wie bei mir vor ein paar Stunden. »Oh, und danke für den Tipp mit der Rampe und dem Feuer. Ich fürchte, Andi hat das nämlich nicht nur theoretisch vor.«

Ja, das denke ich auch. Aber ich sage Hummel lieber nicht, was Andi meines Erachtens nach sonst so vorhaben könnte. Das hat Zeit bis morgen. Es ist wahrscheinlich schon längst morgen, sonst würde es nicht langsam dämmern.

»Oh, und danke, dass du diesen furchtbaren Pulli nicht mehr anhast. Wo kam der eigentlich her?«

Ich antworte ihm mit einer sanften Kopfnuss. Wir lösen das Pärchen mit Knutschen ab, und als wären sie ein bisschen sauer, dass wir ihre Idee kopiert haben, erheben sich die beiden vom Boden. Jetzt, wo ich die Augen wieder öffne, sehe ich, dass es zwei Jungs sind. Oder beides Mädchen mit Bärten, wie kann man sich da schon sicher sein? Sie lächeln uns zu, der Größere von beiden informiert uns: »Falls ihr über den Rhein müsst – die erste Bahn kommt in zehn Minuten.«

Ich schüttle den Kopf: »Danke, aber wir wohnen gleich nebenan.«

Die zwei gucken ziemlich neidisch, und als sie Arm in Arm davonschreiten, fällt mir ein, dass sie auch allen Grund dazu haben. »Wollen wir noch ein bisschen bleiben?«

Hummel nickt, findet in einer vereinsamten Kühlbox noch zwei alkoholfreie Biere, und mit diesem Kompromissgetränk bewaffnet, setzen wir uns in die Hollywoodschaukel auf der Veranda.

Vielleicht muss man ein paar Wochen durch böses Schweigen durch, um mal wieder ein gutes Schweigen schätzen zu können. Hilfreich ist dabei ein Sonnenaufgang, der wirklich einmalig ist. Wie jeder Sonnenaufgang. Aber dieser ist exklusiv für uns, zumindest, bis die übrigen verbliebenen Partygäste aus der Wohnung sich zu uns gesellen. Einige wärmen sich gegenseitig, andere sind in Decken gehüllt. Andi hat den hässlichen Pullover aus dem Müll gefischt, und was soll ich sagen: Er kommt damit durch. Findet offenbar auch das Mädchen, das sich an seine Schulter lehnt.

Diesen letzten Eindruck von unserer Nachbarschaft nehme ich mit, als ich Hummel zuflüstere: »Lass uns mal gehen. Ich glaube, wir haben sturmfreie Bude.«

10

Wir haben so was von verschlafen. Nicht einmal das Telefon haben wir gehört. Obwohl Hummels Vorgesetzter viermal angerufen hat. Das erste Mal hat er es um Viertel vor neun versucht, wie die Computerstimme unseres Anrufbeantworters vor dem Abhören der Nachrichten schnarrt. Danach heißt es noch relativ freundlich: »Guten Tag, Herr Biene, Gerd Winzer hier. Die IT-Abteilung fragt sich, wo Sie bleiben. Ich hatte es auch schon mobil versucht, aber da ging nur Ihre Mailbox dran. Bitte rufen Sie mich doch umgehend zurück.«

Um kurz vor zehn klang der Herr schon aggressiver: »Winzer hier noch mal. Herr Biene, ich finde hier weder einen Eintrag über einen Urlaubstag noch über eine Krankmeldung. Melden Sie sich.«

Herr Winzer hat offenbar auch keine Kinder, denn um elf klang er keineswegs besorgt, sondern nur noch verärgerter: »Das geht gar nicht, Herr Biene. Und das wissen Sie. Das kann eine Abmahnung geben.«

Ich bin halbwegs gespannt, wie die vierte Nachricht lauten könnte, die vor ein paar Minuten eintraf. Sollte Herr Winzer doch ein echter Mensch sein, der sich inzwischen vielleicht mal fragt, ob Hummel irgendetwas passiert sein könnte? Wird er zwischendurch vielleicht mal die Polizei angerufen haben oder die umliegenden Krankenhäuser? Nein. Winzer meldet knapp: »Herr Biene, ich gebe das jetzt an die Personalabteilung. Das hat ein Nachspiel.«

Ich lösche alle Nachrichten. Hummel muss das nicht hören, schon gar nicht als Erstes nach dem Aufstehen. »War das für mich?«, erkundigt er sich schläfrig vom Bett aus. Lügen sollte ich aber auch nicht: »Die scheinen dich zu vermissen bei der Arbeit. Kennst du einen Arzt, der dich vielleicht nachträglich krankschreiben kann?« Hummel stöhnt und kommt in den Flur geschlurft. Bevor wir eingeschlafen sind, haben wir einen Eid geleistet: Ich werde nie wieder Beige tragen, dafür lässt er die Finger vom Bademantel meiner Mutter. So ganz nackig hat ein Mann am helllichten Tag aber auch wenig Würdevolles, und es wird nicht unbedingt besser, wenn er sagt: »Nein, nicht wirklich. Ärzte kennen ist dein Job. Und überhaupt, die sollen sich nicht so anpissen.« Nach dieser Grundsatzrede dreht Hummel ins Bad ab, und obwohl ich diese neue Lässigkeit bei der Arbeitsauffassung durchaus begrüße, schwant mir: Hummel ist nicht verkatert. Er schlafwandelt. Dieser Eindruck erhärtet sich, als er die Badezimmertür wieder öffnet und mich durch den Türspalt fragt: »Muss ich duschen?«

»Unbedingt, aber lass dir Zeit. Ich mach Frühstück, okay?«

Das Tolle an einem verrückten Fast-Schwager ist: Er zerdeppert zwar all deine Tassen, aber die Eier im Kühlschrank lässt er ganz. Ich plane ein mächtiges Omelette für meinen Freund, aber da sich sonst kaum etwas Essbares in den Vorräten befindet, bleibt es bei achtfachem Rührei. Immerhin gesalzen. Es ist gerade fertig, als Hummel aus dem Bad ins Wohnzimmer stolpert, und »Was zum ...?« ruft. Richtig: Ich hatte ihm gegenüber nicht erwähnt, dass unsere Möbel gar nicht beschädigt sind. Und dass ich Andis Klamotten aufgeschichtet habe. Geschweige denn, dass im Wohnzimmer so viel Geld liegt, wie ich noch nie auf einem Kontoauszug gesehen habe.

Ich stelle den Herd ab und gehe zu Hummel rüber. Der sitzt zwischen Klamotten und Kohle und schüttelt den Kopf. »Was hat dieser Irre vor?«, murmelt er.

Auch jetzt werde ich meine Theorie über Andis Selbstmordgedanken nicht ausbreiten, es scheint mir der falsche Zeitpunkt. Lieber gebe ich nur einen kurzen Tatsachenbericht ab, aus dem mir niemand einen Strick drehen kann: »Ich hab's gestern entdeckt. War überall unter den Klamotten, in den Umschlägen. Deswegen bin ich ja überhaupt noch zur Party gekommen. Ich hatte mir Sorgen um Andi gemacht.«

Hummel lächelt schwach: »Ah, und jetzt machst du dir keine Sorgen mehr um ihn?« Ah, wir sind schon wieder spitzfindig. Ich dachte immer, das würde auch allein in meinen Verantwortungsbereich fallen.

»Na ja, gestern Nacht schien er mir dann okay. Also, wie immer halt. Glaubst du, er steckt in Schwierigkeiten?«

Hummel knurrt: »Ja, tut er. Er hat Schwierigkeiten mit mir. Weißt du, was das für Geld ist?«

In der Art, wie er fragt, schwingt mit, dass Hummel eine Ahnung hat. Und tatsächlich: »Ich wette, das ist all das Geld, das er zusammengespart hat. Weil er keine Miete zahlt bei unseren Eltern. Und was er so beim Doppelkopf gewonnen hat.«

Hummel kratzt sich am Kopf. Ja, das ist die Stelle, an der etwas nicht stimmt, Inspektor Biene. So viel Geld kann doch niemand beim Kartenspielen verdienen, bei denen es um Centbeträge geht. Nicht in zehn Jahren. Na, sagen wir, fünfundzwanzig. Und Andi ist ein gewiefter Spieler. Okay, ich kann mir jetzt auch vorstellen, woher das Geld kommt. Bleibt die Frage, weshalb Andi es seinem Bruder vermachen will und wieso er es so seltsam gestückelt in Umschläge verpackt hat. Anders als ich gestern Abend verfällt Hummel aber nicht in Panik, sondern macht das, was man mit einer Unmenge Hundert-Euro-Scheine eben macht, wenn sie vor einem liegen. Er wirft sie in die Luft, sieht ihnen dabei zu, wie sie wieder aufs Laminat segeln, und lacht manisch: »Den Burschen kralle ich mir, wenn der nach Hause kommt. Der ist doch komplett irre.« So weit nichts Neues. Hummel steht auf und sagt: »Maike, wirklich, wenn der kommt, während ich bei der Arbeit bin: Sperr Andi in der Küche ein oder so, halt ihn auf jeden Fall von diesem Zimmer fern. Geh vielleicht mit ihm in den Zoo, ja? Ich möchte ihn erst mit diesem Mist konfrontieren, wenn ich wieder da bin.«

Ich weiß nicht, was ich spaßiger finde: Dass ich mit Andi in den Zoo gehen soll oder dass Hummel zur Arbeit gehen will. »Hummel, die sind echt sauer auf dich da ...«, versuche ich es noch einmal, Hummel schnaubt: »Das bin ich auch!«

Dann zieht er sich seine Jacke an und geht. Sehr männlich, mich mit all den Problemen allein zu lassen. Und außerdem ist es viel zu warm für die Jacke. Was könnte ich tun, statt auf Siandikreist zu warten? Genau, ich könnte ihn suchen, und zwar ganz modern per Telefon. Als er tatsächlich an sein Handy geht, bin ich viel zu überrascht, um ihm Anweisungen zu geben.

Zum Glück hilft Andi mir mit der Auswahl an Tagesgestaltungsmöglichkeiten: »Wollen wir vielleicht was frühstücken, Maikilein? Du musst mir nur sagen, wo ich bin, ich will die komische Frau nicht wecken.«

Ich rate dem Casanova des Sauerlandes, unauffällig von seiner jüngsten Eroberung zu verschwinden und die nächste U-Bahn-Haltestelle zu suchen. Je nachdem, wo er sich befindet, kann ich ihn da abholen, oder er kommt hierher. Minuten später stellt sich heraus, dass Andi und die komische Frau es in ein ganz anderes Viertel geschafft haben. Zum Glück kenne ich dort einen Laden, der vierundzwanzig Stunden am Tag Brötchen serviert: »Wir treffen uns an der Tankstelle, in zwanzig Minuten«, befehle ich ihm und lege auf.

Wird es mir gelingen, Andi nicht auf das Geld anzusprechen? Bestimmt, Andi hegt ja tausend andere Interessen, über die wir plaudern können: Musik, Comics, Kraftfahrzeuge, Feuer. Ich muss ihn nur von der Wohnung fernhalten, bis Hummel von der Arbeit kommt.

»Wäre es nicht viel praktischer gewesen, wenn ich nach Hause gekommen wäre?«, mault Siandikreist mich zur Begrüßung an. Selbst den obligatorischen Würgegriff nebst Zungenkuss lässt er aus, was ich ihm durchaus verzeihen kann. Andi steht am Bistrotisch, wie üblich oben ohne, vor sich eine Literflasche Kakao. Selbst seine liebende Mutter würde ihn jetzt mit den Worten bedenken, die sie normalerweise nur für einige ihrer Kneipengäste bereithält: »Junge, du siehst aus, als wie wenn du keinem gehörtest.«

»Wir haben aber zu Hause nichts mehr zu essen«, argumentiere ich recht schwach, während ich mir einen Kaffee ziehe.

Andi ist zumindest mental nicht so derangiert wie körperlich: »Wir hätten doch Brötchen holen können. Außerdem will ich baden. Ich will nach Hause«, greint er. Ich hatte Geld für einen großen Kaffee eingeworfen, aber nur einen kleinen Becher unter die Maschine gestellt. Die Brühe schwappt auf den Boden, Andi wimmert: »Außerdem ist es wieder kälter geworden, ich will nach …«

Manchmal hat man ja die klarsten Gedanken, wenn man mitten in einer trüben Pfütze steht. Die muss man dann einfach sofort der Welt mitteilen, sie geradezu herausschreien: »Okay, Andi, ich bring dich nach Hause. In *dein* Zuhause. Hast Glück, dass ich mit dem Auto da bin, wir können sofort losfahren.«

Andi ist sprachlos, der Mann hinter der Kasse meint: »Aber erst machen Sie noch die Sauerei da weg.«

Er wirft mir wenig serviceorientiert, dafür treffsicher einen nassen Lappen zu.

Andi erkundigt sich zaghaft: »Willst du mich wirklich wieder ins Dorf bringen? Das geht nicht, Maike, da kann ich nicht hin.«

Zum ersten Mal seit acht Jahren bin ich nicht »Maikilein«. Siandikreist scheint richtig Angst vor mir zu haben, dabei wische ich den Kaffee nur etwas rabiater auf, als es nötig wäre. »Andi, wieso kannst du nicht dahin? Hast du die Tochter des Pastors geschwängert, oder was?«

Mein Gott, er denkt tatsächlich über die korrekte Antwort darauf nach. Ich klatsche ihm den Lappen vor die Füße: »Erstens, Andreas, kannst du nicht vor deinen Problemen weglaufen, zweitens kannst du nicht einfach bei uns einziehen. Wir haben genug eigene Probleme!«

Andi hockt sich neben mich, jetzt ist er wieder ganz blitzende Augen und weiße Zähne. »Das weiß ich doch, Maikilein«, flüstert er vertraulich, »deswegen bin ich doch hier. Ich habe einen Plan.« Einen Plan. Siandikreist hat einen Plan.

Ich überlege, ob er vielleicht nur deswegen auf Nikotingenuss verzichten kann, weil er zu viel kifft. Ich wringe den Lappen über dem Becher aus, und weil ich mir vorstelle, meine Hände lägen bei dieser Tätigkeit um Andis Kehle, kann ich auch ganz beherrscht nachfragen: »Andi, was ist denn das für ein Plan, hm? Hat der was mit der ganzen Kohle zu tun, die du in unserem Wohnzimmer verstreut hast?«

Das war ein Fehler. Andi springt auf und kippt selbstverständlich den Becher dabei wieder um: »Ach, Mensch, Menno! Das sollte doch eine Überraschung sein. So eine Art ... Adventskalender! Ich hatte für jede Aktion einen Betrag ausgerechnet, wie wir was anlegen. Ich hab meiner Mama gesagt, dass ich das schon wieder hinkriege, mit euch beiden und allem. Und sie hat gesagt, sie schmeißt mich raus, wenn ich mein ganzes Geld an Matthias verschenke, obwohl: Da hatte sie mich schon rausgeworfen, weil ich mit dem Moped den Indianer ... ach, echt, du hast es echt versaut, Maike!«

Klar, ich bin mal wieder schuld. Da sitzen Marita und Siandikreist am Arsch der Welt und erörtern unsere Kinderlosigkeit, wahrscheinlich während der Doppelkopfrunde. Und Peter Pan hat die grenzgeniale Idee, die Sache mit einem fünfstelligen Geldbetrag zu regeln, was nur noch von dem Wahnwitz übertroffen wird, dass die bekloppte Mutter meines Freundes ihr Hätschelkind letztendlich deswegen rausgeworfen hat, weil das ihren heiß geliebten Indianer umgefahren hat. Alles meine Schuld, ich werde ja nicht schwanger. Wenn ich es wäre, würde das natürlich sämtliche Probleme der westlichen Welt aus dem Weg räumen. Ich stehe auf und klatsche Andi den Lappen ins Gesicht. Das hilft, er schaut, als wäre er gerade aus einem zweiunddreißig Jahre währenden Schlaf erwacht.

»Du hast zwei Möglichkeiten, Andreas: Entweder du steigst jetzt zu mir ins Auto, packst deine Sachen und dein Geld, oder ich fahr vor, und du nimmst die Bahn.« Den Mann hinter der Kasse habe ich von meiner Durchsetzungsfähigkeit überzeugt. Er bittet mich nicht erneut, den Kaffee aufzuwischen. Auch Andi zeigt sich vernünftig: »Ich fahr mit dir. Aber ich such den Radiosender aus!«

Aber gerne doch. Wer laut Musik hört, der muss sich nicht mit der Fahrerin unterhalten, die aber sowieso nicht antworten würde. Wie durch ein Wunder finde ich einen Parkplatz direkt vor unserem Haus, als ich den Motor abschalte, fühle ich mich bemüßigt, doch noch ein paar klare Ansagen zu machen: »Andi, du musst nicht den allernächsten Zug nehmen, aber ich möchte, dass du weg bist, bevor Hummel nach Hause kommt. Denk bitte mal darüber nach, was du für einen Mist verzapft hast. Geh einfach in dein Zimmer und räum auf.« Ich wollte »Wohnzimmer« sagen, und ich bin mir sicher, dass Andi auf mein dummes Geschwätz mit »Ja, Mutter«, antworten wollte. Aber er kann sich doch zusammenreißen. »Okay«, grummelt er nur und steigt aus. Ich bleibe noch kurz im Auto sitzen, dann kurbele ich die Fensterscheibe herunter und schreie Andi hinterher: »Und wo zum Teufel ist die Bitch?«

Andi wirft mir einen Blick zu, der irgendwo zwischen Ungläubigkeit und Verachtung liegt. Na klar, der dumme Hund fällt ebenfalls in mein Ressort, Andi kümmert sich ja schon um den Rest. Er dreht sich wieder um, schließt die Haustür auf und verschwindet im Treppenhaus. Wer hat ihm unseren Ersatzschlüssel gegeben? Ach ja, das war ich. Sollte ich im Auto warten, bis Andi mit seinen Klamotten zurückkehrt? Wenn ich ihn zum Bahnhof fahre, kann ich immerhin einigermaßen sicher sein, dass er zu seinen Eltern zurückkehrt oder sich wenigstens aus der Stadt verkrümelt. Andererseits: Die Bitch muss vor Andis Abreise gefunden werden, und diesen perfekten Parkplatz will ich auch nicht so schnell wieder aufgeben. Also steige ich aus, um mich dem wütenden Schweigen eines halb nackten Mannes zu stellen, der sich wie ein Dreizehnjähriger benimmt. Ich werde das überleben, Teenager kann ich. Meine Nichte habe ich schon durch die Pubertät manövriert, und auch Jennys sonderbar spießige Zwillinge sehen mich als Autoritätsperson an. Wen auch sonst? Als Hummel und ich die Liste erstellt haben, wurde der Punkt, ob wir es mit aufmüpfigen Halbstarken aufnehmen können, direkt von mir abgehakt. Als unbedingte Zusatzklauseln wurde von meinem Freund noch festgehalten, dass wir unser Kind auf keinen Fall auf ein Internat schicken, ich vermerkte, dass wir ihm ab dem zwölften Lebensjahr zu jedem Pausenbrot ein Kondom dazulegen würden. Jetzt, wo ich vor unserer Wohnungstür stehe, wirkt dieser Gedankengang schon etwas lächerlich. Vor einem Jahr hatte ich also tatsächlich Angst, eine junge Oma zu werden, jetzt fürchte ich, dass mir die einzig wahren, sprich die großmütterlichen Freuden für immer versagt bleiben werden.

Als ich aufschließe, rennt mir die Bitch entgegen. Welche Erleichterung, der Wunderhund hat nach Hause gefunden. Aber da ich mich ums Verrecken nicht daran erinnern kann, dem Tier ebenfalls einen Schlüssel gegeben zu haben, stehe ich vor einem neuen Rätsel. Vielleicht kann Hummel das lösen, er sitzt mit seinem Bruder in der Küche.

»... jedenfalls hat Maike die Überraschung komplett verdorben«, petzt Andi und gliemt mich feindselig an. Dazu sage ich mal nichts. Wer sich rechtfertigt, klagt sich an, und außerdem ist es Hummels Job, seinem Bruder zu erklären, wie die Dinge in der richtigen Welt laufen. Ich setze mich neben ihn, gebe ihm einen flüchtigen Kuss und warte darauf, dass er Andi maßregelt.

»Andi, das ist unglaublich lieb, dass du dich so um mich sorgst«, beginnt Hummel pädagogisch vorbildlich, Andi unterbricht besserwisserisch: »Um euch. Ich bin um euch besorgt.«

Ich grabe meine Finger in Hummels Schulter, um ihn auf Kurs zu halten. Wenn jetzt kein kleines Donnerwetter folgt, lasse ich ein großes aufziehen. Aber Hummel lässt weiterhin brüderliche Milde walten: »Wie hast du dir das gedacht, Andi? Wolltest du mit dem Geld etwas zur Miete beisteuern? Oder mir den alten Rechner abbezahlen? Dachtest du, wir fahren damit alle in den Urlaub, oder was?«

Andi nickt strahlend: »Unter anderem, ja. Und ich wollte professionelles Kameraequipment kaufen, ein neues Mofa und coole Klamotten für Maike, die kann sie anziehen, wenn sie den Film bei ihrem Chef vorbeibringt. Aber wartet mal, ich hab das alles aufgeschrieben. Ich habe eine Liste gemacht!«

Andi springt auf und hüpft ins Wohnzimmer. Ich schaue Hummel an, aber der weiß auch nicht, ob Lachen oder Weinen angesagt ist. Andi kehrt mit einem Spiralblock zurück, aus dem Dutzende von Klebezetteln ragen. Als er sein Werk vor Hummel aufschlägt, begreife ich, dass uns da jemand in puncto Listen aber mächtig weit voraus ist. Jede einzelne Seite ist dicht bekritzelt, beim flüchtigen Blättern erkenne ich Grafiken und detaillierte Zeichnungen von Motoren, Fotos von Landschaften sowie Nebenrechnungen an den Rändern, die sogar die Mehrwertsteuer beinhalten. Andis Schreibblock ist umfangreicher als meine Doktorarbeit. Und offensichtlich auch wesentlich spannender. Hummel schlägt die erste Seite wieder auf, liest sie so schnell quer, wie es sich für ein amtliches Genie gehört, und weil er so in die Lektüre vertieft ist, führe ich vorsichtig das Anamnesegespräch mit unserem kleinen Träumerle weiter: »Andi, bist du eigentlich völlig bescheuert? Wie kommst du darauf, dass wir mit dir nach Lanzarote fliegen, um dich dabei zu filmen, wie du über einen Berg springst? Wir haben keine Zeit für so etwas, ich bin mitten in meiner Doktorarbeit, dein Bruder hat genug Stress bei der Arbeit, wir suchen eine neue Wohnung, und außerdem ...«

Ich stocke. Weiß Andi überhaupt, dass wir versuchen, eine Familie zu gründen, oder hat er sich nur gedacht, dass wir generell mal aufgemuntert gehören, und zwar durch den Profi des ungepflegten Entertainments? Völlig gleich, ich möchte das Thema nicht mit ihm diskutieren, also beende ich meinen Satz mit den Worten: »... außerdem arbeite ich gar nicht mehr beim Fernsehen. Abgesehen davon habe ich da nur Kabel getragen. Hörst du eigentlich jemals zu, wenn jemand anders spricht?«

Andi nickt, Hummel blättert konzentriert. Die Funktion »Zuhören« wird bei der gesamten Familie Biene einfach nicht serienmäßig mitgeliefert, da muss man nachrüsten. Ich klappe den Block vor Hummels Nase zu, aber aus seinem Gesichtsausdruck kann ich schließen, dass er den gesamten Inhalt schon gescannt und in seinem Langzeitgedächtnis abgespeichert hat.

»Also, ich glaube schon, dass uns eine Pause ganz guttun würde, Maike«, sagt Hummel nun, »muss ja nicht Lanzarote sein, aber so ein Urlaub, mit ein bisschen Abenteuer. Warum nicht?«

Er lächelt wie jemand, dem nun klar geworden ist, wie er eine Person wiedertreffen könnte, die er auf der Beerdigung eines nahen Verwandten kennengelernt hat.

»Ne, klar, machen wir Pause, fahren wir in den Urlaub. Dein

Chef wird bestimmt begeistert sein von der kurzfristigen Planung.«

Hummel dreht sich zum Kühlschrank weg und nimmt eine Flasche heraus. Wird das jetzt zu unserem neuen Standardprogramm: Ich teile fiese Tiefschläge aus, und er betäubt seinen Schmerz darüber mit Bier? Oder mit Sekt. Champagner, um genau zu sein. »Oh, das gute Zeug«, lobt Getränkefachmann Andreas Biene, Hummel stellt die Flasche in die Mitte des Tisches und sagt feierlich: »Ich habe keinen Chef mehr. Ich habe gekündigt, mit sofortiger Wirkung.« Andi stößt einen Jubelschrei aus, wirft sich Hummel um den Hals und schreit: »Jau, Alter, endlich raus aus dem Scheißsystem!«

Etwas ganz Ähnliches wollte ich auch sagen, aber weil Andi mir den Moment geraubt hat, kann ich nur etwas weniger enthusiastisch hinzufügen: »Ja, das ist toll. Da ist es vielleicht wirklich nicht schlecht, wenn Andi was zur Miete beisteuert.«

Andi versucht, mich aus meiner sauertöpfischen Stimmung herauszuholen, indem er mich vom Stuhl hochreißt und in die Umarmung mit einschließt. »Cool, dann kann ich erst mal hier wohnen bleiben? Danke, Maikilein.«

Es fällt mir etwas schwer, Missverständnisse aufzuklären, wenn ich in ein Gruppenkuscheln involviert bin. Hummel hat da weniger Probleme: »Keine Sorge wegen des Geldes, Schatz. Ich hab ein Attest darüber, dass die mich bei der Arbeit so massiv unter Druck gesetzt haben, dass ich ohne Sperrfrist Arbeitslosengeld bekomme. Das reicht erst mal.«

Andi hat zwar starke Arme, aber ich schaffe es, mich aus ihnen herauszulösen.

»Was für ein Attest? Ich dachte, du kennst keine Ärzte?« Zu Hummels Ehrenrettung muss ich anfügen, dass er schon sehr schuldbewusst guckt, als er gesteht: »Ich war noch mal beim Fritjof. Abendroth.«

Ich möchte den letzten Gedanken gelöscht wissen. Da ist kein Funken Ehre in meinem Freund, also auch nichts mehr zu retten. Da ist überhaupt nichts mehr zu sagen, zumindest nicht von meiner Seite aus. Und auch Hummel findet keine Worte, wie er diesen Vertrauensbruch wieder kitten könnte. Gut, dass Andi da ist: »Sehr gut, Alter, hast also auf meinen Rat gehört. Hast du dem Therapeuten-Heini auch gesagt, dass du schon erste Anzeichen von Impotenz hast deswegen?«

Scheiß auf den perfekten Parkplatz. Und auf den Streit mit Jenny. Falls die nicht da sein sollte, kann ich immer bei meinen Eltern einziehen. Ich würde sogar bei meiner Schwester hausen, alles, aber wirklich alles ist besser, als noch eine Minute mit Matthias und Andreas Biene unter einem Dach zu wohnen. Ich musste vierunddreißig Jahre alt werden, um festzustellen, dass Augenblicke wirklich wie in Zeitlupe vergehen können, wie in einer Filmszene. In der Realität setzt zwar keine schwülstige Musik ein, aber ich spüre die Worte eher, als dass ich sie wirklich höre. Hummel sagt wohl: »Warte doch mal«, und Andi entschuldigt sich wahrscheinlich sogar, der Hund bellt bestimmt, aber ich höre alles wie hinter einer Glaswand. Eine Minute später kann ich nicht mal sagen, ob ich die Treppe heruntergerannt, -geschlichen oder -gefallen bin. Ich bemerke nur, dass mir jemand gefolgt ist. Die Bitch hechelt mich erwartungsvoll an. Ich nehme sie mit, wohin auch immer.

11

Nach einer Woche bei Jenny kann ich festhalten: Bei über dreißig Grad im Schatten ist es schwierig, zwischen Liebeskummer und gerechtem Zorn zu unterscheiden. Alles verschmilzt zu einem unmotivierten Schmollen, das weder durch bedenkliche Mengen Rotwein noch durch Fingernägelkauen zu einem veritablen Wutausbruch eruptieren will. Ich habe nicht einmal ein paar dringend notwendige Kleidungsstücke aus der Wohnung geholt. Ich wollte nicht auf Hummel treffen und habe seine Versuche der Kontaktaufnahme unterbunden, indem ich mein Handy ausgeschaltet habe. Mein Laptop steht ebenfalls verwaist an meinem Schreibtisch, vorausgesetzt natürlich, die Biene-Brüder haben das Arbeitszimmer nicht in ein Billardzimmer verwandelt. Oder eine Sauna.

»Endlich entspannst du dich mal«, lobte mich Jenny gestern Abend. Nun ist sie weder Expertin auf dem Gebiet des Relaxens, noch fühlte es sich wirklich so an. Ich habe in der Nacht doch wieder mein Handy angeschaltet, um festzustellen, dass sich die Welt da draußen doch noch dreht, zwar nicht um mich, aber immerhin mit mir an Bord. Über zwanzig Nachrichten fordern mich auf, an verschiedenen Stellen meinen gültigen Fahrausweis vorzuzeigen. Meine Eltern betonten mehrfach, dass ich mich mal melden solle, und Frau Doktor Zöllner fragt sich, wie die Dinge so stehen, sie habe ihrerseits sagenhafte Neuigkeiten zu berichten. Die Hälfte der Anrufe stammt natürlich von Hummel. Bitten, Betteln, Entschuldigungen und Erklärungsversuche fehlen in seinen Sprachnachrichten. Er hat immer aufgelegt, sobald die Mailbox dranging. Seit Sonntag hat er sich gar nicht mehr gemeldet.

Ich muss durch Jennys Schlafzimmer, um auf dem Balkon zu rauchen, aber da ich rücksichtsvoll das Licht nicht anschalte, wird sie erst durch das Scheppern geweckt, das ein CD-Regal verursacht, wenn es umfällt.

»Lass liegen, ich komme mit raus.« Meine Freundin stöhnt schlaftrunken und zieht sich im Aufstehen den Bademantel über. Der sieht dem meiner Mutter, den Hummel sich so gerne ausgeborgt hat, verdammt ähnlich. Nicht von der Größe, Farbe oder dem Muster her, aber auch Jennys Modell hat zwei Ärmel und einen Gürtel.

»Ist noch Wein da?«

Ich kann nur noch wimmern. Jenny meint: »Wir müssen uns mal unterhalten.«

Es ist eine herrliche Nacht, nehme ich an, perfekt für ein gutes Gespräch an der frischen Luft, aber mir schwant, dass ich nicht den größten Redeanteil daran haben werde.

»Setz dich«, befiehlt Jenny grimmig. Nach einem Zug aus der Kippe hat sie sogar den Nerv, mich zu fragen: »Maike, wie stellst du dir dein weiteres Leben vor?«

Ach bitte, hat sie es nicht noch eine Nummer größer? Und wenn sie ernsthaft einen Fünf-Jahres-Plan von mir fordert, warum serviert sie keinen Rioja dazu? Bevor ich ihre mangelnden Qualitäten als Gastgeberin erwähnen kann, hat sie sich schon in eine Manöverkritik hineingesteigert: »Ich meine, seit einer Woche sitzt du hier, ertrinkst in Selbstmitleid, und ich gehe mit dem blöden Hund raus. Das ist okay, du hast Liebeskummer, aber wie soll das weitergehen? Du gehst nicht in die Bibliothek, du schreibst nicht an deiner Arbeit, du hast keinen anderen Job. Was hast du vor?«

Ich schnaufe. Jenny ist wie meine Familie, auch sie kann man nicht länger als drei Tage am Stück ertragen, und dauernd muss man sich rechtfertigen, ganz Offensichtliches erklären: »Ich kann nicht schreiben. Mein Laptop ist in der Wohnung.«

»Dann hol ihn ab!«

»Ich kann da nicht hingehen!«, schreie ich, Jenny legt ihren Finger auf die Lippen, wie sie es bei ihren bescheuerten Kindertheaterstücken immer tut, damit die aufgekratzten Kleinen Ruhe geben. Ich weine ein bisschen, weil meine Freundin mit mir umgeht, als sei ich fünf Jahre alt.

»Dann hol ich das Teil halt ab, Maike. Brauchst du sonst noch was aus der Wohnung?«

»Ich mache dir eine Liste«, schniefe ich, Jenny lacht laut auf: »Ne, Fräulein, ich hole dir ein paar Unterhosen da raus, und dann mache *dir* 'ne Liste! Und zwar darüber, wie du deine Finanzen regelst, wo du eine neue Wohnung findest und wann ich Zeit habe, dir beim Umzug zu helfen.«

Das ist so typisch Jenny. Nur weil es niemand länger als ein paar Wochen mit ihr aushält, erklärt sie kurzerhand meine langjährige Beziehung für beendet. Sie genießt das richtig, und ich werde das Gefühl nicht los, dass sie mir eine Teilschuld an Hummels Verrat gibt.

»Ich muss nicht umziehen«, gifte ich, »ich habe die Wohnung damals gefunden, das ist meine. Hummel ist das Arschloch. Er geht alleine zu einem Paartherapeuten, erzählt seinem gestörten Bruder von unserem Intimleben, kündigt ohne Absprache seinen Job und dreht auch sonst völlig durch! Aber das liegt wahrscheinlich daran, dass er was mit unserer Nachbarin von gegenüber hat, schon länger. Sie grüßen sich jeden Morgen, das kleine Biest hat es mir sogar noch unter die Nase gerieben.«

Jenny fragt: »Sag mal, hörst du dir eigentlich ab und an selber zu? Du redest kompletten Stuss. Und bist total ungerecht gegenüber Matthias.«

Toll, um mir das anzuhören, hätte ich auch wirklich wieder bei meinen Eltern einziehen können. Genau wie meine Mutter will Jenny einfach nicht verstehen, dass es hier einmal nicht um die Befindlichkeiten meines Superfreundes geht. »Du hättest eh nie Zeit, mir beim Umzug zu helfen, du hast ja nicht mal die Zeit, mir aus der Gosse zu helfen, wenn ich betrunken vor einer Kneipe liege. Weil du lieber mit irgendwelchen Kerlen flirtest und dir dein Verstand vor zwanzig Jahren zwischen die Beine gerutscht ist!«

Das musste mal gesagt werden. Nur vielleicht nicht von mir, zu meiner besten Freundin. Jenny steht auf und schenkt mir einen eiskalten Blick. »Die Gosse, ja? Geh schlafen«, meint sie, »und morgen kannst du dir eine andere Bleibe suchen. Außerdem möchte ich dich nicht mehr hierhaben, wenn die Kinder am Samstag aus den Ferien kommen.«

Ich stehe auch auf und stapfe an Jenny vorbei in ihr Zimmer. Sie hat jedes Recht der Welt, stinksauer auf mich zu sein. Was ich nur nicht kapiere, ist, warum sie die Zwillinge da mit reinziehen muss. Aber dann darf ich das wohl auch. »Ich bin also schlechter Umgang für deine Kinder, ja? Deine Kinder lieben mich!«, erkläre ich triumphierend.

Jenny schaut mich mitleidig an: »Ja, Maike, die lieben dich, wie sie jeden lieben, der zu Weihnachten und zum Geburtstag tolle Geschenke mitbringt, wie die Tante aus Marokko!«

Sie hatte einen Tiefschlag gut, aber damit ist diese Freundschaft nun endgültig beendet: »Morgen bin ich hier weg.« Jenny muss das letzte Wort haben: »Ja, das hatte ich dir ja schon gesagt.«

Wütend ziehe ich mich ins Zimmer von Jennys Tochter zurück. Die Bitch schaut mich schläfrig an, das dumme Tier ist mir nicht mal auf den Balkon gefolgt, um mir beizustehen. Als ich mich auf das Bett setze, springt sie sogar davon herunter und rollt sich unter dem Schreibtisch ein. Noch eine, die gegen mich ist. Ich beschließe, die Bitch morgen einfach an Sarahs Haus abzusetzen, soll die sich doch um das charakterlose Viech kümmern. Ich lösche das Licht, aber an Schlaf ist nicht zu denken. Schon, weil Jennys Tochter ihren Namen in riesigen Lettern und in Phosphorfarbe an die Zimmerdecke gepinselt hat: »SHARONA«.

Ich meine, alles an diesem Schriftzug zeigt doch überdeutlich die massive Persönlichkeitsstörung meiner ehemaligen Freundin an. Ein Kind nach einem One-Hit-Wonder aus den Sechzigern zu benennen, ist schon eine Strafe, aber es dann auch noch mit erwiesenermaßen gesundheitsschädlicher Farbe hantieren zu lassen? Allein, dass die arme Sharona ihren eigenen Namen jede Nacht ansehen will, als Letztes vor dem Einschlafen, zeugt doch davon, dass sie in einer unauflösbaren Identitätskrise stecken muss. Kein Wunder, so wie es hier zugeht, da muss jeder sehen, wo er bleibt. Gut, dass ich all die Jahre da war, um mich ein bisschen zu kümmern, und zwar nicht nur zum Geburtstag und zu Weihnachten, o nein. Ich bin mit den Kindern wandern gegangen, bestimmt drei-, viermal pro Jahr. Als sie solche Exkursionen noch zu schätzen wussten, in der Grundschulzeit. Jetzt haben sie natürlich andere Interessen, eigene Freunde. Sie haben doch Freunde? Doch, ja, da hängt ein Foto von Sharonas Schulklasse an der Wand, und sie steht nicht weit abseits von den anderen. Daneben hat sie ihren Schülerausweis gepinnt, wahrscheinlich trägt sie ihn nicht bei sich, weil das Foto darin ihrer Meinung nach misslungen ist. Das denken alle Vierzehnjährigen und nehmen lieber tausend Rüffel ihrer Lehrer und erhöhte Preise für Kinokarten in Kauf, als das Teil ordnungsgemäß im Portemonnaie mit sich zu führen. Das ist die einzige Möglichkeit zu verhindern, dass fiese Mitschüler den Ausweis mopsen, um den anderen Kindern zu zeigen, wie hässlich man bei brutaler Beleuchtung mit flächendeckender Akne und fester Zahnklammer aussieht. Hatte Sharona je eine Zahnklammer? Oder auch nur einen Pickel? Ich kann mich nicht erinnern, deswegen pflücke ich den Schülerausweis von der Wand und schaue hinein. Nein, Sharona war immer wunderschön, sogar mit Brille. Aber da hat Jenny auch ein flottes Modell ausgesucht. Mein Blick fällt auf das Geburtsdatum: 11. September 2001. Jeder, der Zugang zu einem Fernseher hat, saß an diesem Tag gebannt davor, nur Jenny und ich haben erst am Abend bemerkt, dass sie ihre Kinder in eine komplett veränderte Welt hineingeboren hatte. Tatsächlich war es so, dass Jenny mich noch aus der Klinik anrief, um mir zu sagen, was passiert war: »Es ist so unglaublich, was da abgeht«, sagte sie. Zwillinge auf die Welt bringen, während die Twin Towers fallen, das bringt wirklich nur Jenny Uhlenbrock fertig. Wahrscheinlich lag es an der gleichzeitig einsetzenden Stilldemenz, aber Jenny hat damals am Telefon wie ein Schlosshund geheult: »Es tut mir so leid, dass du das alles verpasst hast, nur weil meine Wehen kamen!« Ich nehme meine Anschuldigungen zurück: Jenny ist weder unfähig, sich für etwas zu entschuldigen, noch ist sie eine Egozentrikerin. Die Idiotin bin ich. Ich stehe auf, um Jenny über meine neuesten Erkenntnisse zu informieren. Dieses Mal schalte ich das Licht in ihrem Schlafzimmer lieber an: »Es tut mir leid. Alles, was ich heute gesagt habe. Und dass ich deinen Wein ausgetrunken habe. Außerdem bist du eine ganz tolle Mutter, und dein Verstand ist nicht zwischen deine Beine gerutscht.«

Jenny blinzelt mich an: »Deiner ist aber auch nicht mehr zwischen deinen Ohren, oder?« Wahrscheinlich nicht. Jenny schlägt die Decke zur Seite, ich mache das Licht wieder aus und schlüpfe in ihr Bett. In solchen Momenten bin ich unglaublich froh, eine Frau zu sein. Jungs machen so etwas nicht, zumindest nicht jenseits der Pubertät. Erwachsene Männer kuscheln sich höchstens an ihre besten Freunde, wenn beide sich ihrer Homosexualität bewusst geworden sind, oder wenn es um Leben und Tod geht. Falls sie sich mal am Südpol verlaufen oder Schiffbruch erlitten haben. Aber selbst dann zittern sie nur schweigend vor sich hin, während Frauen sich ganz ohne Not ein Bett teilen und ewig schwatzen können, gerade dann, wenn sie sich kurz zuvor wieder vertragen haben. Frauen sind eben auch auf dem Gebiet der Psychohygiene wesentlich achtsamer.

»Jenny, wusstest du, dass das durchschnittliche Paar pro Tag nur zwölf Sätze miteinander wechselt? Und im Bett fast gar nicht miteinander redet? Dazu gibt es verschiedene wissenschaftliche Ansätze, zum Beispiel, dass das beim Mann noch aus der Urzeit stammt, du weißt schon: Hinlegen heißt, die Jagd ist beendet, Schlafenszeit. Andere behaupten, es liege allein an den unterschiedlichen Körpertemperaturen von Männern und Frauen, und dann gibt es eine für mich äußerst nachvollziehbare These, dass dem Mann beim Geschlechtsakt Energie geraubt wird, die die Frau dabei lädt, vereinfacht ausgedrückt. Nun ist es aber so, dass ein Mann offenbar gar nicht unbedingt Sex haben muss, um diesen Energieverlust zu verspüren, es reicht die Verknüpfung aus, neben einer Frau zu liegen, mit der er schon öfter Sex hatte, wie es ja in jeder klassischen Beziehung der Fall ist. Dafür spricht, dass ja im gesamten Tierreich der Geschlechtsakt nur in der Paarungszeit stattfindet, und zwar nicht im Liegen, sondern eben stehend, von hinten. So wird das Männchen auch nicht müde, sondern kann seinen Samen an weitere fruchtbare Weibchen …«

Wie um diese These zu unterstützen, drückt Jenny mir ein Kissen aufs Gesicht. Ein Mann wäre durch meine Ausführungen einfach eingepennt. »Maike, entweder hältst du jetzt sofort die Klappe, oder du gehst wieder rüber«, droht sie mir, entfernt aber das Kissen wieder.

Ich ziehe mir mit der Hand einen imaginären Reißverschluss vor dem Mund zu, Jenny rollt sich grunzend auf die Seite. Ich versuche ebenfalls einzuschlafen, aber es kratzt an der Tür. Die Bitch will zu uns ins Bett. Da muss ich Jenny auch etwas zu erklären: »Haustiere können übrigens auch sehr verhütend wirken. Wobei die Menschen ja früher mit ihrem Vieh unter einem Dach hausten, aber trotzdem Dutzende Kinder hatten. Es kann gut sein, dass da ein Zusammenhang besteht zwischen der heutigen Vermenschlichung von Haustieren und dem Geburtenrückgang. Es kann aber auch an den überschaubaren alternativen Freizeitgestaltungsmöglichkeiten im Mittelalter liegen, aber das will ich noch untersuchen …« Jenny steht auf, und setzt mich zu dem Hund vor die Tür. »Maike, echt, ich weiß, dass du unter Druck stehst wegen deiner Doktorarbeit, aber manchmal frage ich mich schon, wie Matthias es mit dir aushält.« Für jemanden, der behauptet, endlich schlafen zu wollen, macht Jenny da aber ganz schön viele Fässer auf einmal auf. Ich konzentriere mich auf das, welches überzulaufen droht: »Meinst du, Hummel und ich haben noch eine Chance. So als Paar?« »Klar. Wenn jemand innerhalb von fünf Minuten zur Stelle ist, sobald du ihm eine SMS aus der Kneipe schickst, in der steht, dass es seiner Liebsten wohl nicht so gut geht, dann würde ich sagen: Den wirst du nicht so schnell los.«

Oh. Deswegen ist Jenny damals nicht aus dem *Dead Horst* zu mir nach draußen gekommen. Sie hat die Kavallerie gerufen.

»Gute Nacht«, wünsche ich und zockle der Bitch in Sharonas Zimmer hinterher. Dort legt sie sich direkt wieder unter den Schreibtisch. Wieder habe ich einen neuen Ansatz für meine Arbeit gefunden: Ganz unabhängig von Zeitalter, Geschlecht, Zuneigung, Spezies oder Kultur – manchmal ist es eben zu heiß, um sich zusammen in ein Bett zu kuscheln.

12

Kannst du vorgehen und schauen, ob Hummel da ist?«, bitte ich Jenny.

Sie nickt: »Und wenn er dann da ist, was dann? Ruf ich dich an, und du kommst nach, um ihm in die Arme zu fallen, ja? Und was ist, wenn er nicht da ist?«

Gute Frage, aber darauf habe ich eine noch bessere Antwort parat: »Das entscheide ich dann spontan. Geh erst mal.«

»Maike Wilmers entscheidet spontan. Halleluja.«

Jenny steigt aus dem Auto. Dieses Mal haben wir einen nicht ganz so perfekten Parkplatz erwischt, in der Parallelstraße. Es dauert ewig, bis Jenny mich anruft. »Er ist nicht da. Und Andi auch nicht«, informiert sie mich über die Lage in meinem Zuhause. Ich bin etwas enttäuscht, aber um zu wissen, was ich jetzt tun soll, benötige ich mehr Details. »Sind da Kaffeetassen auf dem Tisch? Falls ja, sind die noch warm?« Endlich zahlt es sich aus, über Jahre hinweg den Montagskrimi aufmerksam verfolgt zu haben. Jenny bestätigt: »Da stehen ein paar Tassen in der Spüle. Alle sauber.« Verdammt, ich hatte vergessen, dass Hummel den Krimi ja immer mitschaut. Er hat etwaige Beweise für vorangegangenen Kaffeegenuss nicht nur vernichtet, sondern auch neue Tassen gekauft. Und er hat unaufgefordert das Geschirr gespült. »Ich komme«, nuschle ich ins Handy, bevor ich auflege, höre ich Jenny noch sagen: »Da ist eine Karte bei euch im Briefkasten. Konnte nicht genau sehen, woher die kommt, aber ich glaube, die hat jemand von den Kanaren geschickt.«

Lanzarote gehört zu den Kanaren. Hummel und Andi sind tatsächlich dahin geflogen. Ohne mich. Und haben es nicht einmal für nötig befunden, mir Bescheid zu sagen. Oder auch nur die Tassen in den Küchenschrank zu räumen, bevor sie sich einen lauen Lenz auf einer Geröllinsel machen. Aber für eine Postkarte hat's noch gereicht, besten Dank auch. Ich schließe das Auto ab, die Bitch hält mühsam mit mir Schritt, als ich zu meinem Haus marschiere.

In der Wohnung angekommen, beschließe ich: »Ich muss mal allein sein. Bitte.«

Jenny klopft mir auf die Schulter: »Vielleicht keine schlechte Idee. Mach deine Doktorarbeit fertig, bevor sie dich fertigmacht.« Jenny hat keine Ahnung, von was für einer Zeitspanne sie da redet. Ich auch nicht. »Grüß die Kinder von ihrer Tante aus Marokko«, rufe ich Jenny noch nach. »Mein Gott, sei nicht immer so nachtragend«, empfiehlt sie mir und ist weg, um ihren letzten Sommerferientag ohne die Zwillinge zu genießen. Nicht mehr so nachtragend sein, das kommt ganz oben auf meine neue Liste. Aber alles, was flachfällt, muss durch etwas Neues ersetzt werden, sonst entsteht ein Loch, in das ich zu leicht hineinfallen könnte.

Also dekoriere ich um. Ich schiebe die Couch im Wohnzimmer an die Fensterbank und schleife Hummels Matratze aus unserem Doppelbett dorthin. Wenn er seinen Bruder wieder mit hierherbringen sollte, kann er bei ihm schlafen. Beide Zimmer sehen jetzt vollkommen entstellt aus, man mag gar nicht hingucken. Um das in Zukunft zu vermeiden, schleppe ich meine Matratze aus dem Bett ins Arbeitszimmer. Jetzt kann ich direkt vom Schreibtischstuhl ins Bett fallen, und genau das plane ich nach getaner Arbeit. Die Bitch tappt verwirrt von einem Zimmer ins andere, aber sie spürt instinktiv, dass das Schlafzimmer wegen Gefühlskälte zur Sperrzone erklärt wurde. Das Wohnzimmer ist ihr offenbar auch zu ungemütlich, im Arbeitszimmer wird sie nicht beachtet.

Als ich mir Stunden später einen Kaffee koche, finde ich sie unter dem Küchentisch. Direkt neben ihr befindet sich eine kapitale Pfütze: »Ach bitte, über das Alter, in dem wir aus Protest in die Ecken pinkeln, sind wir doch hinaus«, herrsche ich sie an. Es gibt ja genug Menschen, die unendlich viel in einen einzigen Hundeblick hineininterpretieren können. In den Augen der Bitch kann ich nur Folgendes lesen: »Alte, jetzt geht's aber wirklich los mit dir, oder? Jetzt redest du schon mit mir wie mit einem Kind, dann auch noch in dieser tantigen Wir-Form! Außerdem: Wenn jemand hier im übertragenden Sinne sein Revier markiert hat, dann ja wohl du mit deiner Umräumaktion! Ich habe lediglich in die Wohnung uriniert, weil du seit Stunden nicht mit mir vor der Tür warst.« Klugscheißerhund. Soll mal an der frischen Luft darüber nachdenken, wessen Hand ihn füttert. Im Hausflur versuche ich, die Postkarte aus dem Briefschlitz zu fummeln, aber meine Finger sind zu kurz. Die Bitch geht drohend in die Hocke, also lasse ich Postkarte Postkarte sein und gönne dem Hund und mir endlich eine wohlverdiente Gassirunde.

Zu meinem Erstaunen ist immer noch Sommer hier draußen. Kurzberockte junge Dinger klackern aufreizend das Pflaster hinab, die Jungs führen ihre im Studio gestählten Armmuskeln vor, indem sie das Anheben einer Bierflasche vollkommen mühelos aussehen lassen. Manchmal mag ich gar nicht glauben, dass ich derselben Gattung wie diese Gestalten angehöre. Wenn die Typen verbale Kommunikationsversuche starten, frage ich mich, ob sich bei der Einhaltung dieser wiederentdeckten, proteinlastigen Steinzeitdiät auch das Hirn automatisch um vierzigtausend Jahre zurückdreht.

»Ey, ey, du! Mit den Schuhen, den roten. Ey, hast du 'n Freund, du?«, ruft einer der Bizeps-Boys jetzt über die Straße, und anstatt dass das Mädchen mit den Schuhen, den roten, ihre extralangen Fingernägel einsetzt, um dem Kerl eindrucksvoll den Mittelfinger zu zeigen, klimpert sie mit Bambi-Wimpern und schreit ihrerseits: »Ey, isch kenn dein Bruder, voll der Asi!« Diese bizarre Antwort genügt dem Muskelmännchen als Einladung. Mit einem elchartigen Grunzen nähert er sich der Angebalzten und vertraut ihr und dem gesamten Stadtviertel an: »Ja, stimmt voll, aber ich bin geil, ey.« Ja, das fasst es wohl korrekt zusammen. Zwar habe ich immer ein Kondom in der Tasche, aber erstens ist dessen Mindesthaltbarkeitsdatum seit etwa zehn Jahren abgelaufen, zweitens möchte ich darauf wetten, dass die Jugendlichen meine wohlmeinende Spende missinterpretieren und mir voll aufs Maul hauen könnten. Also bleibt mir nur übrig, das zu tun, was alle ältlichen Hundehalter im Umkreis von zwanzig Metern tun. Die Hände hinter dem Rücken verschränken, den Kopf schütteln und: »Komm, weiter geht's«, zu ihrem pelzigen Begleiter sagen.

Als ich Mitte zwanzig war, waren die Teenager ja schon unwahrscheinlich dumm. Die von heute sind fast durch die Bank weg vollkommen retardiert. In zwanzig Jahren wird sich das mit der Menschheit eh erledigt haben, aber ich meine, noch eine Doktorarbeit darüber verfassen zu müssen, wie es so weit kommen konnte.

»Hey, Maike, wie gut, dass ich dich treffe.« Sarah steht vor mir. Im Gegensatz zu dem Partyabend, an dem sie ihr Engelshaar offen trug, hat auch sie sich jetzt dem Modediktat gebeugt. Aber auch dieser hohe Dutt kann die Frau nicht entstellen. Sarah wirkt so frisch und aktiv, als wäre sie gerade einem Thermalbad entsprungen. Oder einem Liebesnest.

»Hallo«, entgegne ich kühl. Ein loyaler Hund würde jetzt knurren, aber die Bitch schmiegt sich an Sarahs nackte Waden, so als hätte sie nach jahrelanger Suche endlich ihre wahre Seelenverwandte gefunden.

»Geht's dir besser?«, erkundigt sich Sarah in gespielter Sorge. Oh, man spricht über meine Befindlichkeiten im Viertel, wie nett.

»Mir ging es nie schlecht, ich musste nur mal raus. Schließlich muss ich auch arbeiten, und das ist in dem Chaos in unserer Wohnung kaum möglich«, unterrichte ich das kleine Partyluder darüber, wie es in der Welt so zugeht, wenn man sich um etwas anderes als sein Haarstyling und die Männer aus der Nachbarschaft kümmert.

Sarah macht wieder ihre großen Augen, das kann sie gut, wahrscheinlich wurde »Erstaunt gucken« zu ihrer Schulzeit als Leistungskurs angeboten. »Ja, kann ich mir vorstellen, wie stressig das ist. Deswegen sind Matthias und Andi ja auch ins Sauerland gefahren. Deren Eltern geht es wohl auch nicht so gut. Aber übermorgen wollten die wohl wiederkommen, mit Andis restlichen Sachen. Ich habe dich auf dem Handy nicht erreicht, aber ich wollte dir nur sagen: Ich kann den Hund nehmen, falls dir das alles zu viel wird.«

Nein, das wird mir nicht zu viel, das ist es schon: Sarah hat innerhalb einer Woche das Sekretariat der Biene-Brüder übernommen. Nein, vielmehr ist sie deren persönliche Assistentin geworden, die über sämtliche familiären Missstände Bescheid weiß, meine Handynummer hat und mir nebenbei noch erklären will, dass Andi jetzt ganz bei uns einzieht. Aber vielleicht zieht Hummel dann ja bei Sarah ein, das wäre doch nur logisch. Noch logischer wäre es nur, wenn ich meinerseits morgen schon mal die Türschlösser austausche.

»Sarah, das ist ganz reizend von dir, dass du auf den Hund aufpassen willst. Hier hast du ihn. Und die Jungs kannst du auch direkt beide behalten, wenn sie wiederkommen.« Ich drücke der neuen Frau im Leben meines Mannes die Leine in die Hand und kehre auf dem Absatz um. Ich erwarte natürlich, dass Sarah mir etwas hinterherruft, daher gehe ich direkt einen Schritt schneller. Und stolpere über die Bitch, die mich eingeholt hat.

Sarah ist zwar zu dumm, eine Hundeleine festzuhalten, aber

immerhin hat sie Kraft in den Armen. Sie hilft mir wieder auf die Füße, ich kann nicht sprechen, weil ich die Zähne zusammenbeißen muss. Beide Knie sind aufgeschlagen und bluten. »Maike, ich glaube, da gibt es wirklich ein paar Missverständnisse zu klären. Magst du was trinken? Ich habe auch Pflaster zu Hause.« Man muss zu seinen Versäumnissen stehen. Zufällig bin ich mir sicher, dass Andi unsere sämtlichen Pflaster in den letzten Wochen verbraucht hat, und jetzt hat auch keine Apotheke mehr geöffnet. Außerdem würde ein weiterer Fluchtversuch meinerseits erneut durch den bekloppten Hund vereitelt werden: »Hast du auch was Nichtalkoholisches da?«, murmle ich.

»Fast ausschließlich«, gibt Sarah an. Das sollte ich unbedingt kontrollieren. Schließlich war Sarah vor zehn Jahren entweder ein dummer Teenager, oder sie hat sich verdammt gut gehalten. Kenne deinen Feind oder zumindest dessen Beauty-Geheimnisse, denke ich mir und folge Sarah steifbeinig in das Partyhaus.

Hier ist heute wenig los für einen Freitagabend. Es ist fast wie bei uns im Haus, die Wohnungstüren stehen gar nicht offen wie bei meinem letzten Besuch hier, und der Hausflur wird weder durch Menschenmassen noch durch Gerümpel verstopft. Ich achte auch gar nicht mehr so darauf, dass meine Knie schmerzen, denn ich bin zu gespannt, wie es hinter der Tür im zweiten Stock links aussieht. Gibt es heutzutage noch Spüluhren in den Wohngemeinschaften und Berge von Telefonrechnungen, die auf dem Küchentisch darauf warten, auseinanderdividiert zu werden? Mich hat ja schon das Gemeinschaftsbad immer davor abgeschreckt, in eine WG zu ziehen. Die Jungs machen alles schmutzig, und die Mädchen klauen deine Wimperntusche, das war nichts für mich. Es stellt sich heraus, dass auch Sarah gar nicht in einer klassischen WG lebt. Ich erkenne beim ersten Scannen nur eine Küche, ein Wohnzimmer und zwei Türen, hinter denen sich nach aller Wahrscheinlichkeit ein Bad und ein Schlafzimmer befinden. Das Wohnzimmer ist eher klein, aber aufgeräumt. Da steht ein Rechner am Tisch, und die Couch ist aufklappbar. Außerdem registriere ich ein Bobby Car neben der Heizung.

»Der Lütte ist zum Glück bei meinen Eltern. Hier, setz dich am besten auf den Sessel.« Sarah fegt mit einer Hand ein paar Zeitschriften von der Sitzgelegenheit, öffnet mit der anderen die Pflasterpackung und schafft es irgendwie gleichzeitig, mir eine Apfelschorle zu reichen und den Hund von meinen Beinen wegzuscheuchen. Ich schaffe es derweil nur, mich gleichzeitig wegen mehrerer Dinge zu schämen. Ich hätte nie gedacht, dass Sarah Mutter ist, und dann auch noch eine offenbar verantwortungsvolle. Ihre Wohnung ist schön und sauber, aber im Gegensatz zu unserer ein Schuhkarton. An den Büchern, die neben ihrem Computer gestapelt sind, erkenne ich, dass sie auch noch etwas recht Anspruchsvolles studiert, und ganz nebenbei kriegt sie es auch noch hin, wie das blühende Leben auszusehen. Meine Eifersucht schlägt in Neid um, während Sarah mich kompetent verarztet: »Sind nur Schrammen«, versichert sie mir, und ich komme mir noch kindischer vor.

»Entschuldige, dass ich eben so blöd war«, murmle ich, »und den Hund nehme ich selbstverständlich wieder mit.« Sarah winkt ab, als wäre es eben ganz normal, dass eine Frau Mitte dreißig auf der Straße Hunde verschenkt, die ihr nicht gehören. Sie setzt sich im Schneidersitz auf die Couch, und langsam kann ich ihr sogar fast verzeihen, dass sie wie die Königin der Elfen aussieht.

»Ach, ich habe die ganze Sache aber auch schlecht erklärt eben«, meint sie, »da hätte ich an deiner Stelle auch gedacht, dass ich mich da ein bisschen zu sehr in euer Leben einmische.« Ich nippe von der Schorle. Ein bisschen ist ein bisschen untertrieben, aber ich höre Sarah weiter zu: »Also, Matthias fühlt sich wohl ganz beschissen wegen dir, meinte Andi, aber dann kam eben die

Sache mit den Eltern. Die Mutter dreht wohl richtig durch. Also, sie vermuten ernsthafte gesundheitliche Probleme.«

»Die vermute ich seit Langem«, bestätige ich.

Sarah nickt: »Und weil die sich von sich aus nie eine Pause gönnt, haben Matthias und Andi ihre Mutter eben kurzerhand in den Urlaub verfrachtet. Teneriffa, all-inclusive, damit die sich mal bedienen lässt. Andi hat mir eine Mail geschrieben, dass es ihr wohl gut geht da.«

Mir fällt auf, dass Teneriffa auch zu den Kanaren zählt. Und dass Marita gerne Karten schreibt. Und ich den Briefkastenschlüssel finden muss. Und noch etwas anderes: »Geht da was, mit dir und Andi?«, erkundige ich mich ganz direkt, Sarah lacht, aber ich erkenne an den hektischen Flecken auf ihren Wangen, dass ich mit meiner Vermutung nicht ganz danebenlag.

»Ach, Andi, ne. Also, der ist mir schon ein bisschen zu verrückt. Ich bin ja auch nicht allein«, bemerkt sie überflüssigerweise, aber das lasse ich ihr mal durchgehen. Ich halte mich ebenfalls davor zurück, Sarah mit Auszügen aus meiner Doktorarbeit zu unterhalten, in denen es darum geht, dass Mütter sich von jeher einen optisch reizvollen, kräftigen Vater zur Befruchtung der Eizelle gesucht haben, aber für die Aufzucht der Brut lieber auf ein verlässliches, häusliches Mannsbild zurückgreifen. In meinen internen Notizen läuft dieses Kapitel unter »Die Uwe-Situation«, aber ich kenne da noch jemanden, der genau in Raster Nummer zwei passt. Und der es erwiesenermaßen nicht schafft, sein eigenes Erbgut mit meinem zu mischen. Aber hier steht ja ein gemachtes Nestchen bereit.

Ich muss mir endlich zwei Dinge eingestehen: Meine Eifersucht ist keineswegs erloschen. Und ich habe damals bei dem Psychotest geschummelt. Ja, ich kannte die Frage schon, habe aber dank meiner überdurchschnittlichen Selbstbeherrschung den Lügendetektortest bestanden. Aber Hummel hat auch geschummelt: Der ist ein Psychopath, der die eine Frau einfach aus seinen Gedanken killt, um eine andere, bessere zu nehmen. Sarah kann ihn gerne haben, also lächle ich ihr aufmunternd zu, sie nimmt es als Freundlichkeit auf.

»Na ja, ich will dich nicht rausschmeißen, aber ich habe noch ziemlich viel zu tun. Wo bleibt der Hund denn jetzt?« Das ist also die wichtigste Frage in diesem ganzen Durcheinander. Die Antwort darauf überlasse ich der Bitch. Ich stehe auf, gehe aus dem Wohnzimmer und schaue, ob sie mir folgt. Tut sie nicht. Ich warte noch endlose zehn Sekunden, dann riskiere ich einen Blick und sehe, dass das Tier mal wieder eingeschlafen ist. »Das ist voll okay. Mein Sohn lieeeebt Hunde.« Sarah lacht und geleitet mich noch zur Tür. »Bis bald«, sagt sie, »wenn was ist, habe ich ja deine Nummer. Tschüss.« Mir fehlt die Kraft, oder vielleicht auch nur die Motivation, sie die Treppe herunterzuschleudern.

13

Du siehst schlecht aus«, begrüßt mich meine Mutter am nächsten Morgen. Sie selbst sieht dafür reichlich gewöhnungsbedürftig aus. Seit ich denken kann, bringt meine Mutter ihre Vorzüge durch eng anliegende Kleider in kräftigen Farben zur Geltung. Aber seit meine Schwester und ich nicht mehr hier wohnen und äußerst unregelmäßig vorbeischauen, ist wohl der Schlendrian eingekehrt. Meine Mutter trägt eine graue Trainingshose und ein verschwitztes T-Shirt. Wenn ich mich also gehen lasse, weiß ich, woher der Hang dazu kommt.

»Bin nur wegen der Doktorarbeit gestresst«, lüge ich der Frau, die mich auf die Welt gebracht hat, ins Gesicht.

»Ja, dann komm doch morgen früh mit zum Sport. Leonie kommt auch mit, wird bestimmt lustig, wir drei Frauen.«

Ich versuche mich daran zu erinnern, wann wir drei Frauen mal etwas Lustiges zusammen gemacht haben. Vielleicht war es, als meine Schwester bei ihrer Konfirmation in den Gartenteich gefallen ist. Da haben meine Mama und ich sehr gelacht.

»Glaube eher nicht, Mama. Ich muss mich echt reinknien. Kann ich ein paar Tage hier bleiben? Bei uns zu Hause komme ich zu nichts.«

Meine Mutter guckt tatsächlich so, als würde sie noch überlegen, ob ihr das passt. Offenbar ist es zu viel verlangt, dass ihre Tochter sich zwei, drei Wochen oder Jahre auf den Dachboden verkrümelt, den sie selbst nie betritt. Ich schaue gekränkt drein, meine Mutter kneift mir in die Wange: »Och, mein armes Kind, ist es wirklich so schlimm zu Hause? Lässt dich der Matthias nicht in Ruhe, nein? Ja, von nichts kommt aber nichts, wenn man in eurem Alter noch Kinder haben will.« Sie kichert. Vielleicht wäre Sport mit ihr und meiner Schwester doch vergleichsweise lustig geworden. Ich gehe an meiner Mutter vorbei in die Küche, um mich dort mit Nahrungsmitteln für die nächsten Tage auszustatten. Meine Mutter hat so wenig Gespür für meine Lage, dass sie mir tatsächlich nachgeht: »Och, Maike, das war doch nur Spaß. Übrigens: Der Dachboden ist voller Kartons, wenn du arbeiten willst, geh am besten in Leonies altes Zimmer, okay?«

Klar, alles okay. Mein altes Zimmer gibt es in der Form ja nicht mehr. Daraus ist ein Nähzimmer geworden, also genau das, was alle Mütter wirklich haben wollen. Manche Frauen bringen wahrscheinlich nur Kinder auf die Welt, um dann achtzehn Jahre später endlich ihren Anspruch auf den eigenen Kreativbereich geltend zu machen. »Wo ist eigentlich Papa?«

Meine Mutter ignoriert meinen verletzten Tonfall gekonnt: »Der ist auf Exkursion, drei Tage im Wald.« Großartig. Mein einziger Verbündeter hat die Zivilisation verlassen, und wenn der zurückkommt, erzählt er auch nur von seltenen Käfern, die er ausfindig gemacht hat. »Soll ich dir einen Kaffee machen?«, stellt meine Mutter ihre erste vernünftige Frage seit meiner Ankunft, entreißt mir aber gleichzeitig den Brotlaib, den ich unter meinem Arm gebunkert hatte. »Und später vielleicht ein vernünftiges Mittagessen, mit Gemüse und so?« Ist schon klar, ein voller Bauch studiert nicht gern.

»Danke, Mama. Sollen wir so gegen zwei essen?«, frage ich, meine alberne Mutter salutiert: »Vierzehn Uhr, Ratatouille, zu Befehl, Madame. Aber erst gehe ich baden. Bis später.«

Gegen vier klopft meine Mutter an die Tür, wartet aber kein »Herein« meinerseits ab. »Ich habe doch keine Lust zu kochen. Sollen wir was essen gehen, später?« Es ist schwierig, sich gleichzeitig die Frage zu stellen, ob man Hunger verspürt, und dabei weiterhin ein Dokument anzustarren, an dem man seit Stunden nicht die winzigste Änderung vorgenommen hat. Aber meine Mama hilft mir ein bisschen, und nach einer Minute querlesen befindet sie: »Sieht alles ziemlich kompliziert aus, Maike. Wann willst du denn damit fertig sein?«

Verdammt. Meine Mutter, die sich nicht einen Hauch für Naturwissenschaften interessiert und deren Kenntnisse der Geschichte auf das Spezialgebiet Tanz reduziert sind, weiß nach einer Seite Lektüre Bescheid: Ich schreibe hier großen Quatsch zusammen. Um sie vom Gegenteil zu überzeugen, brumme ich: »Ich weiß nicht. Ich müsste mal die Frau Doktor Zöllner anrufen. Sollte ich sowieso. Aber ich glaube, die ist noch in Neuseeland.«

Da kann ich natürlich nicht anrufen. Meine Eltern sind zu einer Zeit aufgewachsen, in der ein Ferngespräch nach Neuseeland noch genauso viel gekostet hat wie eine Mondexpedition. Und die Internetverbindung in diesem Haus ist dermaßen mies, dass ich mich frage, ob meine Mutter nur behauptet, sie hätten DSL, aber heimlich das letzte Modem der Stadt im Keller versteckt.

»Du kannst aber mit dem Handy an die Straßenecke gehen«, empfiehlt meine Mutter, »da ist ein Hotspot, oder wie das heißt. So mache ich das auch immer.«

Die Vorstellung, wie meine Mutter in ihrer Trainingshose am Laternenmast lehnt und wichtige E-Mails versendet, ist fast so rührend wie bestürzend. »Vielleicht kann Hummel da was machen, an eurer Internetverbindung«, sage ich automatisch. Als mir einfällt, dass ich nicht die geringste Ahnung habe, wie es um meinen Freund und mich steht, füge ich hinzu: »Aber der hat auch zu tun im Moment. Zu Papas Geburtstag kommt er aber bestimmt.«

Ich weiß erst recht nicht, weshalb ich so etwas sage. Meine Mutter auch nicht: »Ach ja, gucken wir mal, ob wir den so groß feiern. Also, möchtest du jetzt mit deiner Frau Zöllner chatten, oder wollen wir zum Portugiesen gehen? Die machen da jetzt auch Sushi.«

Beide Alternativen hören sich seltsam an, aber ich entscheide mich für die logische Variante: »Wie spät ist es denn jetzt in Auckland?«

Meine Mutter zuckt mit den Schultern: »Müsste man mal im Internet nachschauen, was?« Solange meine Schwester nicht dabei ist, kann es manchmal doch ganz lustig mit den Frauen meiner Familie werden.

Portugiesisches Sushi besteht vor allem aus leidenschaftlicher Präsentation. Ein glutäugiger Gockel bezirzt meine Mutter, indem er die einzelnen Reisröllchen auf ihrem Teller drapiert, als wolle er sie zu einem Hütchenspiel herausfordern. Sie lacht mädchenhaft, wirft ihre Locken zurück, und der Mann zeigt sich vollkommen fasziniert davon, dass meine Mutter so schön »obregada« sagen kann, obwohl sie ihrerseits gar keine Portugiesin ist. Mir wird ein recht lustlos zusammengewürfelter Salatteller vor die Nase geknallt, aber da meine Mutter und ich uns nun einmal gar nicht ähnlich sehen, bleibt zumindest der Standarddialog aus: »Was, das ist Ihre Tochter? Neiiiin!! Das kann doch nur Ihre Schwester sein, so jung, wie Sie aussehen.«

Wider Erwarten schmeckt der Salat jedoch ganz gut, jedenfalls besser als das sogenannte Sushi. Meine Mutter benimmt sich trotzdem, als hätte sich der Koch auf den Gipfel der Gastronomie gewagt: »Hach, Maike, der Fisch ist so lecker. Und so gesund. Wir sollten alle viel mehr Fisch essen.«

Nur weil man einen Pangasius in seine Atome zerhackt, sind die Schadstoffe noch nicht weg, denke ich, aber bevor ich das meiner Mutter mitteilen kann, klingelt mein Handy. Es ist Hummel. »Geh damit raus, die mögen das hier nicht mit den Telefonen. Das ist ein Familienrestaurant«, scheucht meine Mutter mich vom Tisch weg.

»Moment«, spreche ich in den Hörer und renne zum Hinterausgang in den Biergarten hinaus. Mein Herz rast. Ich bin so gespannt darauf, was Hummel mir zu sagen hat, dass ich mir fest vornehme, ihn gar nicht erst zu Wort kommen zu lassen. Selbst das misslingt mir: »Maike? Bist du noch dran?«, höre ich ihn fragen. Ich nehme mich zusammen und jaule: »Warum hast du dich nicht gemeldet?«

Hummel seufzt, fast so, als würde auch er in diesem Augenblick auf all die fröhlichen Menschen im Biergarten blicken, die entspannt den Samstagabend genießen. Warum sitzen meine Mutter und ich eigentlich drinnen?

»Maike, ich habe mich gemeldet. Mehrmals. Aber dann war immer nur deine Mailbox dran, und daraus habe ich geschlossen, dass du nicht mit mir reden willst.«

Ah, hat er das? Ich bahne mir einen Weg aus dem Biergarten heraus und lande schließlich bei den Mülltonnen hinter der Küche. »Und warum rufst du dann jetzt an?«, will ich wissen. Ich höre Hummel nur atmen. Das wird nicht gut ausgehen, wenn ich ihn darauf antworten lasse. Also springe ich über meinen Schatten, verdränge all die bösen Verdächtigungen, die ich gegen ihn hege, denn tief in mir drin weiß ich schon, dass er nichts mit dieser Sarah hat. Ich werde mich jetzt auch nicht auf die Nebenkriegsschauplätze stürzen, nicht fragen, wie es seiner Mutter, seinem Vater oder Andi geht, sondern ganz einfach – das Wichtigste:

»Hummel, ich hab mir was überlegt. Du, ich glaube, wir brauchen gar keine größere Wohnung, sondern vielleicht eher eine kleinere? Und Andi kann dann gucken, wo er bleibt.«

Den letzten Satz hätte ich mir sparen sollen, der kam vielleicht etwas herzlos rüber. War aber gar nicht so gemeint, zum Glück hat Hummel das auch sofort registriert. »Ja, so etwas Ähnliches hatte ich mir auch schon gedacht«, sagt er. Jetzt rast mein Herz erst wirklich. Alles wird gut, und wie um zu unterstreichen, dass mir völlig zu Recht ein Stein vom Herzen gefallen ist, winkt mir der Koch zaghaft durch das Fenster zu. Ich winke zurück und höre Hummel sagen: »Die Wohnung ist echt ein bisschen zu teuer, aber mach erst mal deine Doktorarbeit in Ruhe. Ich bin ja die nächste Zeit hier, ich muss gucken, wie das hier weitergeht. Und Andi bleibt auch, bis meine Mutter zurückkommt. Und dann schauen die drei, ob sie ›Biene's Korb‹ halten können oder nicht.«

Ich weiß nicht, was das eine mit dem anderen zu tun hat. Als mitfühlende Partnerin sollte ich wahrscheinlich nachfragen, wie es denn um die von Hummel gehasste Kneipe steht, aber ich fiepse nur: »Du musst nicht ausziehen, damit ich meine Arbeit fertig machen kann.«

»Ich weiß. Aber ich will.«

Okay. Vielleicht würde ich das auch wollen, wenn ich in der gemeinsamen Wohnung ein Schlachtfeld vorgefunden hätte, das meine bessere Hälfte dort zurückgelassen hat. Meine angebliche Seelenverwandte, die einfach ihr Handy für eine Woche ausgeschaltet hat, um sich dem Schmollen zu widmen, und die unfähig ist, sich auch nur um einen winzigen Hund zu kümmern.

»Maike? Ich will das wieder hinkriegen, glaub mir, aber im Moment …«

Im Moment sehe ich, wie meine Mutter in die Küche des Sushi-Portugiesen eilt und ihm einen Kuss auf den Mund drückt. »Ich rufe dich zurück«, sage ich zu Hummel.

»Okay. Gut.« Aber er hat ja keine Ahnung.

Ich schätze, meine Mutter hat mich jetzt auch gesehen. Sonst sitzen ihre Augenbrauen locker zwei Zentimeter tiefer im Gesicht. Den Mund noch gespitzt, wedelt sie mir aufgeregt mit beiden Händen zu, der Koch verkrümelt sich gekonnt in eine nicht einsehbare Ecke der Küche. Nun versucht sich meine Mutter als Fluglotsin oder will mir bedeuten, dass wir an der Vordertür reden sollten. Das kann sie haben. Wütend stapfe ich durch den

Biergarten und stelle meine Mutter vor dem Lokal. Aufgeregt hastet sie mir entgegen, Scham sieht anders aus, Schuldgefühle ganz anders. Sie droht mir tatsächlich: »Wag es nicht, deinem Vater davon zu erzählen! Das mache ich selbst, wenn es an der Zeit ist, verstanden?«

Mit einem Mal werde ich ungeheuer müde. Oder doch eher religiös. Wenn Gott schon nicht würfelt, dann spielt er vielleicht Schach. Und auf seinen Abermillionen Feldern gibt es an die sechs Milliarden festgelegte Figuren, die alle nur über bestimmte Fähigkeiten verfügen. Er nennt sie nicht Bauer, Läufer, Pferd und Dame, sondern Mutter, Vater, Kleinkind, Teenager, Single und Pärchen. Eltern können sich auf gewissen Feldern über ihre Kinder hinwegsetzen, Paare Singles in zwei Zügen vom Feld kicken, und Teenager setzen jeden schachmatt. Es gibt ein paar gemeine Fallen, in die Mütter stapfen können und für die Väter blind sind. Kinder müssen beschützt werden, und alle gehen aufgrund von Kurzsichtigkeit seltsame Bündnisse ein, die langfristig zur Niederlage führen. Dank einer Sonderklausel dürfen Eltern alles, sobald die Kinder aus dem Haus sind. Ich habe keine Ahnung, gegen wen Gott spielt, ich weiß nur, dass meine Figur in diesem Universum nicht existiert. Vielleicht bin ich die Uhr, die daneben steht, aber ich fürchte, ich bin einfach nur der Würfel, der nicht zum Spiel gehört.

»Maike, mach kein Drama draus, versprochen?«, bohrt meine Mutter nach, und ich muss lachen. Wenn sie wüsste, wie viele Dramen sich gerade in meinem Leben abspielen, von denen ich keine Ahnung habe, wie sie entstehen konnten, würde sie wissen, dass ich für ein weiteres gar keine Zeit habe.

»Ist gut. Ich halte den Mund. Regelt das unter euch, ihr seid erwachsen«, sage ich zu meiner Mutter, und die wagt es, die Lippen zu kräuseln. Nicht wie ein verliebtes junges Mädchen, sondern eher wie eine reife Frau, die eingesehen hat, dass ein Nähzimmer auch nicht die Erfüllung aller Träume ist.

»Wollen wir tanzen gehen?«, fragt sie. Ich kann nur annehmen, dass sie mich das fragt, denn weder ihr Lover, der Koch, noch sonst jemand steht hier auf der Straße.

»Ist das dein Ernst?« Meine Mama nickt. Mann, die hat es aber wirklich erwischt. Sie hat den Verstand komplett verloren, sonst würde sie sich daran erinnern, dass ich rein gar nichts von ihrem Talent geerbt habe. Leonie allerdings auch nicht. Der Rest meiner Familie hat zusammen nicht das halbe Rhythmusgefühl meiner Mutter.

»Ach, komm, es ist Samstagabend, irgendein Schuppen wird doch wohl geöffnet haben«, drängt sie. Ein Schuppen. Mir schwant Furchtbares. Heute Abend wird sich meine Mutter also darüber bewusst werden, dass sie ihr ganzes Leben im Schatten eines genialen Mannes verbracht hat, der nur ab und zu vergisst, dass sich die Raupen in seinen Schubladen in der Dunkelheit zu Faltern entwickeln. Und nach fast vierzig Jahren reißt meine Mutter jetzt diese triefende Symbolik an sich und will zum Schmetterling der Nacht werden. Ich sehe schon vor mir, wie sie ihre Riemchensandalen in die Ecke irgendeiner Abschlepperdisco schleudert und mit geschlossenen Augen zu *It's raining Men* mitschwankt. Dazu kann ich dann im Erdboden versinken. Hört sich doch nach einem Plan an. Mit etwas Glück bekommt meine Mutter im Laufe der Nacht einen zweiten Schlag auf den Kopf, der ihren Verstand wieder auf Kurs bringt, und dann wird *sie* im Erdboden versinken. Wenn ich nett bin, hole ich sie dann wieder da raus, und dieser kurze Ausfall wird für immer unser kleines Geheimnis bleiben. Vielleicht wird sie am Ende aus Leonies Zimmer das Nähzimmer gestalten, während mein eigenes rekonstruiert wird.

»Okay, Mama. Hast du irgendeine Idee, wohin es gehen soll?«

»Also wirklich, Maike, du wohnst doch in der Innenstadt. Keine Ahnung, zeig mir einfach, wo ihr jungen Leute heutzutage so hingeht.«

Selbst wenn ich es wüsste, bestimmt würde ich meine Mutter nicht dahin mitnehmen. »Ich glaube, ich weiß was, Mama. Soll ich fahren?«

Das Angebot nimmt meine Mutter dankbar an und bemerkt so gar nicht, dass wir zwanzig Minuten später vor dem übelsten Laden des gesamten Bundeslandes befinden, also jener Großraumdisco, deren zweifelhafter Ruf selbst zu mir durchgedrungen ist. Die Endstation der einsamen Herzen, das Scheunentor zur Hölle: das »Calypso«, der Eiterherd der Ü-40-Partys.

»Hier willst du hin? Das war doch zu meiner Zeit schon ganz schrecklich hier, hat sich das seitdem geändert?«, fragt meine Mutter, ich behaupte: »Bestimmt. Und außerdem haben wir einen tollen Parkplatz erwischt.«

Dem kann sie nicht widersprechen, und ihre Neugier ist wesentlich größer als ihr Wunsch, sich mit mir doch noch in einem Gespräch wiederzufinden, in dem es um portugiesische Köche, Nebenwirkungen der Wechseljahre und Verantwortungsbewusstsein geht. Und das ohrenbetäubende Wummern der Bässe, das uns schon im Vorraum zur Tanzfläche entgegenschallt, wird jeglichen tiefergehenden Dialog in jedem Fall verhindern.

»O Gott, Maike, wo schleppst du mich hin? ›Hits der 80er, 90er und das Beste von heute‹«, liest meine Mutter laut vom Plakat ab. Der Mann, der in speckiger Lederweste hinter dem Kassentischchen steht, versucht uns zu kobern: »Für Ladys gilt heute halber Eintritt. Und dazu ein Gratis-Prosecco!«

Zum ersten Mal in meinem Leben wird mir bewusst, dass meine Mutter auch ihren ganz besonderen Blick weder an mich noch an Leonie vererben konnte. Leider. Denn während ich nur spüre, wie sich meine Wangen verhärten und ich dem Burschen erklären will, dass durch die Erhebung einer Eintrittsgebühr der Prosecco nicht gratis ist, lächelt meine Mutter den Möchtegern-Rocker resolut an:« Aha, Ladys zum halben Preis. Echte Frauen haben aber immer noch freien Eintritt hier, oder?« Der Mann winkt uns durch, und zwar ohne dabei zu seufzen oder uns noch einen Spruch hinterherzuschicken.

Im Inneren des »Calypso« angekommen, gelange ich sofort zu der Auffassung, dass wir doch die Wertmarken für den Prosecco hätten kaufen sollen. Die Stimmung ist noch deprimierender, als ich es mir vorzustellen wagte: Alles, was noch in die Partyröckchen aus den glorreichen Tagen hineinpasst, hat sich in diese reingezwängt. Und mit dem so entstandenen zwangsgepressten Baumstamm aus ehemals zwei Beinen entschied sich der Großteil der weiblichen Gäste für den nächsten logischen Schritt: Obenrum sind sie wie die Weihnachtsbäume üppig mit Glitzerschmuck behängt. Alles, was einen Schnurrbart trägt, zuckt wie von Elektroschocks malträtiert auf der Tanzfläche herum, die Herren, auf die dieses Erkennungsmerkmal zutrifft, zappeln in Jeans und Turnschuhen, die Damen in großräumigen Wallekleidern.

Natürlich gibt es Ausnahmen, die wenigstens vom Hals abwärts wie die Gewinner im Schöpfungsbingo wirken: knappe Oberteile, unter denen sich vorne proportional angemessene Brüste und hinten die Ergebnisse der konsequenten Rückengymnastik abzeichnen, kecke Hintern, schmale Fesseln in fast modischen Schuhen. Aber bei den Gesichtern hört es dann auch wieder auf. Bei denen durften sich Schönheitschirurgen austoben, oder die Badezimmerbeleuchtung daheim ist während des Schminkens vor Schreck ausgefallen. Aber allmählich wird es besser. Mit jedem verkniffenen Mund und jedem traurigen Hintern, auf den mein Blick fällt, hebt sich meine Stimmung. Ich bin die Schönste im ganzen »Calypso«-Land. Aber nein, da ist ja die Frau Königin, deren Antlitz um ein Vielfaches heller erstrahlt als meines. Denn meine Mutter schaut gar nicht gehässig, traurig oder erschüttert in die Menge der animierten Kadaver, sondern aufmerksam, freundlich und interessiert. Mir wird ganz flau. Ich fürchte, meine Mutter hat gar keine Affäre. Sie hat sich wirklich verliebt, in ein Leben, das ohne meinen Papa vielleicht nicht schöner, aber aufregender werden könnte. Der DJ bewahrt mich davor, einen Nervenzusammenbruch zu erleiden. Entweder hat er einen unglaublichen Hang zu Ironie, oder er checkt gar nicht, was er da eben aufgelegt hat: *Die Ärzte* singen über genau die *Männer und Frauen,* die hier im »Calypso« aufgelaufen sind, und während meine Gedanken über die Leute schon recht bösartig ausfielen, bringt die Band es eben genau auf den Punkt: Menschen sind wie Tiere, nur schlechter angezogen. Und was tut die Herde aus Glitzer und Jeans, wenn sie so direkt angeklagt wird? Sie stürmt geschlossen die Tanzfläche, als wolle sie sagen: »Stimmt schon, na und? Ändern können wir das nicht.«

Allein meine Mutter kann ich nicht in der wabernden Masse der hüpfenden Leiber ausmachen. Dafür spüre ich, wie mein Unterschenkel zuckt. Ich gebiete ihm Einhalt, aber da ergreift eine vertraute Hand die meine und zerrt mich aufs Parkett: »Tango, den zeig ich dir jetzt endlich«, erklärt meine Frau Mama. Mir bleibt weniger als eine halbe Strophe, um sie davon zu überzeugen, dass wir in die Falle gelaufen sind.

»Mama, mach dich nicht noch lächerlicher! Hör doch mal auf den Text.« Ich brülle, meine Mutter schreit zurück: »Ist doch egal!«, und schon führt sie. Schleift mich mit einzigartiger Grandezza durch die Stampfer und Haareschüttler. Ich weiß, dass diese Stelle nur ein paar Takte dauert, habe aber trotzdem Todesangst, dass mich jemand sieht. Vielleicht kann ich danach nie wieder hinaus ans Tageslicht, sondern werde den Rest meines Lebens im schummrigen Rotlicht des »Calypso« fristen müssen, weil ich mich unter normalen Menschen zu Tode schämen werde für das, was ich hier tue. Denn jetzt bin ich aktiv dabei, meine Füße haben Bodenkontakt und tapsen mehr oder weniger im Takt mit.

»Guck nicht auf deine Füße«, kreischt meine Mutter, und tatsächlich: Wenn ich nur auf ihre Füße achte, wird es einfacher. Ich groove. Den Einstieg in den nächsten Song schaffe ich, ohne mich im Intro einzuklemmen, aber der Song ist ja auch angeblich der beste aus der Zeit, die meine hätte sein können: *Smells like Teen Spirit.* Meine Mutter verdreht die Augen, ob in Erinnerung daran, wie ihre präpubertären Töchter zu diesem Lied ihre grimmige Phase einläuteten, oder weil sie sich nicht dazu zu bewegen weiß, kann ich nicht klären. Ich bin mit Haareschwingen beschäftigt, registriere nur noch, wie meine Mutter lachend die Tanzfläche verlässt. Ich werde von Luftgitarristen flankiert, es sind schweißtriefende Männer mit hohen Stirnen, links neben mir eine Frau, die augenscheinlich versucht, ihre Tribal-Tattoos von den Armen zu schütteln. Drauf geschissen, ich tanze weiter, bis ich umfalle. Ich verknote mich zu Euro-Trash der schlimmsten Sorte, schlängele mich zu *Shaggy* durch den Saal, und als mir Musik, die ich jahrelang zu verdrängen versuchte, schon ohne Alkohol im Blut zu gefallen droht, schwenkt der DJ unvermittelt in ein anderes Jahrzehnt um. Er hat die inoffizielle Hymne aufgelegt. Das Lied, das seit ewigen Zeiten dort erklingt, wo immer mehr als drei gebrochene Weiberherzen eine Séance abhalten, den Song, dessen Zauber offenbar nur wirkt, wenn man dazu den Mund aufreißt und gleichzeitig die Arme schwingt, das Lied, das selbst mausartige Labortechnikerinnen für 2.57 Minuten glauben lässt, sie seien Souldiven, das Lied, das taffe Sozialdemokratinnen auf ergonomischen Sohlen so entrückt wippen lässt, als wären sie gerade erst von ihrem gewalttätigen Ehemann von den Baumwollfeldern auf die Tanzfläche geprügelt worden. Das Lied, das unter gewissen Umständen eben noch schlimmer ist als *It's raining men.*

»*First I was afraid, I was petrified* …« Gut. Auch ich werde es überleben. Alles. Solange ich nur von dieser Tanzfläche herunterkomme. Denn schon fliegen die befürchteten Sandalen, zum

Glück sind die meiner Mutter nicht dabei, aber sie selbst sehe ich auch nicht, als ich hinter einen Stehtisch flüchte.

»Ah, gut, dass du es noch aus dem Hexenkessel geschafft hast. Ich wollte gerade eine Bombe reinwerfen. Oder willst du?« Statt eines Sprengkörpers bekomme ich ein Glas Bier in die Hand gedrückt. Von unten. »Hallo, Maike«, grüßt mich Professor Claus H. Hartwig, »hab bitte eine verdammt gute Ausrede, weshalb du hier bist.«

Ich bin überrascht, dass er meinen Namen noch weiß, beziehungsweise dass er mich überhaupt ohne Kartons um den Leib wiedererkannt hat. Er grinst genauso verschlagen wie das letzte Mal, als wir uns begegneten, und ich habe keinerlei Lust, diesem Mann zu berichten, weshalb ich hier bin.

»Und selber?«, schreie ich Claus deshalb die naheliegende Gegenfrage zu.

»Recherchen«, brüllt er zurück. Die Antwort muss ich mir merken, stimmt auch bei mir fast immer.

»Ich passe hier auf meine Mutter auf«, rechtfertige ich mich brüllend, aber es ist schwierig, Gloria Gaynor beim Refrain zu übertönen. Claus hat kein Wort verstanden und zeigt nur Richtung Ausgang und rollt los. Geschickt bahnt er sich an unteren Rücken vorbei, ich folge ihm und denke mir, dass aus mir auch ein elender Misanthrop werden würde, wenn mir dauernd Ärsche auf Augenhöhe präsentiert würden. Andererseits: Warum hält sich Claus auch da auf, wo die in derartigen Massen auftauchen?

Der Lederwestenmann am Eingang erhält nun endlich die Gelegenheit, seine Autorität wiederherzustellen: »Wenn ihr rausgeht, kommt ihr aber nicht wieder rein.«

Claus grinst mich an: »Maike, soll ich ihm eins mit der Diskriminierungskeule verpassen, oder fällt dir etwas Kreativeres ein?« Sieh an, Professor Hartwig kann doch ganz Gentleman sein.

Zu dem Türwächter sage ich: »Wie kommen Sie darauf, dass

wir wieder da reinwollen? Da stürzen wir uns doch lieber von einer Brücke, das geht schneller und ist umsonst.«

Der Lederwestenmann ist fast so erschüttert wie ich über meinen Ausspruch, aber Claus zieht ein imaginäres Hütchen, und ich schiebe ihn hinaus. Dort muss ich mich aufgrund meines blöden Spruches erst einmal auf eine Bank hocken und mein Gesicht in den Händen vergraben, Claus klopft mir mit der Faust aufs Knie.

»Gut gebrüllt, Löwe. Wir sind ein tolles Team. So hat der Typ gar nicht gemerkt, dass ich das Bier mit rausgeschmuggelt habe.«

Ich luge zwischen meinen Handflächen hervor und erkenne die Umrisse eines Glases direkt vor meinem Gesicht. »Nein, danke«, murmle ich.

»Ach ja, stimmt ja. Oh, und Glückwunsch noch mal. Ernsthaft.«

So geistreich war meine Bemerkung gerade auch nicht. Aber dann verstehe ich, worauf Claus anspielte. Er denkt, ich sei guter Hoffnung. Ich bin zu müde, um wirklich verletzt zu sein, und habe erst recht keine Lust, ausgerechnet Claus zu erklären, dass es nicht geklappt hat. Und nicht klappen wird. Aber man kann ja auch ohne große Erklärungen aus der Nummer rauskommen.

»Du hast nicht zufällig eine Zigarette?« Claus hält mir eine Schachtel hin, gibt mir Feuer, und wir schweigen ein paar Züge lang.

Als ich mich gerade für diese Stille bedanken will, redet Claus los: »Also, was ich gerade mit Recherchen meinte: Ich suche einen neuen persönlichen Assistenten.«

»Gutes Gelingen«, murmle ich, aber so ganz glauben mag ich Claus nicht. Gerade hier nach jemandem zu suchen, der einem den Arsch abwischt, ist doch eine relativ abstruse Idee, sogar für Herrn Professor Hartwig.

»Ich meine jemanden, der mal wirklich zupackt, ohne die ganze Zeit zu quatschen. Einen Igor, wie Frankenstein ihn hatte.«

Da ist er ja wieder in ätzender Hochform, der böse alte Claus, stelle ich fast erleichtert fest. Aber diese Verbitterung passt ganz gut zu meiner Stimmung, daher höre ich ihm weiter zu.

»Nun ja, unsere verkopften Studenten sind zu filigran dazu, und ich dachte mir, dass ich vielleicht hier jemanden finde, der für mich das Grobe übernehmen kann. Das Materiallager an der Schule muss aufgeräumt werden. Ich suche jemanden für Lasten herumwuchten, die ganzen Regale aufräumen, Farbe an die Wand klatschen. Kann ja auch meinetwegen was in der Birne haben, sollte es aber nicht dauernd rauslassen, verstehst du?«

Und da ist auch wieder die gute alte Maike, die sich gewaltig schämt, da sie wirklich für eine Minute annahm, Claus suchte für seine privatesten Bedürfnisse einen zupackenden Knecht. Und da ich mich erneut sozial vollkommen inkompatibel gezeigt habe, kann ich wenigstens noch mal in dieselbe Kerbe hauen: »So im Alltag kommst du also allein klar?«

Claus zieht die Augenbrauen hoch: »Ja doch, mittlerweile. Wenn du zehn Jahre darauf verschwendest, mit deinem Schicksal zu hadern, dann musst du halt in den folgenden zehn irgendwann darauf kommen, dir deine Selbstständigkeit, so weit es geht, zurückzuholen. Bei mir zu Hause und in der Hochschule geht das alles. Als ich dich und deinen Freund bei der Party getroffen habe, war ich nur zu faul, ins Erdgeschoss runterzufahren.«

Ich möchte jetzt nicht über meinen Freund reden. »Also sitzt du seit zwanzig Jahren in dem Rollstuhl.«

Claus seufzt tief. »Also, mein neuer Assistent muss kein Mathegenie sein, aber die Fähigkeit zum einfachen Kopfrechnen schadet auch nicht. Hast du Bock darauf?«

Ich glaube, Claus meint das genauso ernst wie zuvor seinen Glückwunsch zu meiner nicht bestehenden Schwangerschaft, nämlich gar nicht.

»Ich schreibe an meiner Doktorarbeit«, ziehe ich sicherheitshalber meinen Lieblingsjoker, das schlecht gezinkte Ass.

»Ach so.«

Glaubt er mir etwa nicht? Fast will ich mich rechtfertigen, aber er lockt mich nicht weiter aus der Reserve, es ist an der Zeit, diesen Plausch zu beenden. »Ich muss da noch mal rein. Meine Mutter ist da drin.« Ich stehe auf.

»Du geht's mit deiner Mutter auf eine Resteficken-Party? Braves Mädchen!« Claus lacht und will schon davonfahren, aber ich halte die Rückenlehne seines Rollstuhls fest. Noch mal kommt der mir nicht so davon, denke ich. Dieser Mann hat einen Fluch über meine Beziehung gelegt, davon bin ich jetzt fest überzeugt, und vielleicht kann ich den irgendwie rückgängig machen.

»War noch was?« Claus zwinkert.

Ich will einen Mann im Rollstuhl schlagen. Ich will meiner Mutter den Kopf waschen, Andi anschreien, damit er endlich erwachsen wird, Sarah zumindest eine verdiente Kopfnuss verpassen, meinem Vater einen Vortrag darüber halten, dass er sich mal mehr um die Belange meiner durchgedrehten Mutter kümmern müsse, Hummels Eltern an einen Tisch zerren und denen sagen, dass sich mit einer Pauschalreise nach Teneriffa auch keine Finanzkrise lösen lässt, Jenny davon abbringen, weiter dämliche Theaterstücke zu produzieren, meiner Schwester ihre Selbstgefälligkeit aus dem Kopf schütteln, ich will der ollen Zöllner sagen, dass sie mir überhaupt keine gute Doktormutter und das Thema sowieso für die Tonne ist, und ich will Kerstin auftreiben, um sie wissen zu lassen, dass eine wirre Dreiecksbeziehung noch keine Ausrede dafür ist, sein Kind zu einem Terroristen zu erziehen. Ich will alle Schachbretter umwerfen und ein ganz neues Spiel starten. Vielleicht mit Hummel. Aber der muss erst wissen, was er will.

»Wann ginge der Job denn los?«, frage ich Claus.

»Im September, halbtags. Aber Montag könnten wir schon an die Schule, da zeige ich dir, wie es dort aussieht.«

Das ist irrsinnig. Aber der Gedanke an eine Hochschule lässt mich wehmütig werden. Ich will zurück an die Uni, da habe ich mich immer sicher gefühlt. Klare Strukturen, klare Anweisungen, ein Zeitplan, der einzuhalten ist. Mir ist klar, dass ich nicht wieder studieren werde. Akademisch habe ich das Ende der Fahnenstange erreicht. Da könnte ich wirklich fast für Claus den Igor machen.

»Du hättest wirklich Interesse daran?«, horcht Claus nun nach. Er wirkt leicht irritiert, und das freut mich sehr. Aber es reicht mir auch.

»Ich muss meine Doktorarbeit schreiben, wie gesagt.«

Er mustert mich von oben bis unten, als wolle er noch der Höflichkeit halber sagen, dass ich wahrscheinlich sowieso nicht an höher liegende Regalfächer heranreichen könne und deswegen als Kandidatin generell ausfiele. Aber er reicht mir nur die Hand, ich schüttle sie und sage: »Bis dann mal.«

»Ja, bis dann. Bin gespannt, wo.« Claus rollt den geteerten Weg hinab, Richtung Bushaltestelle, oder vielleicht wohnt er in der Gegend und kommt deswegen häufiger zu Recherchezwecken hierher.

Ich könnte ein gar nicht so braves Mädchen sein und einfach mit dem Auto nach Hause fahren. Meine Mutter kann sich ja ein Taxi nehmen, hoffentlich nach Hause. Aber falls es sie doch in die Arme des Koches oder in die eines neuen Galans aus dem »Calypso« zieht, dann gibt es wohl nichts, was ich dagegen unternehmen kann. Mit diesem Gedanken rechtfertige ich zumindest, dass meine Füße schon den Weg zu meinem Auto eingeschlagen haben.

»Wer war das denn?«, erkundigt sich meine Mutter, die an der Motorhaube lehnt und so tut, als würde sie seit Stunden frierend dort warten, obwohl es warm ist und wir uns erst vor einer Viertelstunde aus den Augen verloren haben.

»Das war Professor Hartwig von der Hochschule für Design. Er hat mir einen Job angeboten«, entgegne ich, meine Mutter schaut, als könnte sie mit bloßem Auge feststellen, dass ich Fieber habe.

»Ich mache mir Sorgen um dich, Maike.« Ja, ich mir um sie auch. »Ist mit Matthias und dir alles in Ordnung. Also, sonst so?«

Sonst so. Zwei blöde Worte, die ausreichen, dass meine Mutter mir die Autoschlüssel abnimmt, ihre wimmernde Tochter in ihr Elternhaus kutschiert und ich erst nach einem riesigen Becher Eis fähig bin, meiner Mutter auch nur die oberste Schicht von »sonst so« erklären zu können. Anders als Jenny tut meine Mutter wenigstens so, als würde sie aus meinem wirren Gerede schlau werden, nickt fast immer an den richtigen Stellen und schlägt mir am Ende meiner Ausführungen nicht noch einmal vor, am nächsten Tag mit ihr zum Sport zu gehen. Ich sitze dankbar schniefend am Küchentisch. Keine blöden Ratschläge zur Beziehungskrise ist alles, was eine Frau jenseits der dreißig von ihrer Mutter erwarten kann.

»Jetzt geh mal schlafen, Maike, morgen sieht alles vielleicht schon ganz anders aus. Und wer weiß, vielleicht wird das mit dem komischen Job ja wirklich was. Da kommst du mal auf andere Gedanken.«

Gut, das war jetzt genauso erbaulich wie das Lesen eines Wochenhoroskopes, aber immerhin kann ich ihr ansehen, dass sie sich tiefergehende Gedanken macht. »Und, Maike: Das im Restaurant, das war wirklich nicht das, wonach es aussah.«

Na, den Spruch musste sie wirklich nicht nachlegen, der war weit unter ihrer Würde. Ich borge mir ihr Augenrollen: »Ach, ehrlich? Das war gar kein Sushi?«

Meine Mutter schüttelt den Kopf: »Witzig. Wirklich witzig. Mach das Licht aus, wenn du raufgehst. Gute Nacht.«

Ich bleibe noch eine Weile in der Küche sitzen. Vielleicht teilen meine Mutter und ich nicht oft den gleichen Humor, aber ich muss zugeben: Eine Minute lang mit ihr Tango zu tanzen, war schon lustig. Und unglaublich peinlich. Aber es war das erste Mal, dass meine Mutter und ich zusammen in einen Club gegangen sind. Könnte ich also von der Liste streichen von Dingen, die ich niemals tun wollte und trotzdem getan habe. Davon ist eine Menge zusammengekommen in letzter Zeit: Hummel wichtige Dinge zu verschweigen, zum Beispiel. Oder ihm unwichtige an den Kopf zu hauen, ohne Vorwarnung. Ich wollte auch nie ein selbstgerechtes Miststück werden, sondern ein freundlicher, zugänglicher Mensch, der mit anderen netten Menschen ganz normale Dinge unternimmt, ohne sich ständig fehl am Platz vorzukommen. Ich wollte nie meine Freizeit mit Rauchen und Fernsehen vertrödeln, fast so wenig, wie ich sie mit Fallschirmsprüngen oder für andere todlangweiligen Ausführungen zu meiner beruflichen Karriere füllen will. Und ein Kind schien mir wohl die perfekte Eintrittskarte in dieses Leben. Aber Hummel dafür hassen, dass er ein Kind als Ausweg aus seiner festgefahrenen Lage nutzen wollte, ganz toll, Maike, wirklich großartig. Wo ich so gut in Fahrt bin, könnte ich auch gleich Hummel anrufen, um ihn von dieser exzellenten Beobachtung in Kenntnis zu setzen. Ist er aber bestimmt schon selbst darauf gekommen. Ich rufe ihn trotzdem an. Ich will nur seine Stimme hören.

»Ist was Schlimmes passiert?«, fragt er, als er nach dem zehnten Klingeln abnimmt. Ja, seit fast acht Monaten passieren nur schlimme Dinge, aber das weiß er ja. Also fange ich ganz neu an, jetzt und hier, am Küchentisch meiner Eltern, per Telefon:

»Hummel, ist dir mal aufgefallen, dass wir uns nie darüber Gedanken gemacht haben, wie wir unser Kind nennen sollen? Das ist doch nicht normal, oder? Wir haben uns tausend andere Sachen überlegt, aber keinen Namen.«

Warum sagt er nichts dazu? Er muss seine Gedanken ordnen, klar. Mir sagen, dass viele Eltern solche Dinge erst bereden, wenn sie wissen, welches Geschlecht ihr Baby hat. Und es, wenn es geboren wird, meist doch ganz anders heißt als vorher besprochen. Schließlich sagt Hummel: »Wir treffen uns morgen in der Wohnung, okay? Gute Nacht.«

»Gute Nacht«, flüstere ich, bin mir aber nicht sicher, ob Hummel das noch gehört hat, bevor er aufgelegt hat. Noch eine Sache, die ich nie getan habe. Stundenlang den letzten Satz zu analysieren, den ein Typ zu mir gesagt hat, bevor er aufgelegt hat. Bei den drei Freunden, die ich vor Hummel hatte, gab es da auch nicht viel dran zu deuteln:

»Ich finde dich voll nett, aber ich glaube, wir passen nicht so richtig zueinander.« Ein guter letzter Satz von meinem ersten Freund Henry. Allein dadurch, dass er mich »voll nett« genannt hatte, machte er mir den Abschied viel leichter.

»Ich habe nicht das Gefühl, dass du wirklich an mir als Person interessiert bist.« Dito, Markus, aber trotzdem danke für die schöne Zeit, vor allem im Bett.

»Du bist irgendwie nie ganz da, Maike.« Stimmte, war aber auch klar, bei einer Fernbeziehung. Meine Liste an Exfreunden ist mickrig, auch qualitativ. Hummels ebenfalls, vorausgesetzt, er hat mir nichts unterschlagen.

»Wir treffen uns morgen früh in der Wohnung.« Nicht: in *unserer* Wohnung. Schon gar nicht: »Ich muss dich jetzt sehen, bis gleich.«

Aber es fahren ja auch keine Züge mehr so spät aus dem Sauerland hierher. Hummel könnte sich das Auto seiner Eltern leihen. Und damit durch die Nacht rasen, hin zu mir, mich an den Schultern packen und mit leidenschaftlicher Stimme schmettern: »Unser Kind soll Heinz heißen, nach meinem Vater. Egal, ob es ein Junge oder ein Mädchen wird.«

Haha. Nicht komisch. Nicht mal für Kinderlose.

14

Wann ist »morgen früh«? Früh am Morgen, beschließe ich und fahre sicherheitshalber um sechs Uhr los. Erstaunlicherweise ist Hummel noch nicht in der Wohnung, also schiebe ich wieder Möbel um. Richte alles so her, wie es vorher war, Matratzen ins Bett, alle Tassen in den Schrank, fertig. Wenn Hummel kommt, benötigen wir dringend ein anderes Gesprächsthema als Kinder. Ich muss Vorschläge machen, wie es weitergehen könnte, ohne ihn vor vollendete Tatsachen zu stellen. Ich muss ihm möglichst wortarm klarmachen, dass ich ihn liebe, auch wenn wir keine Eltern werden, und ich ihn bei allem, was er mit seinem Leben vorhat, unterstütze. Ich muss Frau Doktor Zöllner anrufen und sie fragen, bis wann ich die Arbeit spätestens einzureichen habe, ob es Aufschub gibt, oder Härtefallregeln. Ja, das ist eine gute Idee. Wenn Hummel da ist, kann ich ihm berichten: »Ich habe jetzt mal einen Gang heruntergeschaltet, was die Doktorarbeit angeht. Es ist vollkommen okay, wenn ich im übernächsten Jahr damit fertig bin. Aber ich kann ja zusätzlich irgendwo kellnern gehen, dann kannst du dir in Ruhe was anderes suchen.«

Und dann sollte ich tunlichst nicht hinzufügen: »Aber bitte bleib bei mir. Alle anderen Menschen machen mich wahnsinnig. Ein Kind hätte mich wahrscheinlich noch wahnsinniger gemacht, ich bin froh, wenn wir für immer allein zu zweit sein können.«

Das Internet verrät mir, dass es in Neuseeland nun etwa acht Uhr abends sein könnte. Und dass ich auch in diesen modernen Zeiten ein Heidengeld dafür bezahle, wenn ich meine Doktormutter auf dem Handy anrufe. Ich tue es trotzdem:

»Wer ist da, bitte? Hallo? Hallo? Ach, Frau Wilmers, wie schön, dass Sie sich zurückmelden.« Auf der Mailbox klang sie freundlicher.

»Wie geht es Ihnen?«, frage ich. Frau Doktor Zöllner bleibt unwirsch: »Ja, gut, immer noch. Ich hatte Ihnen ja eine Mail geschrieben. Hatten Sie dazu noch Fragen?«

Es sieht mir nicht ähnlich, unvorbereitet in ein solches Gespräch zu gehen, aber ich habe den Nerv nachzufragen: »Was stand in der Mail?«

Ausdrucksvolles Schweigen. Dann ein Lachen.

»Na, dass ich hierbleibe für das nächste Jahr. Es ist herrlich hier, zum Verlieben, allein die Landschaft. Also haben Sie sich noch gar nicht mit Professor Wildermann in Verbindung gesetzt, nein? Der könnte Ihre Betreuung vor Ort vielleicht übernehmen, Frau Wilmers, obwohl das jetzt auch knapp wird. Ich hatte Sie vor über einer Woche angerufen. Und Ihnen die Mail geschickt«, wiederholt sie vorwurfsvoll. Ja, und eine knappe Stunde vorher hat sie wohl beschlossen, ihr Leben komplett umzukrempeln, ohne Rücksicht auf Verluste.

»Hallo, Frau Wilmers? Sie müssten das alles schon selbst regeln jetzt. Aber wenn Sie sich mit dem Wildermann einig werden, dann sagen Sie mir doch Bescheid. Würde mich freuen. Und natürlich lese ich Ihre Arbeit dann, wenn sie fertig ist.«

Vielleicht liegt es an der schlechten Verbindung, aber aus dem letzten Satz von Frau Zöllner höre ich heraus, dass sie das, was ich bisher zusammengeschrieben habe, noch nicht wirklich gelesen hat. Hatte ihren Absprung vielleicht doch schon länger geplant, die alte Hexe. Ich will sie fragen, wie das jetzt funktioniert, mit der Bezahlung und der Verlängerungszeit und meinem Leben. »Ach, ich esse auch gerade zu Abend, Frau Wilmers«, unterbricht sie meine Gedanken, ich verabschiede mich ebenso formvollendet: »Wissen Sie was? Lecken Sie mich am Arsch.«

Falls sich Frau Professor fragt, ob ich ihre empörte Nachfrage »Was war das, bitte?« noch gehört habe, die Antwort lautet: Jawohl, habe ich.

Zwar haben wir jetzt neue Tassen, die ich auf dem Boden zerdeppern könnte, aber ich sollte sparsam mit den Ressourcen umgehen. Außerdem muss ich neu ausformulieren, was ich Hummel bei seinem Eintreffen vorschlagen werde: »Schatz, es wird ganz zauberhaft werden. Nun *müssen* wir in eine winzige Wohnung ziehen, aber das schaffen wir ja locker. Und ich werde sehr, sehr viel kellnern müssen, eine aufregende, tolle Zeit steht uns bevor! Wir beide gegen den Rest der Welt, wie in einem Song von Bon Jovi!«

Der Schlüssel dreht sich in der Wohnungstür, gut konditioniert greife ich neben meinen Stuhl, um das Raumspray zu zücken. Es ist nicht da. Nicht so schlimm, ich hatte ja gar keine geraucht. Hummel sieht mich an, todtraurig, oder schuldbewusst, weil ich todtraurig gucke. Vielleicht ist es auch umgekehrt, egal, es geht nicht darum, wer mit wie gucken angefangen hat, sondern wer mit reden anfängt:

»Meine Mutter hat eine Affäre mit einem portugiesischen Sushi-Koch.« Gute, nicht zu steife Eröffnung.

»Soll das ein Rätsel sein?«, fragt Hummel. Er setzt sich nicht und scheint auch nicht zum Rätseln aufgelegt. »Nein, es ist nur noch mehr Scheiß, der passiert«, stelle ich klar, und Hummel meint: »Mpf.«

Und endlich fällt mir ein, woher ich dieses »Mpf« kenne. Heinz macht »Mpf«, wenn Marita etwas sagt, was er nicht vorbehaltlos mit unterschreiben würde. Also nach jedem zweiten Satz, den Marita von sich gibt. »Mpf« ist der mündliche Einspruch der Biene-Männer, der zwar vor keinem Gericht der Welt standhalten würde, aber als feiges Veto gilt. Wahrscheinlich läuft da noch ein innerer Zähler in Gedanken mit, der bei jedem »Mpf« einen

Punkt auf das Verachtungskonto bringt, das Heinz heimlich an seinem Hochzeitstag eingerichtet hat. Hummels Konto für mich besteht seit mindestens vier Monaten. Aber vielleicht unterhält er es auch schon seit Jahren, und ich habe es nur nie mitbekommen.

»Meinem Vater geht es echt schlecht. Der kriegt überhaupt nichts gebacken, seit meine Mutter nicht mehr da ist. Und die bleibt wohl noch für ein paar Wochen weg.«

Ich nicke. Ist ja eine ganz interessante Vorschau, die Hummel mir da bietet, in Bezug auf meine Eltern. So unterschiedlich sind die gar nicht, was gegenseitige Abhängigkeit angeht. »Können nicht miteinander und nicht ohne, was?« Ja, auch ich kann mit forscher Stimme Kalenderspruch-Weisheiten von mir geben.

Und Hummel geht erstaunlich positiv darauf ein: »Ich liebe dich wirklich, Maike. Aber …«

Nach dem »aber« kann er nichts mehr sagen. Und ich auch nicht. Immerhin kann Hummel auch nicht stehen, und als er sich setzt, fällt ihm leider ein, was er an dieses grausame »aber« noch dranhängen wollte. »Ich habe keine Affäre.«

Es hört sich nicht nach dem Satzende an, das er ursprünglich geplant hatte. Schweigen. Heißt das, ich bin wieder dran mit reden? Ich zucke nur unwirsch, vielleicht mache ich auch ein ähnliches Geräusch wie »Mpf«.

»Sarah meinte, du hättest vielleicht gedacht, das wir beide etwas miteinander hätten, dabei …«

Für diesen Satz fallen mir gleich zwei schöne Enden ein: »Dabei seid ihr nur gute Freunde, oder was? Nein, besser, du kannst ja nicht lügen, es ist so: Ihr habt keine Affäre, sondern es ist die große Liebe, klar!« Ich kann nicht mehr mit diesem Mann an einem Tisch sitzen. Nie mehr. Dafür kann Hummel auf diesen Tisch hauen, so, wie er es mal bei seinen Eltern hätte machen sollen: »Verdammt, Maike, jetzt reiß dich doch mal zusammen! Es gibt jetzt echt Wichtigeres als deine Eifersucht.«

Er sagt nicht »unbegründete Eifersucht«, aber das ist mir egal. Das Wichtigste aus seiner Botschaft habe ich herausgehört: Es gibt für alle immer Wichtigeres als mich.

»Meinen Doktor kann ich auch in die Tonne kloppen. Die dumme Zöllner bleibt in Neuseeland.« Ich habe keine Ahnung, weshalb ich das jetzt anführe, vielleicht bin ich auf Mitleid aus oder will zusätzliche Beweise anführen für meine Unwichtigkeit.

Aber immerhin ist Hummel an einem Themenwechsel interessiert. »Ach, das ist ja ... aber du kannst doch bestimmt ... gibt es da keinen anderen Ansprechpartner?«

Den gab es, vielleicht für eine Minute. »Ich habe Frau Zöllner gesagt, sie könne mich am Arsch lecken.«

In Hummel arbeitet es. Er setzt viermal an, um darauf etwas zu sagen, aber er lässt es. Ich glaube nicht, dass er mich zu meiner Entscheidung oder Wortwahl beglückwünschen wollte. »Und was hast du jetzt vor?«, fragt er schließlich.

Was ich vorhabe? Nicht vielleicht: »Wie sollen wir jetzt weitermachen?«

Es geht schon wieder alles in die falsche Richtung hier, also mache ich eine scharfe Kehrtwende: »Was hast *du* denn jetzt vor, Matthias?«

Matthias Biene schaut mich lange an, und bei jeder Sekunde schmerzt es mehr. Schon fast erstaunlich, dass seine darauffolgenden Worte noch mehr wehtun können: »Ich wollte ein paar Sachen holen. Und den Hund von Sarah. Ich zieh erst mal zu Papa und gucke, ob da noch was zu retten ist. Ich weiß nicht, wie lange ich da bleibe ...«

Und so hat Mutter Biene endlich erreicht, was sie immer wollte. Der verlorene Sohn kehrt heim, zwar in ihrer Abwesenheit, aber bei ihrer Rückkehr ist das Nest wieder voll mit unbegabten Gastronomen. Ist zwar kein Enkel dabei, aber dann war ich wohl nicht gut genug für ihren Sohn. Schade, die Maike war ein nettes Mädchen, aber sonst bleibste ja dran mit dem Rumprobieren, und irgendwann ist ja auch so ein Mann zu alt, um Vater zu werden.

»Kommst du hier klar so lange?«

Ich schnaube, vor allem weil das eine unlogische Frage seitens meines Freundes ist. Wenn er mir nicht sagt, wie lange er im Sauerland zu bleiben gedenkt, kann ich ihm schlecht sagen, ob ich so lange klarkomme. »Ja, ich komme allein klar. Ich kann an der Fachhochschule arbeiten, für Claus.«

Ja, *ich* entwickle mich nämlich weiter, und nicht zurück. Ich drehe auch nicht durch, nur weil meine Eltern im Alter Sperenzchen machen, sondern sehe nach vorne.

»Claus? Welcher Claus?«

Bald habe ich Mutters Augenrollen perfektioniert. »Professor Hartwig. Die Party, damals, im November. Der Typ im Rollstuhl.«

Hummel verzieht das Gesicht. »Aha. Ja, gut. Claus, schon klar. Und was arbeitest du für den alten Widerling, wenn ich fragen darf?«

Da ich die genaue Jobbeschreibung, nämlich »schleppen, putzen und Fresse halten«, nicht erwähnen will, halte ich es mit: »Persönliche Assistenz eben.«

Ich schwöre, wenn hierauf jetzt nicht mehr als ein »Mpf« kommt, dann bin ich froh, wenn Hummel endlich weggeht. Aber es kommt weniger als ein »Mpf«. Hummel steht auf, geht ins Schlafzimmer und packt ein paar Sachen zusammen. Ich sollte ihn fragen, ob wir vielleicht schon mal die teure Wohnung kündigen sollten. Die Bücher und CDs ordnen sich auch nicht von alleine ihren ursprünglichen Besitzern zu, und die Couch haben wir in einem Anfall von romantischer Verklärung gemeinsam bezahlt. Die Waschmaschine und den Trockner werde ich wohl behalten können, auch Kühlschränke gibt es in »Biene's Korb« reichlich. Der Junge kann wieder in seinem alten Bett, in seiner hässlichen alten Bettwäsche schlafen, bis ein hässlicher Dorftrampel daherkommt, um ihm hässliche neue Bettwäsche zu kaufen, um darin hässliche Kinder mit ihm zu machen.

Hummel glaubt tatsächlich, er könne seinen Rückzug ins Elend als Abenteuerurlaub verkaufen. Nur mit einem Seesack über der Schulter steht er im Türrahmen. »Okay, ich bin dann weg. Ruf an, wenn was ist, ja?«

Durch das »ja?« schimmert etwas Hoffnung durch, fast so viel, dass ich sagen möchte: »Und ruf mich an, wenn nichts ist. Es wird eine Menge nichts geben bei deinen Eltern, und wenn du das je wieder gegen irgendetwas, beispielsweise unser unwichtiges Leben, tauschen willst: Komm zurück.«

Aber man kann nicht jemandem sagen, er solle zurückkommen, wenn er noch gar nicht weg ist.

»Mach's gut. Bis dann.«

»Bis dann.«

Es gibt nicht mal einen Abschiedskuss. Das alles muss ich also geträumt haben, oder es war ein mieser Scherz. Aber nein, ein Blick ins Schlafzimmer zeigt mir, dass Hummel tatsächlich Dinge mitgenommen hat, die er nicht zum Spaß in der Gegend herumtragen würde. Sein Knuddelkissen. Seine einigermaßen coole Jacke. Das andere Paar Schuhe. Ich mag nicht mehr in das Zimmer gucken, und ins Wohnzimmer will ich auch nicht. Da steht nur der Fernseher, und das Batman-T-Shirt liegt auf der Couch. Im Arbeitszimmer habe ich gerade auch nichts zu suchen. Ich kann mich immer noch nicht setzen, also lege ich mich auf den Küchentisch. Die Lampe ist sauber, von innen. Wen stört denn Dreck im Inneren einer Lampe? Der fällt doch nur auf, wenn er weg ist.

Irgendwann rufe ich Claus an. Ja, das Angebot steht noch. Ob ich sicher sei? Könnte ein körperlich herausfordernder Job sein. Und er kein einfacher Mensch.

»Ich auch nicht«, gebe ich an, und das überzeugt meinen neuen Chef: »Es geht erst nächste Woche richtig los. Aber wie gesagt, ich kann dir Montag alles zeigen, die Arbeitsräume und so.«

»Morgen ist Montag«, stelle ich fest, und Claus erwidert: »Was hatte ich über das Herausposaunen von Wissen gesagt?«

Ich falle höflich in sein Lachen mit ein. Also am Montag. Arbeit bis September. Komme ich über den August, finanziell, körperlich, seelisch?

Wenn ich aufhöre, *I Will Survive* vor mich hin zu summen, habe ich immerhin eine Chance, das herauszufinden.

15

Ich hatte mir immer vorgestellt, dass es an einer Hochschule für Design auch während der Semesterferien etwa so zugeht wie in dem Film *Fame,* nur dass alle Studenten, anstatt in Leggins durch die Flure zu tanzen und Hits zu schmettern, vielleicht mit frisch entworfenen Möbeln jonglieren und ab und zu ein »Eureka!«-Ruf erschallt. Aber meine Enttäuschung darüber, dass hier auch tagsüber nur ein Paar Gestalten durch die Gänge schlurfen, die genauso uniformiert wirken wie am Tag der Verkleidungsparty, ist nicht so riesig. Das ist das Gute am Blues. Nichts kann dich mehr aus der Fassung bringen, aus der du schon längst gefallen bist, kein nachträgliches, halbformelles Bewerbungsgespräch macht dich nervös, du vergisst sogar zu stottern und zu schwitzen.

»Bist du high, Maike?«, weckt mich Claus aus meinen Gedanken.

»Nein.« Ich wünschte, es wäre so. Sogar mit alten Widerlingen wie Claus kommt man viel besser aus, wenn einen nichts aufregen kann. Das dreht auch ihr Verhalten um, sie wirken plötzlich besorgt.

»Sag mal, wie ist denn das mit deiner Doktorarbeit? Kannst du die überhaupt parallel schreiben? Ich weiß auch nicht, wie das dann mit der Bezahlung ist, wenn du halbtags hier bist. Aber du hast dich da schlaugemacht, oder?«

Ich dachte, ich sollte mich nicht schlauer machen, als ich schon bin. Immerhin bin ich noch schlau genug, um das nicht zu erwähnen: »Ja, das kriege ich noch raus.«

Erst als ich das ausspreche, bemerke ich, dass ich da tatsächlich mal einiges nachfragen müsste. Ich weiß nicht, wie das geregelt ist, mit den misslungenen Anläufen zu höheren Weihen. Wahrscheinlich komme ich da nicht so lässig raus wie aus meinem Kabelträgerjob. Vielleicht muss ich der Uni ja Geld zurückzahlen, das ich gar nicht habe. Bei meiner Bank habe ich nicht mal einen Dispokredit laufen, weil man keine Schulden macht in unserer Familie und ich mich stets daran gehalten habe. Jetzt macht es mich ein wenig kribbelig, juhu, endlich ein Lebenszeichen von mir, das über Atmen, Bewegen und Nahrungsaufnahme hinausgeht. Auch Claus scheint durch meine Zustandsveränderung alarmiert.

»Soll ich dir dann die Lagerräume zeigen?«

Warum nicht? Ist vielleicht interessanter, als in diesem Büro weiterhin durch die Jalousien zu blinzeln. Claus fährt vor, erzählt, welche Kollegen in welchen Zimmern sitzen, was sie lehren und vielleicht auch unter welchen Geschlechtskrankheiten sie leiden, ich höre nicht so genau zu. »Und da ist ja Frau Professor Steinhoff, hallo, Frau Professor Steinhoff, wie war es heute beim plastischen Chirurgen? Der hat Ihre Lider aber wieder fein schlupfig gemacht, Donnerwetter!«

Entweder macht Claus hier nur für mich den Clown oder muss einfach jederzeit, jedermann so tief wie möglich verletzen, wenn er nicht gerade im »Calypso« recherchiert. Verena ignoriert seinen fiesen Kommentar, und ich sehe ihre angeblichen Schlupflider gar nicht, sondern nur die blanken Augäpfel.

»Maike! Was machst du denn hier?« Neugierig, nein, panisch blickt sie von mir zu ihrem Chef.

»Hallo, Verena. Ich arbeite jetzt hier. Als Assistenz für Claus.« Vorsicht, Verena, ich habe mal gehört, dass Augen auch aus dem Kopf fallen können.

»Ah, ja, als Assistenz. Ist das nicht ein wenig … ich meine: ungewöhnlich?«

Ist es das? Ich schaue zu Professor Hartwig hinunter, der freut sich diebisch: »Na ja, Frau Kollegin, Ihre Assistenten sind vielleicht etwas gewöhnlicher, aber das ist eben eine Stilfrage, nicht wahr? Komm, Maike, weiter geht's.«

Im Nachhinein muss ich feststellen, dass die Larry-Flynt-Verkleidung vom November wohl Claus' Alltagspersönlichkeit keineswegs überdeckte, sondern nur betonte. Er klopft sich auf den Oberschenkel, als wolle er ein Hündchen auffordern, ihm zu folgen. Aber er meint nur mich, also folge ich.

»Tschüss, Verena«, sage ich noch artig, die zischt mir zu: »Wir müssen reden.«

Ich lächle in mich hinein, weil ich mich für Verena freue. Wenn man sie überrascht, kann sie doch ganz normale, verständliche Sätze hervorbringen. Claus und ich fahren mit dem Aufzug in den Keller. Schön kühl dort. Vielleicht kann ich hier wohnen, zwischen den ganzen riesigen Gussformen, Kesseln und Leinwänden, ausrangierten Tafeln und halb fertigen Werken, die zu Recht nicht ans Tageslicht geholt werden. Ich könnte einfach ein freies Regalfach im Materiallager beziehen.

»Und dies ist dein Grab, Ebenezer Scrooge«, sagt Claus feierlich. Bitte was? »Ich sagte: Bis zum Semesterbeginn bist du ganz ungestört hier.«

Ach so. Kommt ja fast auf dasselbe raus.

»Danach kommen aber natürlich dauernd Studenten und Dozenten, die irgendetwas brauchen. Bis dahin würde ich mir an deiner Stelle also ein neues System einrichten, damit die hier nicht alle ewig rumsuchen müssen.«

Das leuchtet ein. Und ich kann gut Systeme einrichten, vor allem, wenn die mich davor schützen, über mein verpfuschtes Leben nachzudenken. Das wird toll hier unten.

»Äh, was meinst du denn, wie lange du dazu brauchst, Maike?«

Anders als bei meiner Doktorarbeit bin ich da ganz ehrlich:

»Für das Erstellen eines praktischen Systems etwa drei Wochen. Für den Rest: ewig.«

Claus klopft mir ermutigend auf den Oberschenkel.

»Genauso hatte ich auch kalkuliert. Ist ja gut für dich, dass du nach Stunden bezahlt wirst. Dann kannst du ja sofort anfangen.«

Er glaubt mir nicht, dass ich das wirklich durchziehe. Ich mir selbst auch nicht, denn das Gewölbe ist riesig. Aber bevor man Zementsäcke durch die Gegend wuchtet, muss man eben planen, damit man sich keine doppelte Arbeit macht. Ich hole Zettel und Stift aus meiner Umhängetasche, und – nein, ich fertige keine Liste an. Ich zeichne eine Skizze des Raumes, schätze seine Maße ab und die der Regale und Schränke. Das meiste kann man auseinanderschrauben, denke ich.

»Ich lass dich dann mal allein und bringe dir später einen Satz Schlüssel mit.«

Ich schaue gar nicht auf, aber hebe meine Hand zum Winken. Bei einigen Arbeiten werde ich Hilfe brauchen. Vielleicht kann ich Jenny herbeordern, für Kleinstkünstler herrscht Saure-Gurken-Zeit bis Anfang Oktober. Einiges kann ich aber schon alleine erledigen, zum Beispiel die allseits beliebte Ameise, den treuen Palettenschlepper, unter den Kartons frei schaufeln. Sind doch nicht nur Kartons, sondern auch vielerlei anderer Müll. Also vier Müllhaufen anlegen. Jedes Teil einzeln aufheben und hinter mich werfen, auf den richtigen Stapel. Das macht Freude. Ich finde sogar eines dieser tollen, altmodischen Beschriftungsgeräte, mit denen man Buchstaben auf ein Klebeband presst. Ich hatte ganz vergessen, wie viel Kraft man dazu braucht, wenn man ein längeres Wort wie »Plexiglasverschnitt« damit drucken will.

Irgendwann höre ich, wie sich die Aufzugtür wieder öffnet. »Wer hätte gedacht, dass es menschenmöglich ist, hier ein noch größeres Chaos anzurichten?«, murmelt Claus, dann ruft er: »Es ist acht Uhr abends, Feierabend, Igorella!«

Durch die Müllberge stapfe ich zurück zum Fahrstuhl, Claus klimpert mit einem Schlüsselbund: »Vordertür, Hintertür, Fahrstuhltür, Tür zum Müllkeller«, zählt er auf. »Noch irgendwelche Fragen für heute?«

Doch, eine hätte ich da: »Ist Professor Steinhoff schon weg?«

Da ist es wieder, dieses Zwinkern, dieses Mal in der Kumpelvariante: »Ach, längst. Noch Lust auf ein Weinchen, oder so?«

Ich fühle mich nicht nach Weinchen. Einerseits bin ich todmüde, andererseits fürchte ich, nicht einschlafen zu können. Aber eine Kneipentour mit Claus kann ich heute wirklich nicht mehr ertragen. »Ein anderes Mal, ja?«

Claus wendet sich in gespielter Enttäuschung ab: »So wie du stinkst, wärst du eh nicht in den Laden gekommen, der mir vorschwebte.«

Am Haupteingang nimmt Claus die Rampe, ich die Treppe und ich spüre jetzt schon den Muskelkater. Also habe ich wenigstens noch Muskeln im Körper.

»Soll ich dich mitnehmen?« Claus deutet auf einen schwarzen Kombi.

»Nein, danke, ich laufe gern noch ein bisschen. Bis morgen dann.«

Claus schüttelt den Kopf: »Ich bin erst Donnerstag wieder hier. Habe ja auch noch ein Leben.«

Gut für ihn. Wir gehen unserer Wege, aber meiner ist kurz. Hinter einem Baum versteckt, beobachte ich, wie Claus sich aus dem Rollstuhl auf den Fahrersitz hievt, dann den Rollstuhl zusammenfaltet, den Fahrersitz weit nach hinten zurückfährt und den Rollstuhl dahin wuchtet, wo sich normalerweise der Beifahrersitz befindet. Eine schlaue Konstruktion, muss ich zugeben, aber wozu ist man Professor für Design? Oder hat sich Claus aufgrund seines Unfalles für diese Karriere entschieden?

Ich muss an unsere Liste denken, Punkt 48. Was ist, wenn unser

Kind mit einer Behinderung zur Welt kommt? Auch diesen Punkt haben wir selbstverständlich besprochen, wenn auch lange nicht so gründlich wie die meisten anderen. Wenn es dazu kommen sollte, gibt es Möglichkeiten der Förderung, so schwammig lauteten unsere Notizen dazu. Vielleicht haben Hummel und ich uns wenigstens an diesem Abend wie ganz normale Noch-nicht-Eltern verhalten: ausblenden und weitermachen, am besten an einer ganz anderen Baustelle. Sonst bleibt man ja dran, beziehungsweise: legt gar nicht erst los.

Meine Angst, in der einsamen Wohnung keinen Schlaf zu finden, war unbegründet. Meine Schwester hat mir eine Gute-Nacht-Geschichte auf den Anrufbeantworter gequatscht, der ich angespannt lausche, auf dem Küchentisch liegend, bewaffnet mit einem Feierabendbierchen: »Maike, hier ist Leonie, deine Schwester.«

Ein typisches Intro. Als hätte ich noch eine Schwester oder ihre quäkige Stimme nicht unter tausenden erkannt.

»Pass auf, ich habe mit Mama geredet, heute beim Sport.«

Ich weiß, dass du jetzt ganz brav Sport machst, Leonie, toll für dich, tut dir bestimmt gut.

»Sie meinte, du hättest vielleicht Beziehungsprobleme mit Matthias?«

O Gott, mit wem denn sonst, Leonie? Und warum versuchst du nicht, wenigstens dann nicht maulig zu klingen, wenn es um die Liebe meines Lebens geht? Weil du eine gehässige Kuh bist, deswegen: »Tja, so etwas passiert, da kann ich dir ja ein Liedchen von singen.« Und du wirst es tun, warte, ich zähle an: drei, vier …

»… jedenfalls hoffe ich, dass du das bis zu Papas Geburtstag wieder geregelt kriegst, weil ich das ja wegen der Planung wissen muss. Dem Essen und so. Ich nehme an, du backst wieder deinen Käsekuchen, und ich mache den Rest, wie immer?«

Fast will ich meine Schwester anrufen, um ihr zu sagen, dass sie sich keinen Stress machen soll mit dem Essen. Wahrscheinlich gib es portugiesisches Sushi und weitere deftige Überraschungen.

»Außerdem habe ich ein Geschenk gekauft für Papa, ein Buch. Nicht, dass wir dasselbe für ihn haben, klar?«

Die wahre Komikerin unserer Familie ist und bleibt Leonie. Ich freue mich schon fast auf ihre kommenden Ausführungen.

»Also, das ist dieses Buch von dem Typen. Aus den Talkshows. Der mit den Viechern.« Bernhard Grzimek? Der Hundeflüsterer? Leonie wird das alles zu kompliziert. »Mir wird das jetzt zu kompliziert, du weißt, wen ich meine. Also, kauf das nicht.«

Ich salutiere im Liegen. Sonst noch was?

»Ach ja, ich war heute übrigens bei dir, um dir deinen Laptop vorbeizubringen. Mama meinte, du brauchst den dringend. Du warst aber nicht da, also habe ich ihn wieder mitgenommen. Kannst du dir unten bei meinem Friseur abholen, da habe ich ihn hinterlegt. Ich habe ja auch Termine, weißt du?«

Ich weiß, Leonie. Du hast zwei Kinder, einen Halbtagsjob, einen Mann, der Gebisse korrigieren und Tennis spielen muss, und du musst vor den Nachbarinnen angeben, wie gut du dein Leben gewuppt kriegst. Du musst Nippes im Internet bestellen, den Balkon bepflanzen, und jetzt gehst du auch noch zum Sport, um mal was für dich zu tun. Ich applaudiere, nein, ich verneige mich vor dir.

»Aber, Maike, wenn was ist, ruf mich an, ja? Ich bin immer da, wenn du mich brauchst. Tschüss.«

Sicher. Das Problem ist nur, dass sie auch immer da war, wenn ich sie nicht brauchte. Und kurz bevor sie fast erwachsen war und sogar mit dem Gedanken liebäugelte, endlich auszuziehen, wurde sie schwanger und hat alles komplett durcheinandergebracht. Statt dass ich endlich mal Einzelkind sein durfte, haben sich alle um Klein-Julie gekümmert, damit Leonie mit Ach und Krach ihre Mittlere Reife durchziehen konnte. Dann ihre Ausbildung zur

Zahnarzthelferin. Und um das Klischee vollständig zu erfüllen, hat sie dann ihren Chef geheiratet, tada! Das zweite Kind dann erst ganz gesittet fünfzehn Jahre später bekommen, alles unter Dach und Fach, bravo!

Ich gehe ins Bett und beschließe, dass es nichts bringt, meine Schwester zu hassen. Und auch nicht mehr die Mütter und Väter, die Einzelkinder großziehen. Das ist die einzige Möglichkeit, um jedem Familienmitglied gerecht zu werden. Nachts träume ich, ich würde nach China auswandern. Morgens kann ich meine Arme und Beine kaum spüren, aber ich mache mich trotzdem zur Hochschule auf. Die Müllhaufen verschwinden in Containern, ich türme neue auf. In der nächsten Nacht träume ich davon, die Schule anzuzünden. Am Mittwoch schraube ich ein Regal auseinander, eines der Bretter fällt knapp an meinem Kopf vorbei. Donnerstag mache ich einen Umweg zum Fahrradladen, um mir einen Helm zu kaufen. Claus sieht mich zum Glück nicht damit, daher kann er mich nicht auslachen. Ich lache auch nicht, ich fluche. Und räume. Weine einmal kurz, weil ich es nie im Leben schaffen werde, den ganzen Keller aufzuräumen, rufe Jenny aber nicht an. Freitag schleppe ich Zementsäcke von A nach B. Dann von B nach A. Das Wochenende verschlafe ich komplett. Am Montag frage ich mich nur eine Minute lang, was Hummel so treibt. Finde einen Zettel an den Zementsäcken, auf dem steht: »Die sollten besser am anderen Ende des Lagers stehen. Noch mal von vorn, Igorella.«

Am Dienstag erinnert mich meine Schwester per Anrufbeantworter daran, dass es schon wieder Donnerstag ist: »Maike, du hast dich nicht gemeldet! Übermorgen ist Papas Geburtstag, und dein Laptop steht auch noch beim Friseur. Morgen früh bin ich nicht da, aber wenn du den Rechner am Nachmittag holen kommst, können wir das ja auch persönlich abklären.«

Also nehme ich mir den Vormittag frei, um von Leonie ungesehen meinen Laptop aus der Obhut ihres Coiffeurs zu holen. Ich kann mir gut vorstellen, dass die Friseurin und meine Schwester sich astrein verstehen. Die Dame hat denselben vorwurfsvollen Ton drauf wie Leonie, klar, mein sperriger Laptop hat ihren Laden verstopft, Entschuldigung dafür. Na, so schlimm ist es nicht, aber wie wäre es denn mit einer neuen Frisur? Da könne mal wieder etwas Grund rein, so die Expertin. Sie hat auch dieselbe Haarfarbe wie meine Schwester und deren Freundinnen, eine, die angeblich »Savannah-Blond« heißt, aber doch eher Rentner-Beige ist. Ich lehne dankend ab und flüchte schleunigst in den Buchladen, um etwas für meinen Vater zu erstehen. Der Buchhändler empfiehlt mir irgendeinen unterhaltsamen Bestseller. Dann einen Thriller. Ein Kochbuch. Für was interessiert sich der Herr Papa denn? Dem Blick des Verkäufers nach zu urteilen, ist es eher selten, dass sich jemand entscheidet, im August einen Kalender zu kaufen für das laufende Jahr. Aber es sind schöne Fotos von Pflanzen darin, die werden meinem Vater gefallen. Abends schaue ich aus dem Fenster, so lange, dass ich mir fast überlege, mir ein Kissen für die Ellenbogen zu besorgen. Ich glaube, ich sehe Sarah auf der anderen Straßenseite. Könnte gut sein. Nein, das ist sie nicht. Und der Mann da ist auch nicht Hummel, das schlaksige Mädchen mit dem irren Lachen auch nicht Andi. Der große Schäferhund sieht der Bitch ebenfalls nicht besonders ähnlich. Ich werde morgen vielleicht mit dem Fahrrad zu meinen Eltern fahren. Dann habe ich wenigstens schon mal den Helm auf, falls ich meinen Kopf gegen die Wand schlagen will und mir währenddessen überlege, vielleicht doch noch ein bisschen weiterleben zu wollen. So ein riesiges Kellergewölbe räumt sich ja nicht von alleine auf.

16

Ich bin doch mit dem Auto zu meinen Eltern gefahren und froh darüber, keinen Helm zu tragen. Es ist schon ohne unerträglich heiß in der Sonne. Bevor ich klingle, checke ich noch einmal mögliche Schwachpunkte ab, auf die Leonie sich stürzen wird: Den Kalender habe ich doch nicht verschenken wollen, dafür habe ich sämtliche Bücher dabei, die mein Vater mir je geliehen hat. Da war kein Platz mehr im Wagen für den Käsekuchen, den ich vorher gar nicht gebacken habe. Mein Sommerkleid ist eben das Sommerkleid, das ich zu jeder Gartenparty anziehe, und es ist schwarz. Ob ich sie damit aber darüber hinwegtäuschen kann, dass Hummel nicht mitgekommen ist, bleibt zu hoffen. Vielleicht habe ich Glück, und alle sitzen schon weinend auf der Terrasse, weil meine Mutter ihre Affäre mit dem Koch gebeichtet hat. Nein, das wäre zu traurig für meinen Vater. Im besten Fall frisst meine eine Nichte wieder die Wachsmalstifte auf, oder die andere fliegt mal wieder von der Schule, dann komme ich ganz unbehelligt davon. Ein sicherer Katalysator ist auch Hagen, der Mann meiner Schwester. Niemand kann so langweilig über ganz legale Steuertricks reden wie er.

Habe ich meine Familie wirklich mal für normal gehalten? Ist es nicht wesentlich gesünder, mitten im Satz innezuhalten, um festzustellen, dass ein Hund fehlt, oder sich bei Überforderung einfach mal nach Teneriffa ausfliegen zu lassen?

Meine Mutter reißt die Tür auf: »Dachte ich es mir doch, dass ich dich da habe rumlungern hören. Komm endlich rein«, flüstert sie. Warum hört sie mich, wenn ich still vor der Tür stehe, und warum flüstert sie? »Warum bist du so spät dran? Alle anderen sind schon da, gleich kommt die Überraschung für Papa.«

»Welche Überraschung?«, flüstere ich zurück. Meine Mutter winkt hektisch ab, also bleibt es auch für mich eine Überraschung. Meine nächste Aufgabe besteht darin, mit meiner Mutter im dunklen Flur zu warten, bis meine Schwester im Bad ihr Make-up aufgefrischt hat. Dass ich gar keines aufgelegt habe, kann meine Mutter zum Glück nicht sehen bei der Beleuchtung. Aber spüren.

»Hättest du dir die Haare nicht mal machen können? Und blass bist du. Schlimmer als neulich.« Aber sonst hat sie keine Probleme? Nein, und auch Leonie hat nur Komplimente zu verteilen, als sie endlich aus dem Bad kommt.

»Oh, das ist das alte Kleid, oder? Sitzt aber besser als sonst. Hast du Shaping-Unterwäsche an? Na, dann viel Spaß, du wirst dich totschwitzen.«

Vielleicht, aber vorher werde ich sie totschlagen. Noch ein paar letzte Worte von dir, Schwesterherz?

»Wo ist der Kuchen? Jetzt sag nicht, du hast den Kuchen vergessen? Und was ist in der Tasche? Bücher? Toll, echt Maike.«

Obwohl ich gar nichts gesagt habe, mahnt meine Mutter: »Jetzt hört auf zu streiten, Belmiro müsste jeden Moment da sein, und dann gehen wir bitte freundlich lächelnd da raus, alle zusammen.«

»Ist Belmiro ein Clown? Das ist die Überraschung für Papa?« Meine Mutter und meine Schwester gucken mich an, als trüge ich einen Fahrradhelm.

»Belmiro ist der Koch, der ist die Überraschung, hör doch mal zu.«

Alles klar, ich habe draußen nur einen schweren Hitzschlag erlitten, das, was hier gerade passiert, träume ich nur. Sonst würde dieses Theater hier ja bedeuten, dass meine Mutter tatsächlich heute ihren Lover präsentieren will und meine Schwester davon weiß. So muss es sein. Wenn wir in der Realität wären, hätte Leonie ja schon längst gefragt, wo Hummel ist. Meine Schwester wagt sich ins Wohnzimmer vor, um durch den Vorhang die Lage im Garten zu checken, meine Mutter übernimmt den Vorderausgang. »Ach, da kommt der Miro ja!«

Meine Mutter vergisst zu flüstern, ich möchte mich gerne übergeben. Der Miro! Ich hindere meine Mutter daran, dem Miro die Tür zu öffnen.

»Mama, das kannst du doch nicht bringen. Das ist doch völlig gestört und unsensibel. Du machst die Familie kaputt.«

Meine Mutter schaut mich traurig an, steckt mir eine Haarsträhne hinters Ohr. »Vielleicht legst du dich später mal hin, Maike. Dir ist gar nicht gut, oder?«

Meine Schwester berichtet von der Front. »So, jetzt können wir, die dumme Behrmann hat jetzt auch endlich was zu trinken. Und Papa hat jetzt allen den Gartenteich dreimal gezeigt. Matthias sieht aber gut aus, Maike. Geht der auf die Sonnenbank?«

Ich renne zu meiner Schwester. Sie hat einen ihrer berühmt unlustigen Witze gemacht. In unserem Garten stehen etwa dreißig Menschen herum, alles Nachbarn und Kollegen, aber Hummel ist da bestimmt nicht. Allerdings sieht der braun gebrannte Typ, der von meinen Nichten flankiert wird, Hummel schon etwas ähnlich.

»Hallo, die Damen, bitte mal die Tür öffnen. Vorsicht, heiß und fettig«, höre ich den Miro lispeln, meine Mutter drückt im selben Moment die Klinke der Terrassentür herunter und gibt uns mit einem Honigkuchenpferdgrinsen vor, wie meine Schwester und ich gefälligst schauen sollen, wenn wir jetzt nach draußen marschieren. Meiner Schwester misslingt der Gesichtsausdruck, als Miro im Alleingang eine Tischplatte voll Grillgut an uns vorbeiträgt.

»Mama, der hat ja doch das ganze Essen gemacht. Das reicht doch für hundert! Für wen habe ich dann zwei Tage gekocht?«

Die Antwort meiner Mutter besteht darin, ihre beiden Töchter mit einem Schubs auf die Terrasse zu befördern.

»Oh« und »Ah« ertönen, ein Applaus gar, die dumme Behrmann kreischt: »Ist das der Fisch?« Aber vielleicht meint sie gar nicht die wuchtige Platte mit Meeresfrüchten, die Miro elegant zum Grill befördert, sondern mich. Kalkweiß, Mund offen, an Land bewegungsunfähig, haut schon hin.

»Maike, da bist du ja!«, ruft mein Vater mir strahlend zu. Ich möchte weinen, er freut sich mehr, mich zu sehen, als über vierzig Kilo toten Fisch.

Natürlich gönnt mir Leonie auch diese Sekunde nicht: »Toll, ich bin seit Stunden hier und habe die ganze Nacht gekocht …« Aber meine Schwester ist mir gerade völlig wurscht, mein Vater steht mit weit geöffneten Armen da. Hummel nicht. Den quatscht Juliette von der einen Seite zu, Frau Behrmann von der anderen.

Ich gehe die Terrassenstufen hinunter und umarme meinen Vater. »Herzlichen Glückwunsch, Papa. Ich habe leider kein Geschenk für dich …«

Mein Papa klopft mir auf den Rücken. »Matthias hat mir doch schon euer Geschenk gegeben. Das packe ich gleich aus, als erstes.«

Ich schiele zur Seite. Durch Frau Behrmanns ausladendes Kleid kann ich nur Hummels Stirn sehen, aber hinter ihrem Rücken lugt auch sein Arm hervor, die Hand reckt einen Daumen nach oben. Er hat alles unter Kontrolle, wie schön für ihn. Meine kleine Nichte, Lisbeth, kommt quietschend auf mich zugerannt, natürlich aus dem Hintergrund von ihrer Mutter mit den Worten »Lissy, Vorsicht, dein Kleid!« kommentiert. Statt dass sie ihrer anderen Tochter mal sagt, sie soll sich ein Kleid anziehen anstelle eines Fetzens, der knapp über den Hintern reicht.

»Hallo, Tante Maike!«, schreit Lisbeth und schlingt ihre klebrigen Finger um meine Beine. Es sind immer die Zahnarztkinder, die noch vor dem Mittagessen Zuckerzeug finden. Ich erhasche einen weiteren Blick auf Hummel, aber mein Schwager hat ihn nun in den Fängen, während Frau Behrmann auf mich zugeschoben kommt. Instinktiv lässt Lisbeth meine Beine los und saust zum Grill, um den Fisch zu bestaunen.

»Ach, Maike, wir haben uns ja auch sooo lange nicht gesehen! Das war jetzt aber die Kleine von Leonie, oder? Ich komme da immer durcheinander.«

Hummel ist irgendwo in der Menge untergetaucht, ich sage zu Frau Behrmann: »Da gibt's eigentlich nichts, womit man durcheinanderkommen kann. Ich habe gar keine Kinder.«

Und die nervigste Nachbarin meiner Eltern präsentiert eine ganz neue Variante, um aus der Nummer herauszukommen: »Ne, ist ja auch gut, wenn nicht so viele Kinder da sind. Die meisten von denen mögen ja gar keinen Fisch.«

Auch äußerst dumme Menschen sagen ja manchmal sehr wahre Dinge.

»Frau Behrmann, ich muss mal ganz kurz rüber zu meinem Freund.«

Ich will zu Hummel gehen, auf die Gefahr hin, dass gleich ein sehr schlauer Mann etwas sehr Dummes sagt, wie etwa: »Warum sollte ich nicht hier sein? Ich wurde vor Monaten eingeladen, und Fisch esse ich ja ab und zu ganz gerne.«

Aber jetzt klatscht meine Mutter in die Hände. »So, dann bitte mal alle an den Tisch, Essen ist fertig. Einen Applaus für den Koch, bitte!« Wir klatschen schnell für den Belmiro, dann wird hastig eine Runde »Reise nach Jerusalem« gespielt, alles rennt auf die riesige Tafel zu. Nur für mich ist kein Platz mehr übrig.

Leonie zischt mir ins Ohr: »Tja, du hast es halt nicht für nötig befunden, mir mitzuteilen, mit wie vielen Personen ihr kommt.« Dann stapft sie zu ihrem Mann hinüber, der den Platz an seiner

Seite mit ihrer Handtasche freigehalten hat. Warum nicht gleich mit einem Handtuch? Links von ihm sitzt Hummel, daneben Juliette, am Kopfende natürlich mein Vater, daneben meine Mutter. Da passt keine Maus mehr dazwischen.

»Maike, bevor du dir den Klavierhocker holst, kannst du vielleicht dem Miro ein bisschen mit dem Servieren helfen? Danke.«

Na bitte, ich bin gar keine überflüssige Figur auf einem Schachbrett, ich bin Personal. Wenigstens erkennt meine Mama ihren Denkfehler sofort.

»Ach, Leute, jetzt seid doch nicht so bequem! Stellt euch am besten am Grill an, und Maike tut euch auf.«

Mein Papa küsst meine Mama. Eine Party genau nach seinem Geschmack, schön umständlich, und fünfundzwanzig Menschen, die sich noch ungeschickter benehmen als er selbst. Immerhin schafft es Hummel, gleichzeitig mit mir hinterm Grill zu stehen. Da kommen wir aber auch nicht zum Reden. Die Meute ist hungrig.

»Ach, Maike, sei doch so lieb, und gib mir so eine Dorade, ja?«

»Sicher.«

»Könnten Sie mir vielleicht mal sagen, was was ist?«

»Äh, alles lecker.«

»Mein Gott, Maike, ewig nicht gesehen, ist das dein Mann? Toll.«

»Ja, toll. Was darf es sein?«

»Ich nehme vom Fisch.«

»Und, Kinder?«

»Und, Kinder?«

»Und, darf sich das Geburtstagskind noch auf weitere Enkel freuen?«

»Jetzt wäre ja ein Junge mal sehr schön.«

Das ist alles, was ich noch höre, bis Hummel sagt:

»Du hast da ganz viele Quaddeln am Bein, Maike.«

Es ist nur getrocknetes Speiseeis, aber ich sehe die Absicht dahinter: »Huch, das muss ich mir mal angucken, einen Moment.«

Ich renne zur Terrasse, ins Haus, die Treppe hoch, ins Bad meiner Eltern. Höre durch das geöffnete Fenster ein Scheppern, Leonies schrille Stimme: »Matthias, wie hast du das denn geschafft?« Er hat etwas geschafft, bravo. Ich schließe das Fenster. Und ziehe mein Kleid aus, weil diese elende Unterwäsche so fürchterlich eng ist. Offenbar soll man sie doch in der Größe kaufen, die man hat, und nicht in der, die man anstrebt. Ich versuche, mir das Oberteil über den Kopf zu ziehen, aber es klebt an meinem Körper fest. Entweder werde ich mich da raushungern müssen oder so viel essen, bis die Nähte aufplatzen. Die blöden Flecken kann ich auch nicht von meinen Beinen schrubben. Was mischen die heutzutage in das Eis rein, Sekundenkleber?

Es klopft an der Tür. »Maike, kann ich reinkommen?«

Wieso fragt er? Er ist ja schon selbstständig zur Party gekommen und tut meinen Eltern gegenüber so, als wenn nichts wäre. Ich ziehe schnell mein Kleid wieder über, öffne die Tür und stelle, ohne Hummel anzusehen, klar:

»Ich kann da nicht wieder runtergehen.«

Und Hummel wiederspricht nicht. Er bringt auch keinen blöden Spruch wie »Doch, du musst einfach wieder die Treppe hinuntergehen«, sondern hockt sich auf die Toilette und gibt zu: »Ich auch nicht.«

Ich drehe mich zu ihm um. Ja, von Weitem sah er gut aus, aber auf diese kurze Distanz doch eher blendend. Vor allem im Vergleich zu mir. Um ihm zu verdeutlichen, dass da nicht nur äußerlich markante Unterschiede zwischen uns bestehen, weise ich ihn darauf hin: »Doch, du schon. Hau einfach ab. Ich sage meinen Eltern einfach, dass du einen Notfall bei der Arbeit hattest. Kein Ding. Und danke, dass du vorbeigeschaut hast, trotzdem.«

Der förmliche Ton passt gut zu meiner Körpersprache. Ich bewege mich wie ein Roboter in der Stützwäsche, und ich glaube, meine Beine schwellen an. Meine Fingerknöchel sind schon ganz weiß.

»Ich will aber nicht.«

Okay, ich hab's verstanden. Aber er mich auch? »Tja, dann sind wir wohl hier gefangen. Ideen, was wir tun könnten, bis die Party vorüber ist?«

Das bisschen Fantasie, über das ich verfüge, ist schmutzig. Ein winziger Teil von mir hofft, dass Hummel nur »einiges« erwidern wird und mich unter die Dusche zerrt. Aber das würde eine herbe Enttäuschung für beide Seiten werden, schon, weil ich diesen Keuschheitsgürtel aus Lycra trage. Aber selbst wenn Hummel die Kraft und den Wunsch hätte, mich mit Gewalt aus diesem Synthetik-Albtraum zu befreien: Durch eine schnelle Nummer im Bad meiner Eltern würde dieser Druck immer noch nicht von mir abfallen, genauso wenig wie durch das Aufräumen eines riesigen Kellers, Tanzübungen in üblen Schuppen oder klärende Gespräche mit meiner Mutter. Oder mit Jenny, Claus oder sonst wem, ich kann einfach nicht mehr reden. Mit Hummel schon gar nicht, der ist der Einzige, der mir jetzt noch tiefer ins Fleisch schneiden könnte als die angeblich unsichtbaren BH-Träger. Ich hab's verbockt, mich in jeder Hinsicht in die Enge getrieben. Hummel steht auf und legt seine Hand auf meine Schulter.

»Ich habe noch die Pillen von Jenny in der Tasche.« Das kam unvermittelt. Aber ich bin in den letzten Tagen auch spontaner geworden. Ich lege meine Hand auf seine: »Perfekt. Hast du eine Ahnung, wie lange es dauert, bis die wirken?« Hummel schüttelt den Kopf. »War kein Beipackzettel dabei. Aber du willst die doch nicht wirklich nehmen, oder?«

»Nur, wenn du sie mit mir teilst. Ach, komm, es stand eh noch auf der Liste.« Hummel zuselt die Pille aus dem Plastiktütchen, er hatte sie schon in der Hand, als er ins Bad kam. Ich halte die

Zahnputzbecher meiner Eltern nacheinander unter den Wasserstrahl, man soll ja reichlich trinken, wenn man schon illegale Drogen nimmt. »Ob die noch gut sind?«

»Schlimmer kann es ja nicht werden.« Hummel zerbricht die kleine hellgelbe Tablette, und legt eine Hälfte in meine Hand. Ein Trinkspruch, ein Trinkspruch. »Fick die Scheißliste!«, schlage ich vor, Hummel hebt seinen Becher. »Genau. Und auf uns.«

»Auf uns. Nur auf uns.«

Das Zeug fängt schon an zu wirken, als es noch in meiner Kehle ist. Sofort bin ich so beschwingt, dass ich mein Kleid wieder ausziehe. Hummel lächelt, als hätte er doch ebenfalls über Möglichkeiten nachgedacht, was man unter der Dusche tun könnte. Und manchmal ist es eben der Gedanke, der zählt.

»Hummel, da ist irgendwo eine Nagelschere im Schränkchen. Kannst du da so ein paar Einschnitte machen, unten und oben? Das wäre echt nett.«

Hummel findet die Schere und begutachtet meine abgeschnürten Extremitäten. »Wie nett soll ich sein?«

Gute Frage. Wenn er mir das Zeug einfach vom Körper schneidet, hätte ich eine sehr gute Ausrede, doch nicht mehr in den Garten zu gehen. Die Menschen da unten tolerieren frei schwingende Brüste nur dann, wenn ein Baby daran saugt. »So zwei Zentimeter nett, das muss reichen.«

Hummel stellt sich bei meinen Achseln und einem Bein sehr geschickt an. Am linken Oberschenkel aber schneidet er mir in die Haut. Ich kann gar nicht so schnell »Autsch« sagen, wie er mir einen Kuss auf die Stelle drückt.

»Ey, Maike, Oma sucht euch, weil sie noch eine Überraschung für …«

Hummel hat nicht wieder hinter sich abgeschlossen, und das ist äußerst peinlich. Zumindest für meine Nichte Julie, obwohl sie selbst nicht viel mehr Stoff am Leib hat als ich gerade. Aber statt die Tür wieder zu schließen oder auch nur den Blick von uns abzuwenden, fragt sie: »Wie krass seid ihr denn drauf?«

Sie hat schon den gleichen Tonfall drauf wie ihre Mutter. Und mit der bin ich nun einmal auch verwandt: »Reg dich ab, ist nichts passiert. Sag Oma, wir kommen gleich. In fünf Minuten sind wir hier fertig. Und jetzt verzieh dich, du störst.«

Das Talent, einfache Befehle gleichmütig zu befolgen, hat sie wiederum von ihrem Vater geerbt. Den konnte Leonie damals mit ganz ähnlichen Worten in die Wüste schicken. Aber da meine Nichte aber eben auch eine ganz eigene Persönlichkeit ist, lässt sie die Tür sperrangelweit geöffnet und kräht noch auf der Treppe: »Danke für die Nachhilfe in Biologie auch, Maike! War heute sehr anschaulich, damit kann ich doch was anfangen!«

Ich schließe die Tür ab, Hummel und ich sacken kichernd auf den Fliesen zusammen. »Weißt du, woran mich das jetzt erinnert?«

Selbstverständlich weiß er das: »Na, an die doofe Party bei deinem neuen Boss. Professor Claus Hahaha Hartwig. Wofür steht das ›H‹ eigentlich?«

Höre ich da eine Spur Eifersucht heraus? Mein Freund spinnt doch. »Hast du sie noch alle? Denkst du, ich habe was mit dem?«

Hummel starrt die Fliesen an. »Das ist aber ein sehr langer und ungewöhnlicher zweiter Name.« Wovon redet er jetzt? Hummel wiederholt meinen letzten Satz im Schnelldurchlauf: »Na, Hastdusienochalledenkstduichhabwasmitdem.« Bei jeder Silbe tippt er mir mit dem Zeigefinger auf die Nase. Ich will ihm in den Finger beißen, aber er zieht ihn weg. »Was musst du denn eigentlich so machen, als seine persönliche Assistentin?«

Vielleicht hat Jenny uns doch keine Ecstasy geschenkt, sondern ein Wahrheitsserum: »Hummel, ich räume da nur den Keller auf, noch bis Ende des Monats. Ich bin so eine Art … Übergangshausmeister.«

Hummel findet das enorm komisch, oder das Zeug wirkt eben

doch wie im Handbuch der Betäubungsmittel beschrieben. »Das ist ja lustig. So was Ähnliches mache ich auch grade. Große Inventur.«

Ich will ihn fragen, wie lange es seiner Meinung noch dauern wird, bis die Lage im Hause Biene geklärt wird, aber da hören wir Schritte auf der Treppe. Ein entschlossenes Gepolter, entweder Leonie oder meine Mutter. Hummel wirft mir mein Kleid zu, und wir bringen es fertig, schäbig grinsend vor der Badezimmertür zu stehen, als wir in Leonies wutentbranntes Gesicht schauen. Ich hätte meine Nichte nicht für eine Petze gehalten, allerdings kann ich nachvollziehen, wie reizvoll es ist, meine Schwester auf die Palme zu bringen: »Du musst immer noch einen draufsetzen, oder, Maike?«

Abgesehen davon, dass ich ihre Wortwahl nicht besonders angemessen finde, muss ich sie zunächst wie üblich darüber informieren, dass sie mit ihren Annahmen falschliegt.

»Leonie, jetzt dreh mal nicht durch. Wir haben gar nichts gemacht …«

»Doch!«, kreischt meine Schwester, »ich habe dich nur gebeten, bitte nicht das Buch von dem Typen mit den Maden zu kaufen, und was machst du? Kaufst Eintrittskarten für seinen Vortrag, toll. Ganz super. Jetzt geh schon zu Papa, und lass dir das schlaue Köpfchen tätscheln, weil du mal wieder besser warst als ich.«

Wenigstens Hummel versteht, wovon sie redet. »Entschuldigung, Leonie, Maike hat nichts damit zu tun. Ich habe die Karten gekauft, ich hatte nicht gewusst, dass du das Buch verschenkst.«

Leonie beruhigt sich insofern, dass sie mir nicht mehr ins Gesicht spuckt. Sie dreht sich um, geht die Treppe wieder herunter und grummelt noch: »Dann sprecht euch halt besser ab. Ein Glück, dass ihr keine Kinder habt, die würden in dem Chaos total untergehen.«

Offenbar ist die Nebenwirkung dieser kleinen bunten Pillen,

dass man nostalgisch wird. Genau wie vor über zwanzig Jahren wünsche ich mir nichts sehnlicher, als dass Leonie in den Gartenteich fällt. »Lass sie, sie ist genug gestraft mit ihrem blöden Ehemann«, will mich Hummel beruhigen. Wir gehen langsam die Stufen hinab, ich ergänze: »Und einer Tochter, die eine dumme Petze ist.« Wir sind fast am Fuß der Treppe angelangt. »Und einer weiteren Tochter, die wie eine Speckelfe aussieht. Maike, was wiegt die jetzt eigentlich?«

Hummel kann sehr schön die Stimme seiner Mutter nachmachen, das wusste ich gar nicht. »Ach, lass Lisbeth doch ein fettes Kind sein. Das wächst sich aus.«

Ich will wirklich zur Vordertür raus, mich ins Auto schwingen und mit Hummel nach Taka-Tuka-Land fahren. Aber das ist ja eine Insel, und wir stehen beide unter Drogeneinfluss. Daher gehen wir in den Garten hinaus, wo die Pille endgültig richtig reinknallt. Meine Mutter hat inzwischen sämtlichen Gästen erklärt, wie heute zu lächeln ist, mein Schwager könnte glatt mal sämtliche Gebisse durchchecken. Behrmanns nicken uns freundlichst zu, ebenso die Schmitzens, Herbert und Agnes Kemper, ganz alte Freunde meiner Eltern, selbst der Kollege meines Vaters, der bei uns früher immer nur aufgrund seiner Kleiderwahl »Onkel Breitcord« hieß, strahlt, seine Gattin tut es ihm gleich. Vielleicht hat Hummel ihnen ja auch was in die Drinks gemischt. Allein meine Mutter schaut, als hätte sie eine Schrotflinte hinter ihrem Rücken versteckt und wäre bereit, sie zu benutzen, sobald irgendjemand es wagt, die Mundwinkel fallen zu lassen. Mein Vater ist damit beschäftigt, Geschenke auszupacken, und hat somit wenigstens einen Anlass, bescheuert zu grinsen.

»Ach, danke, Achim, danke, Gertraud, das wäre doch wirklich nicht nötig gewesen. Moskitonetze, danke euch.«

Mein Schwager fragt: »Haben wir dir nicht letztes Jahr erst welche geschenkt, Rainhard?«

Meine Schwester tritt ihm unter dem Tisch gegen das Schienbein, mein Vater belehrt seinen Schwiegersohn: »Ja, schon, aber die sind kaputt. Die haben Löcher. Ganz viele, kleine. Überall.«

Sämtliche Zähne verschwinden synchron hinter den Mündern. Mein Vater dreht endgültig durch, und das an seinem Geburtstag. Allein Belmiro lacht darüber, sehr, sehr laut. Mein Vater grinst ihn an: »Na, wenigstens einer, der den Witz verstanden hat. Habt ihr denn alle keinen Humor?«

Doch, manche schon, sie sind es nur nicht gewohnt, dass mein Vater Witze reißt. Meine Mutter bestätigt die neue Marschrichtung durch einen glockenhellen Kiekser, Frau Behrmann folgt ihrem Beispiel, sogar Leonie lacht, als ob sie sich ernsthaft amüsiere. Entweder lachen jetzt alle, oder ich halluziniere. Am besten, ich trinke erst mal was. Meine Mutter schwenkt lockend eine Wasserflasche, Hummel und ich gehen Arm in Arm auf meine Eltern zu. Meine Mutter will mir sogar ein Küsschen auf die Wange drücken, nein, sie nimmt mein Gesicht nur in die Hand, um mir ins Ohr zu flüstern: »Sehr tapfer, mein Täubchen. Und mach dir nichts aus dem Gerede von den Idioten, die sind gleich alle weg.«

Wahrscheinlich hat sie etwas ganz anderes gesagt, aber auch da zählt der Gedanke, also drücke ich ihr einen Kuss auf die Wange. »Übertreib's nicht«, zischt sie, dann besinnt sie sich ihrer Funktion als Gastgeberin.

»So, ich danke euch allen auch, ganz tolle Geschenke habt ihr da gefunden.«

Ich trete Hummel auf den Fuß, damit er aufhört zu kichern. Es ist nicht lustig, dass meine Mutter sich genau wie Leonie anhört, wenn sie »Ganz toll« sagt. Na, ein bisschen schon, Hummel tritt auf meinen Fuß. Meine Mutter findet die Zeit, uns noch kurz anzufunkeln, bevor sie weiterspricht: »So, jetzt gibt es aber noch die versprochene Überraschung, Belmiro, kommst du mal bitte zu mir.«

Genau deswegen habe ich nie Drogen genommen. Sie machen nicht nur blöd im Kopf, sondern sie sind grausam zu deinen Synapsen. Ich kann nur ganz ruhig stehen bleiben, da ich weiß, dass in meinem Hirn nur ein schlechter Film läuft. Belmiro wischt sich die Hände an der Schürze ab, stellt sich mit hochrotem Kopf zwischen meine Eltern und verkündet: »Ja, der Fisch war nur ein kleiner Vorgeschmack auf das richtige Geschenk. Also, Rainhard: Deine verrückte Frau hat mir mein Ferienhaus abgeschwatzt. In Portugal. Herzlichen Glückwunsch.«

Mein Vater springt auf, will meine Mutter küssen und Belmiro umarmen, leider kommt er dabei durcheinander, und was kann ich sagen: Seine gespielten Sketche kommen wesentlich besser beim Publikum an als seine Moskitonetz-Nummer. Alle freuen sich für meine Eltern, Belmiro wischt sich verstohlen die Lippen ab, Leonie will natürlich als Erstes wissen: »Können wir da in der ersten Osterferienwoche hin, wenn ihr keine Zeit habt?«

Ausgerechnet Frau Behrmann erklärt meiner Schwester: »Du, ich glaube, die wollten da ganz hinziehen. Das Haus hier steht ja zum Verkauf.«

Meine Mutter spricht aus, was alle denken: »Mein Gott, Liesel Behrmann, kannst du nicht einmal deine vorlaute Klappe halten? Das wollte ich meinen Töchtern schon selber sagen.«

Immerhin. Plötzlich ist Leonie neben mir, und ich stehe wohl so unter Drogeneinfluss, dass ich ihre Nähe als angenehm empfinde. »Das haben die nicht wirklich vor, oder, Maike? Die können uns doch nicht einfach allein lassen, oder?«

Da ist wirklich Angst in ihren Augen, so wie damals, als sie mir den positiven Schwangerschaftstest gezeigt hat. Damals war alles noch gut, die Rollen schön vertauscht, ich die große, sie die kleine Schwester, die meinen Rat sucht, weil es immer mein Job war, alles zu wissen oder zumindest jede Situation von allen Seiten beleuchten zu können. Und auch dieses Mal sage ich ihr: »Ist nicht meine Entscheidung. Man muss tun, was einen glücklich macht.«

Gut, mit fünfzehn war ich nicht so weise wie heute, daher habe ich den zweiten Satz auch nicht angefügt, aber Leonie versteht, was ich meine: »Maike, du bist total besoffen, oder?« Bevor ich das vehement abstreiten kann, kippt sie den Rest Rotwein aus ihrem Glas in sich hinein. »Ich mach mit. Die beiden knöpfen wir uns später vor.«

Sie klopft mir auf den Rücken und geht, um eine neue Flasche zu holen. Hummel ist weg. Er steht am Teich, neben Frau Behrmann und meiner Mutter. Es sieht aus, als würde er die beiden davon abhalten wollen, einen Ringkampf zu starten. Guter Junge. Es ist gerade so eine schöne Ponyhof-Stimmung hier, alles löst sich in Wohlgefallen auf, da muss nicht noch einer in den Teich fliegen. Das ist doch Kinderkram. Ich setze mich auf einen freien Stuhl, lasse den Blick schweifen, zu meinem Vater, der völlig aus dem Häuschen ist, weil er ein neues Häuschen bekommt, zu Hagen, der Leonie Weißwein einschenkt, weil der rote sich so an den Zähnen absetzt, und Lisbeth, die selig auf der Hollywoodschaukel eingeschlafen ist. Am Teich streckt Liesel Behrmann die Waffen, geht in ihr Haus hinüber, ihr Gatte folgt ihr auffällig unauffällig. Meine Mutter und Hummel schwatzen weiter am Teich, sie nimmt ihn in den Arm, wahrscheinlich hat er die richtigen Worte gefunden, so wie immer.

Juliette setzt sich neben mich. »Ich weiß, dass ihr da oben nicht gepoppt habt, Maike.«

Von einer Neunzehnjährigen nehme ich das mal als Entschuldigung an und gestehe: »Hätte ich aber gerne.«

Meine Nichte beweist, dass Genetik funktioniert und Augenrollen erblich ist: »Bitte, es reicht. Du musst hier keinen auf coole Sau machen.«

Stimmt, das ist Teenagerangelegenheit. Und die jungen Leute heutzutage sind offenbar nicht alle strohdumm.

»Echt, Matthias und du, ihr seid doch die einzig Normalen in dieser Familie. Opa und Oma spielen Auswanderer, Mama macht auf Desperate Housewife, Hagen hält sich für Dr. Best. Zum Glück können wir auch gleich abhauen, die Zombies sind auch schon alle wieder auf dem Weg in die Gruft, wie es aussieht.«

Meine Nichte schaut zu viel fern, aber mit einem hat sie recht: Behrmanns haben einen Trend gestartet, was den halbwegs geordneten Rückzug angeht. Mit der grenzgenialen Ausrede, dass man wohl die Gartenmöbel in die Garage stellen solle, weil es regnen könne, wird ein Verabschiedungsdefilee vor meinen Eltern eingeleitet. Vielleicht sind die Nachbarn und Freunde etwas pikiert darüber, dass sie sich nach all den Jahren aus dem Staub machen wollen, oder einfach nur neidisch. Ich bin keins von beidem. Ich bin erleichtert. Eine Sache weniger, wegen der ich mich mit Leonie in die Haare kriegen muss, wenn meine Eltern mal nicht mehr da sind. Sie verprassen unser Erbe, gut so, sollen sie sich was gönnen, solange sie bei guter Gesundheit sind. Haben schließlich zwei Töchter und ein Enkelkind großgezogen.

»Bist du traurig, Maike?« Julie stellt die Frage, als wäre sie ihre fünfzehn Jahre jüngere Schwester und wolle mir, falls ich tatsächlich traurig bin, einen Lolli zum Trost anbieten.

»Ne, nur besoffen. Lass uns mal reingehen, ich habe keine Lust auf die Zombieparade hier.« Julie zum Glück auch nicht. Am Küchentisch sitzen schon Leonie und Hummel, Hagen ist wohl schon vorgefahren, um Lisbeth ins Bett zu bringen.

Meine Schwester hat den Pegel erreicht, bei dem ihre Empörung in reines Selbstmitleid umschlägt. »Die wollen doch nur nach Portugal ziehen um mir eins auszuwischen«, wimmert sie. Julie hat die Schnauze voll von betrunkenen Familienmitgliedern und schleicht sich ins Fernsehzimmer, um in die gnädige Parallelwelt der Castingshows einzutauchen. Leonie klammert sich in unwürdiger Weise an Hummels Arm fest: »Ihr habt aber nicht vor wegzuziehen, oder?«

Als würden wir uns alle zwei Wochen zu Kaffee und Kuchen treffen.

»Obwohl: Ihr dürftet ja«, fügt Leonie in all ihrer Gnade hinzu, »ihr habt ja keine Verpflichtungen, keine Familie, die entwurzelt wird.« Sie jault auf, Hummel schaut mich an, als wolle er nun auch dafür plädieren, Leonie kurz mal in den Teich zu werfen. Aber da sie nüchtern noch mehr Blödsinn redet, höre ich mir weiter an, wie sich meine Schwester mein Leben vorstellt. Nach einem weiteren Schluck Wein stellt sich heraus, dass sie da sehr genaue Einblicke zu haben glaubt: »Also, ich verstehe auch nicht, warum ihr nicht endlich heiratet. Ist doch steuerlich bestimmt interessant für euch. Matthias, was verdienst du denn eigentlich?« Hummel sagt: »Nichts mehr, Leonie, ich habe gekündigt.«

Leonie blinzelt nervös, aber statt bei Hummel nachzuhaken, wechselt sie zum vermeintlich liquideren Ansprechpartner: »Und, Maike, was bekommt man so für so ein Doktorandendingsbums.«

»Auch nichts mehr. Ich habe geschmissen.«

Leonie rechnet konzentriert nach, kommt aber zu keinem Ergebnis, weil meine Mutter triumphierend ruft: »Habe ich's dir doch gesagt, Rainhard. Sie macht keinen Doktor!«

Mein Vater sieht nicht ganz so glücklich aus wie meine Mutter. Jetzt habe ich ihm seinen Geburtstag versaut, ganz toll. Aber mein Papa legt mir nur die Hand auf die Schulter und meint: »Ist doch nicht schlimm, Maike. Für uns musst du nicht promovieren.«

Will mir sonst noch jemand Absolution erteilen? Ich bin gerade gut darin, dankbar zu lächeln. Tatsächlich, meine Mutter zieht nach: »Und unseretwegen müsst ihr auch keine Kinder in die Welt setzen. Hauptsache, ihr seid glücklich.«

Ich schaue zu Hummel hinüber. Sind wir glücklich? Sind wir überhaupt noch wir? Immerhin sitzt Hummel noch hier in der

Küche meiner Eltern, und das tut er bestimmt nicht, weil ihm so viel an Leonies Gesellschaft liegt. Gut, er schätzt meine Eltern, aber auch nicht bedingungslos: »Wie kommt ihr eigentlich darauf, dass Maike und ich irgendetwas tun und lassen, um euch, meine Eltern oder sonst wen glücklich zu machen?« Er klingt richtig wütend.

Meine Eltern schauen verwundert, Leonie fällt ein: »Ich bin nicht glücklich!« Nach dieser Wortmeldung sackt sie dankenswerterweise in sich zusammen und schläft ein. Mein Vater starrt fasziniert auf seine Älteste, und auch meine Mutter findet so einen eleganten Ausweg aus dieser Diskussion, die niemand von uns wirklich weiterführen wollte. »Matthias, könnt ihr vielleicht Julie zu Hause absetzen? Leonie schläft wohl besser hier.«

Es stellt sich heraus, dass das Fernsehprogramm am Samstagabend noch langweiliger ist als je zuvor. Auch Julie ist auf der Couch eingenickt, aber da wir schon mal stehen, sei es doch praktisch, wenn wir direkt nach Hause fahren würden. Ja, tschüss, nein, wir rufen euch an, dann besprechen wir das nächste Woche alles in Ruhe, mit Portugal und so, fahrt vorsichtig, ihr habt ja nicht so viel getrunken, ja, tschüss.

Wir fahren nicht direkt nach Hause. Wir fahren auf die Autobahn, in angemessenem Tempo, ohne viel zu reden. Genau genommen sagen wir gar nichts, bis wir die Einfahrt zu »Biene's Korb« herunterrollen, und selbst als wir aussteigen, flüstert Hummel nur: »Ich zeig dir das alles morgen. Noch nicht gucken, okay?«

Ich kneife die Augen zusammen, und Hummel lotst mich die Treppe hinauf in sein altes Zimmer. Marita näht nicht, daher sieht hier alles aus, wie ich es in Erinnerung hatte: Hässlicher Schreibtisch, hässlicher Teppich, die Bettwäsche aber ist besonders hässlich. Aber wenn man die Augen nicht mehr verschließen kann, kann man ja immer noch das Licht ausmachen.

17

Ich kann nicht wirklich sagen, dass es schön geworden ist, was die Biene-Männer bisher auf dem Gelände veranstaltet haben, aber ich nicke immer, wenn einer von ihnen sagt, wie schön es werden könnte. Andi plant eine Art Abenteuerspielplatz für Erwachsene. Hummel schwebt ein Hostel vor, damit die gestressten Großstädter sich nicht nur die Knochen brechen, sondern danach auch erholen können. Heinz kann sich gut vorstellen, einen Shuttle-Bus-Service zur Talsperre anzubieten, sobald er damit fertig ist, den Biergarten fertig zu machen. Er lässt ziemlich im Dunkeln, was er mit fertig machen meint, aber ich glaube, er will alles, was seine Frau je dort angebaut hat, zubetonieren.

Keiner spricht es aus, aber Marita wird nicht so bald wiederkommen, wenn überhaupt. Ihr heißgeliebter Indianer, den Andi in tausend Teile gefahren hat, war zwar nicht der Grund, aber der Auslöser dafür, dass sie ihr Leben grundsätzlich infrage gestellt hat. Und festgestellt hat, dass sie nicht glücklich ist, mit ihrem Mann, ihren Söhnen und einer hoch verschuldeten Kneipe. Nur die Bitch lässt durchblicken, dass die ganze Idee mit dem Hostel-Spielplatz zum Scheitern verurteilt ist. Apathisch liegt sie in der Sonne auf dem Parkplatz und scheint auf Frauchens Rückkehr zu warten, damit alles wenigstens genauso beschissen wird wie zuvor. Als ich ihr den Bauch streichle, meine ich zu sehen, dass sie mit den Augen rollt: »Ey, Maike, du und ich wissen doch Bescheid, oder? Mit Andis zwanzigtausend Euro kriegen die das hier nie gestemmt, und ich frage mich, seit wann dein Matthias so ein Fan von aussichtslosen Unternehmungen ohne jegliche

Struktur ist. Ach so, klar, mit euch hat es auch nicht geklappt, richtig.«

»Soll ich den Hund mitnehmen?«, frage ich Hummel, als er mich zum Auto bringt.

»Willst du denn?«

Die letzte Nacht war sehr schön. Und offenbar ist es gleich, wie lange man sich schon kennt: Am Morgen danach redet man eben höflichen Unfug. Die Bitch ist schon auf den Beifahrersitz gesprungen. »Sie scheint ein Stadthund zu sein.«

»Weiß nicht, ob es Stadthunde gibt, Maike. Ich glaube, sie ist einfach gerne da, wo du bist. Wenn sie die Wahl hat.« Die Bitch guckt uns leicht pikiert an, das Viech hat immer die Wahl und weiß das auch. Hummel und ich waren mal so gut darin, die Dinge beim Namen zu nennen, zu organisieren und für jedes Problem eine Lösung zu finden, aber keiner von uns traut sich jetzt, den anderen zu fragen, wie es weitergehen soll.

»Ich kann den Hund ja wieder abholen, sobald hier Land in Sicht ist.«

Gute Idee, aber ich habe eine noch bessere. »Oder ich bringe sie wieder vorbei, wenn ich alles aufgeräumt habe.«

Hummel lacht trocken. »Maike, das war ein Superdialog für einen schlechten Actionfilm.«

Schon, aber kein gutes Ende. Also küssen wir uns, und mit dem Knutschen ist es ja wie mit dem Fahrradfahren: Im ersten Moment meint man, es wäre total cool, wenn man es freihändig probiert, aber in der nächsten Sekunde wird einem klar, dass es nicht nur affig aussieht, sondern auch die Sicherheit gefährdet. Also umarmen wir uns doch, nicht zu lange, damit die Sehnsucht bleibt und ich endlich losfahren kann.

Zu Hause angekommen, will ich nicht darüber nachdenken, wann und ob Hummel von dieser hirnrissigen Idee ablässt und seine Restfamilie im Stich lässt. Stattdessen stürze ich mich ins

Internet und stelle erleichtert fest, dass es auch Foren gibt, die weiterhelfen. Nein, ich muss meine bisherigen Gehälter nicht an die Uni zurückzahlen, da habe ich wohl zufällig Glück gehabt, dass ich mich nicht bei einer Stiftung oder dergleichen beworben habe. Mein Thema ist mir ja einfach in den Schoß gefallen, haha. Jeder fünfte Doktorand bricht übrigens vorzeitig ab, es hagelt Glückwunsche an diejenigen, die früh genug bemerkt haben, dass sie nicht diese zwei bis sechs Buchstaben vor ihrem Namen benötigen, um eine Lebensberechtigung zu verspüren. Die Bitch und ich feiern meine Zugehörigkeit zu den zwanzig Prozent der Menschen, die sinkende Schiffe rechtzeitig zu verlassen wissen, mit einer großen Gassirunde. Danach fallen wir erschöpft, aber immerhin gemeinsam ins Bett.

Und die Lobpreisungen meiner Person hören auch am folgenden Tag nicht auf. Professor Hartwig kommt mal wieder höchstpersönlich in den Keller gefahren, um meine bisherige Leistung zu kommentieren: »Igorella, ich bin beeindruckt. Möchtest du vielleicht weiter hier arbeiten, bis wir einen neuen Hausmeister gefunden haben? Natürlich nur, wenn weitere niedere Tätigkeiten deiner Promovierung nicht im Wege stehen.«

Die Zigarette vor der Tür schmeckt mir nicht, Claus schmeckt es nicht, dass ich meine akademische Laufbahn hingeschmissen habe. Er ist richtig verärgert: »Maike, es geht ja völlig in Ordnung, hier ein bisschen Stress und Liebeskummer wegzustemmen, aber gleich die ganze Karriere hinschmeißen? Da hätte ich dich für schlauer gehalten, wirklich. Ach, und das mit dem Hausmeisterposten, das war ein Witz. Ich will nicht dafür verantwortlich sein, wenn du dein Leben vergeudest. Ich bin enttäuscht.« Angemessen dramatisch rumpelt er davon. Ich bin ihm sehr dankbar dafür, dass er in die Rolle meines Vaters schlüpft, während meine Eltern damit beschäftigt sind, ihren Umzug zu planen. Im Oktober soll es schon losgehen, doch, das Haus ist zum 1.11. vermietet, nicht verkauft. Bevor sie das tun, wollen sich meine Eltern doch noch mal mit ihren Töchtern an einen Tisch setzten, gesetzt den Fall, dass Leonie je wieder mit ihnen spricht. Es gibt ja auch finanzielle Dinge zu regeln, unter anderem. Ob ich vielleicht ein paar Bücher von meinem Vater haben wolle, wo ich gerade alle zurückgebracht hätte. Ich sage meiner Mutter, dass ich keinen Platz hätte, schon gar nicht für das Klavier, und ich würde mich nach einer kleineren, günstigeren Wohnung umsehen. Ob ich ihr denn nie zuhören würde, fragt meine Mutter, sie würde finanzielle Dinge vor allem mit mir regeln wollen, sodass ich mir keinen Stress machen müsse, bis ich einen neuen Job gefunden hätte.

»Kannst du nicht vielleicht quereinsteigen als Lehrerin? Bio wird doch bestimmt gesucht, oder? Bei Geschichte bin ich mir nicht so sicher.« Immer hilfreich, meine Mutter, auch wenn sie schon in Gedanken am Strand herumtanzt.

»Ach ne, Mama, ich kann nicht so gut mit Kindern.«

»Kleiner Witzbold. Tschüss, wir melden uns die Tage.« Wer hört hier eigentlich wem nie richtig zu? Ich höre jeden Abend Hummel zu, wenn wir telefonieren, obwohl er immer nur dasselbe sagt: »Es dauert noch ein bisschen. Aber es wird.«

»Bei mir dauert es auch noch. Und ich weiß immer noch nicht, was es werden soll.«

»Lass dir Zeit«, empfiehlt er mir dann, aber diese Empfehlung kann ich ihm nicht zurückgeben, daher sage ich nur: »Bis morgen.«

Irgendwann gibt es Neues zu berichten. Ich will Studienberaterin werden. Hummel findet die Idee toll. Ich probe direkt an Juliette, die meine Idee nicht so toll findet und erst mal ein Jahr ins Ausland will, bevor sie ihr Abi nachmacht. Als ich ihr sage, dass sie diese Dinge besser mit ihrer Mutter besprechen sollte, will ihre Mutter etwas mit mir besprechen. Ob ich mir nicht auch wie blöde abgespeist vorkäme, weil unsere Eltern uns je zehntausend Euro schenken wollten, als Trostpflaster, weil sie uns verlassen.

Da ich nicht so schwatzhaft wie Frau Behrmann bin, sage ich Leonie nicht, dass unsere Eltern mir viel mehr Geld auf mein Sparbuch überwiesen haben. Meine Mutter hat den Flügel verkauft. Und endlich gibt es auch von Hummels Seite Neuigkeiten.

»Andi ist zu einer Fernsehshow eingeladen worden. Ich fahr ihn am Sonntag hin, damit er Montag frisch dafür ist. Kann ich … willst du mich sehen?«

Auf jeden Fall, aber wie vermeiden wir es, uns wieder an den Küchentisch zu setzen und stundenlang Dinge zu besprechen, die wir nicht ändern können? Oder gar endlich schmerzhafte Lösungen für die Probleme auszusprechen, die wir bald mal ändern müssen? Mein Blick fällt auf eine in mehrfacher Hinsicht gruselig gestaltete Einladung von Jenny, die heute mit der Post kam: »Hast du Lust, am Sonntagnachmittag mit in ein Theaterstück zu kommen?«

»Klar«, meint Hummel sofort, obwohl er wissen muss, dass es sich um eine Produktion von Jenny Uhlenbrock handelt.

»Dann bis Sonntag.« Ich lege auf und schreibe Marita eine Postkarte, weil sie Briefe immer als zu geheimniskrämerisch empfindet.

»Jetzt kann ja ruhig jeder wissen, dass ich in so einer doofen Klinik bin«, hat sie mir neulich am Telefon gesagt, und wenn du da anfängst, einen kompletten Brief zu schreiben: Da bleibste ja dran, Maike, oder?«

Nachdem sie auf Teneriffa einen kompletten Nervenzusammenbruch erlitten hat, ist sie direkt ins Krankenhaus nach Deutschland geflogen worden. Jetzt befindet sie sich in einer psychosomatischen Klinik, und Heinz geht nächste Woche zum ersten Mal nach ihr sehen. »Die kommen hier mit so einem Mist wie Eheberatung an, aber ich glaube, das ist nichts für uns.« Das las ich auf ihrer letzten Postkarte, also wird das schon wieder werden mit den beiden, wie auch der folgende Satz bestätigte: »Jedenfalls gehe ich nicht zurück in die Scheißkneipe, sollen die Jungs damit machen, was sie wollen. Es küsst dich, die Marita.«

Ich schreibe also: »Liebe Marita, danke für deine Karte. Ich fände es total toll von dir, wenn Heinz und du vielleicht erst einmal finanzielle Dinge mit den Jungs klären würden, bevor sie mit eurer Scheißkneipe machen, was sie wollen. Du wirst sehen, das nimmt den Druck raus. Lieben Gruß, deine Maike.« Natürlich schicke ich die Karte nicht ab.

Ich mache lieber mal was Schönes, nur für mich. Ich freue mich auf Sonntag.

18

Es ist gut, dass wir hier sind. Nein, anders: Rückblickend wird es gut gewesen sein, dass wir hier waren, nahezu heilsam. Und je schneller ich hier wegkomme, desto eher kann ich zurückblicken und den Heilungsprozess beginnen lassen, also versuche ich, telepathischen Kontakt mit Hummel aufzunehmen.

Aber der ist, im Gegensatz zu mir, gerade in ein philosophisches Gespräch vertieft, mit einer Dreijährigen: »Du siehst aus wie mein Papa, aber du bist es nicht«, gesteht ihm der niedliche Blondschopf, dessen Geschlecht ich nicht zu bestimmen weiß. Darauf scheint man hier besonderen Wert zu legen, also, dass man die Kinder nicht frühzeitig in typische Geschlechterrollen hineinpresst. Keiner der Zwerge trägt Rosa oder Himmelblau, kein Pulli ist mit Autos oder Regenbogen-Prinzessinnen bedruckt, nein, alle Kinder tragen Oberteile, die liebevoll mit Tiermotiven bestickt wurden. Zum Beispiel putzige Eulen. Oder – nein, es sind ausschließlich Eulen. Immer die gleiche Eule, einäugig zwinkernd, auf grauem oder rotem Untergrund. Darüber mache ich mir schon seit einer Weile Gedanken, wahrscheinlich die falschen: Ist die Uniformregelung ähnlich strukturiert wie bei *Star Trek*, also, stehen die grauen ranghöher als die roten Kinder? Und wenn ja, können die roten Kinder aufsteigen, und wenn ja, wodurch? Und viel wichtiger: Wie können die Eltern sicher sein, dass sie am Ende das richtige Kind mit nach Hause nehmen?

»Henriette, du musst dich nicht bei dem Mann auf den Kopf setzen«, quäkt ein Muttertier in Richtung des Kindes, dessen Vater angeblich genauso aussieht wie Hummel.

Ja, die Eltern hier sind noch viel entsetzlicher als von Jenny zuvor beschrieben, aber die Kinder gehen mir leider trotzdem noch ans Herz. Henriette ist sogar richtig süß, und wohl auch intelligent. Sie hat den Befehl »Du musst nicht« direkt richtig interpretiert in: »Also kann und darf ich dem fremden Mann auf dem Kopf herumklettern, und die Hände darf ich ihm auch in den Mund stecken. Danach patsche ich auf seiner Brille herum und nehme sie ihm ab.«

Fast möchte ich zu Hummel hin, um ihn aus seiner misslichen Lage zu befreien. Ohne Brille sieht er so gut wie nichts, und die Kontaktlinsen hat er nicht dabei. Andererseits: Wenn ich mein Versteck hinter der Säule aufgebe, kann ich nicht mehr so gut beobachten, wie Hummel hier hoffentlich restlos von seinem Kinderwunsch kuriert wird.

Henriette arbeitet mir tüchtig zu. Sie plumpst mit einem schlampig ausgeführten Purzelbaum von Hummels Kopf herunter, instinktiv fängt der ehemals zukünftige Vater meiner Kinder das kleine Geschöpf auf, dieses gluckst. Ich bin nicht die Einzige, die die beiden beobachtet. Der Tisch, an dem Henriettes Mutter mit ihren Freundinnen sitzt, seufzt kollektiv auf. Der Arm einer sehr alleinerziehend wirkenden Frau schnellt nach oben. So bestellt man hier aufgrund des Lautstärkepegels Getränke, so viel habe ich schon herausfinden können. Die zwei gespreizten Finger der Dame bedeuten: »Zweimal das Übliche, für Erwachsene.« Also zwei Schüsseln Milchkaffee. Aber wieso zwei? Sie will mit meinem Hummel anbändeln natürlich. Gleich hockt sich die Kellnerin mit einer der Riesentassen auf den Boden und kreischt dem verdutzten Mann ins Ohr: »Das kommt von der Dame im weinroten Cordrock! Die mit den Augenringen, die so dämlich winkt!« Und Hummel schaut dann auf, die Frau zwinkert wie die allgegenwärtigen Eulen, nur nicht so putzig, sondern brünstig.

»Unfug«, ermahne ich mich selbst, »und selbst wenn es so ist:

Du kannst niemanden halten, der nicht wirklich bei dir ist. Und die Olle zieht bestimmt nicht in Biene's Korb/Andis Abenteuerspielplatz/Hummels Hostel ein, die ist ja vielleicht verzweifelt, aber doch nicht völlig verrückt. Du, Maike Wilmers, bleibst in deinem Versteck, bis Jenny endlich kommt.«

Wann kommt Jenny? Sie hat mir versichert, dass sie eine Stunde vor Auftrittsbeginn da sein wird, um sich vorzubereiten. Uns hat sie befohlen, zwei Stunden vor Beginn hier zu erscheinen, um noch einen Platz zu erhaschen. Also einen Platz an einem Tisch im Foyer, nicht im Theatersaal. Wir standen um fünf nach zwei auf der Matte, aber die Tische waren ruckzuck besetzt, von Milchkaffeemüttern, die ihre Kinder im selben Handstreich in die Spielecke geschoben haben. Während dieses Menschentsunamis hat es mich zu den Toiletten und Hummel in die Spielecke gespült. Praktischerweise musste ich sowieso pinkeln, aber auf meinem Rückweg aus dem Waschraum bin ich nur bis zur Säule gelangt, hinter der ich nun Posten bezogen habe, um zu beobachten. Und weil ich Angst hatte vor den Eulenkindern. Konfrontationstherapie hin oder her, es sind einfach zu viele, und sie alle scheinen auch noch mindestens je zwei Mütter mitgebracht zu haben, die sich ebenfalls wie nachtaktive Vögel am Tage verhalten. Viele sitzen einfach nur da und schlafen mit einem offenen Auge, andere schrillen von hoch in den Wipfeln kreischende Warnlaute ins Tal hinab, rufen also den Namen ihres Kindes Richtung Fußboden, wo die Brut wimmelt. Einige Mütter tippen auf ihren Smartphones herum und twittern wahrscheinlich, wie viel Spaß sie gerade haben. Nur ganz verwegene alte Eulen, wie Henriettes Mutter und ihre Schar, tun so, als ob sie sich über den Krach hinweg tatsächlich unterhalten könnten. Jetzt schreit die mit dem roten Cordrock gerade ihren Genossinnen zu: »Kann man ja auch im Prinzip ganz einfach und viel günstiger selber machen!«

Das höre ich nicht zum ersten Mal von da drüben. Offenbar

handelt es sich bei dieser Verlautbarung um eine Formel, mit der man nahezu jedes Gesprächsthema abschließen kann, egal, ob es um vegane Brotaufstriche, Tischdeko, Eulenpullis, vielleicht auch um Schluckimpfungen geht. Die Formel »Kann man ja auch im Prinzip ganz einfach viel günstiger selber machen« ist das »Im Übrigen bin ich der Meinung, dass Karthago zerstört werden sollte« des hiesigen Müttersenats. Ich bin so froh, dass das mit der Studienberatung klappen könnte. Mit solchen Trullas könnte ich es keine Minute an einem Tisch aushalten.

Claus hat mich neulich beim Schachspiel analysiert und behauptet, dass ich eben überhaupt nicht in der Lage bin, mit mehr als einer weiteren Person gleichzeitig zurechtzukommen. Wir seien uns da sehr ähnlich. Ich entgegnete, dass diese Einsicht aber etwas spät komme für jemanden, der eine Hochschule leitet. Claus räumte ein, dass späte Einsichten seine Achillesferse seien: Er habe ja auch erst zwei Tage später, nachdem er aus dem Koma erwachte, eingesehen, dass der Pool, in den er sprang, kein Wasser enthielt. Ich trank darauf, dass einige Menschen einfach selbst dafür zu blöd sind, ins kalte Wasser zu springen. Wenn alle Stricke reißen, gründen Claus und ich ein Comedy-Duo, aber ich fürchte, für unseren Humor ist noch niemand reif.

Aktuell gibt es aber Dringlicheres in Hummels Spielhölle.

»Ieehhhh, ohne Brille siehst du überhaupt nicht mehr aus wie mein Papa.«

Vor lauter Enttäuschung darüber haut Henriette Hummel kräftig auf den Unterarm. Gegen den kleinen Teufel war Kerstins Augustin ja richtig sanftmütig. Oder seine Medikation war besser eingestellt.

Hummel will das Kind beruhigen, leider auf Hummel-Art: »Hm, vielleicht hat dein Vater nur die gleiche Brille wie ich?«

Henriette streitet diese Möglichkeit vehement ab oder versteht sie einfach nicht, egal, ihre Reaktion ist jedenfalls deutlich. Sie schüttelt Kopf und Oberkörper und haut Hummel immer kräftiger auf den Arm. Ihre Körperkoordination ist überdurchschnittlich, das muss ich zugeben, Henriette muss mal wieder nichts.

»Henny-Schatz, du musst den Mann nicht schlagen!«, dröhnt es vom Senatstisch. Hummel schafft es derweil, der kleinen Furie seine Brille aus den Patschehändchen zu reißen, Henriette quittiert diesen Trick mit mörderlichem Gebrüll: »DAMIT HABE ICH GESPIELT! DAS IST MEINS! MEINS, MEINS, MEINS!«

Hummel berichtigt: »Also wenn, dann: Meine. Und es ist nicht DEINE Brille, sondern MEINE.«

Henriette lässt sich nur kurz durch diesen Grammatikdiskurs verunsichern, dann schreit sie: »DU BIST NICHT MEIN PAPA!«

»Na, Gott sei Dank«, knurrt Hummel leise, setzt sich die Brille wieder auf, erlangt seine Sehfähigkeit aufgrund der Fettflecken auf den Gläsern jedoch nicht zurück. Henriettes Kopf ist jetzt so rot wie ihr Eulenpullover. Sie behauptet nun nicht mehr, dass die Brille ihr gehöre, sondern weint so herz- und trommelfellzerreißend, dass es nach allen biologischen Regeln doch endlich ihre Mutter auf den Plan rufen sollte. Die ist aber gerade mit dem theoretischen Teil der Erziehung beschäftigt und diskutiert die sich darbietende Szene mit ihren Freundinnen: »Nein, da muss man jetzt nicht eingreifen. Die müssen das unter sich ausmachen.«

»Das musst du auch mal aushalten können, Anne, wirklich.«

»Schau, der Betreuer ist ja ganz auf Hennys Ebene, die regeln das, der Mann ist ja ausgebildet dafür.«

Hummel ist nicht der Betreuer! Und ich werde jetzt zu diesen Schnepfen hinübergehen und sie darauf aufmerksam machen, dass wir hier nicht in der Villa Kunterbunt sind, sondern im … Foyer eines Kinder-Mitmach-Theaters. Und wir sind ohne Kind hier aufgeschlagen, also per se verdächtig. Es sei denn: Hummel ist doch der Betreuer. Und wenn ich es genau nehme, befindet er sich auch in der Ausbildung, in der zum Nichtvater. Außerdem beginnt die Vorstellung in zehn Minuten, so lange wird Hummel wohl durchhalten können in der Spielecke. Moment: Wenn die Vorstellung gleich beginnt, wo ist dann Jenny?

Ich ziehe mich vorsichtshalber wieder vollständig hinter meine Säule zurück und verhalte mich, wie eine echte Mutter es offenbar tut: Ich gucke nur, bis einer heult. Henriette hat sich mittlerweile auf einen hochfrequenten Ton eingependelt, nun verstehe ich, warum der Milchkaffee hier nicht in Gläsern serviert wird. Die könnten zerspringen. Hummel tut das einzig Richtige. Er versucht, das Kind vom Schreien abzulenken.

»Du hast aber eine schöne Eule auf deinem Pulli.«

Henriette outet sich nun eindeutig als echtes Mädchen. Sie erkennt sofort, wenn ihr ein Kerl ein völlig beliebiges Kompliment macht. Folglich geht sie wieder dazu über, Hummel zu hauen.

»Jetzt mal ehrlich, Kleine, was willst du mit meiner Brille?«, fragt Hummel leicht verzweifelt. Aber noch nicht verzweifelt genug. Seine hier vielleicht ungewöhnlich tiefe, aber doch normale Männerstimme löst nun eine Reaktion im Mütterclub aus. Sie formatieren sich in Erdmännchenstellung, bereit, bei drohender Gefahr nun doch einzugreifen im Kinderrevier.

»Haben«, beantwortet Henriette indes Hummels Frage. Bravo, Hummel, sie hat sich beruhigt, feuere ich ihn innerlich an, jetzt musst du nur noch …

»Du kannst nichts mit dieser Brille anfangen, weißt du? Wenn du sie aufsetzt, siehst du damit *schlechter.* Wenn ich sie aufhabe, sehe ich damit *besser* … normalerweise.«

Kinder sind ja schon niedlich in dem Alter. Wenn sie ein kompliziertes Satzgefüge nicht verstehen, dann picken sie sich einfach die für sie relevanten Teile heraus.

»Aufsetzen!«, jauchzt Henriette, grapscht Hummel ins Gesicht und mopst sich die Brille wieder und setzt sie sich auf die Nase. Wie gesagt, die Körperkoordination ist top bei dem Mädchen, vielleicht wird sie mal Drummerin in einer Band. Musikalische Früherziehung wäre ja eh sinnvoll, bei dem offensichtlichen Aufmerksamkeitsdefizitsyndrom.

»Ich seh dich nicht mehr, ich seh dich nicht mehr«, ruft Henriette und hopst auffordernd durch die Schaumstoffwürfel.

Ich halte den Atem an. Jeder erwachsene Mensch weiß doch, was er jetzt zu tun hat: Die Hände vor die Augen legen und rufen: »Ich seh dich auch nicht mehr!« oder alternativ: »Kuckuck, wo bin ich?« Damit kann man Kinder stundenlang beschäftigen. Aber was tut Hummel? Er *erklärt:* »Ja, ich habe doch gesagt, dass du durch die Brille schlechter siehst. Die Brille ist nicht gut für dich.« Henriette kratzt sich am Bauch, wenigstens kann Hummel das abstrahieren. Bauchkratzen bei selbstbewussten Dreijährigen ist wie Kopfkratzen bei verunsicherten Erwachsenen. Er vereinfacht: »Die Brille ist doof.«

Das versteht Henriette und hakt nach: »Brille kaputt?«

Ermutigt bestätigt Hummel: »Genau. Brille kaputt.«

Er seufzt, zu früh. Henriette wirft Hummels Brille auf den Boden und tritt darauf. Etwas zu oft und kräftig, um es wie einen Unfall aussehen zu lassen.

»Brille kaputt«, resümiert Henriette und lacht. Hummel schlägt die Hände vor dem Gesicht zusammen, aber jetzt ist es zu spät, um zu fragen: »Wo bin ich?«

Ich fürchte, es ist auch zu spät für irgendeine Frau, Hummel je wieder für den ungeschützten Geschlechtsverkehr zu begeistern. Mein böses Herz hüpft vor Freude, und ich beschließe, Hummel aus der Todeszone zu lotsen, ihm die Hand zu reichen. Ohne Hilfe findet der nie aus dem Laden hier raus, der Blindfisch.

Aber in diesem Moment beginnt das Theaterstück. Alle Anwesenden, inklusive mir, scheinen etwas überrascht, dass wir zum großen Event nicht in den Saal geläutet werden, sondern dass der lustige Pustevogel (so heißt das Stück: *Der lustige Pustevogel;*

Autorin, Regie und Titelrolle: Jennifer Uhlenbrock) nun mit seinen riesigen gelben Füßen (Es sind mit Watte ausgestopfte Gummihandschuhe. Requisite und Kostüm: Maike Wilmers) ins Café latscht und schließlich hinter dem Rücken meines Freundes stehen bleibt. Die Kinder sitzen mit offenen Mündern da, die Erwachsenen lassen ihre Kaffeeschalen sinken. Der lustige Pustevogel breitet seine Schwingen schützend über die Schultern des Mannes, der vielleicht immer noch mein Freund ist, oder es wieder werden könnte, und fragt: »Na, na, na, was hast du denn? Hat dir jemand übel mitgespielt, kleiner Riese?«

Jenny ist nicht nur eine großartige Schauspielerin im klassischen Fach, nein, auch die Improvisation gelingt ihr meisterhaft.

Und Hummel erweist sich als Naturtalent: »Meine Brille ist kaputt, lustiger Pustevogel! Jetzt bin ich sehr traurig, weil ich nichts mehr sehen kann.«

Klar, laut, deutlich und mit genau der richtigen Prise Weinerlichkeit in der Stimme.

»Ohhhhh«, klagt der lustige Pustevogel und hebt die Flügel gen Himmel. Die empathischeren Kinder schluchzen ein bisschen, die übrigen schauen halbwegs interessiert, Henriette grinst diabolisch.

Der lustige Pustevogel fragt: »Was kann der lustige Pustevogel denn jetzt tun, um den armen kleinen Riesen zu trösten, Kinder?«

Die Kinder sind sich, obwohl sie das Stück nicht kennen können, erstaunlich einig: »Pusten! Pusten!«

Also pustet der Vogel, und alle Kinder pusten mit. Sämtliche Teelichter auf den Tischen erlöschen, vereinzelt ertönt ein Husten, ganz wie im Theater für die Großen.

Frau Cordrock schimpft: »Also, das finde ich jetzt nicht so prickelnd.«

Aber der große Pustevogel fährt unbeirrt fort: »Nun, kleiner Riese, ist es jetzt besser?«

»Ein bisschen. Aber meine Brille ist ja immer noch kaputt.«

Ich hoffe, ich bin die Einzige, die sieht, wie der große Pustevogel-Fuß in den Rücken des kleinen Riesen tritt. Der sagt daraufhin eilig: »Aber vielleicht kannst du die Brille wieder heile machen, lustiger Pustevogel!«

Der Chor der fröhlichen Kinder fällt ein: »Jaaaa, heile machen!«, und so erhält der kleine Riese die Gelegenheit, den lustigen Pustevogel mit einem Rippenknuffer darauf aufmerksam zu machen, dass er ja eine Umhängetasche trägt, in der Heilemachzeug drin sein könnte. Verdammt, allein das Atmen in diesem Raum macht mich völlig blöd im Kopf. Und das Stück wird auch nicht besser.

»Ah, stimmt«, tschilpt der Pustevogel, »ich habe ja Zauberkleber in der Tasche!«

Der kleine Riese rollt mit den Augen und deutet unauffällig auf die Scherben neben sich. Da wird kein Zauberkleber helfen. Aber wenn du einmal die große bunte Kiste geöffnet hast, ist es verdammt schwierig, den Springteufel wieder hineinzuquetschen, egal, ob du Bühnenprofi bist oder nur eine ahnungslose Kuh wie ich, die dachte, Kinder machen, Kinder kriegen, Kinder großziehen, das macht sie alles mit links. Der Pustevogel schaut etwas betreten, während die Meute skandiert: »Zauberkleber, Zauberkleber!«

Der Pustevogel flattert hektisch herum, aber erklärt schließlich: »Äh, ich meine, ich habe Medizin dabei, wenn der kleine Riese die einnimmt, geht es ihm bestimmt gleich besser!«

Das finden die Kinder nicht so gut. »Ieeeh, Medizin!«, rufen sie, Frau Cordrock fragt: »Was soll das denn jetzt?«, aber sie wird wieder übertönt, dieses Mal von Hummel: »Kinder, ich glaube, ich brauche keine Medizin. Die macht meine Brille ja auch nicht wieder heile, oder?«

»Neeeeeiiin«, schreien die Kinder.

Hummel nutzt seinen guten Lauf, er hat den Draht zu den Hosenscheißern gefunden: »Und Zauberkleber hilft auch nicht, so kaputt, wie die Brille ist, oder?«

»Neeeiin, gar nicht!«, schreien wieder alle. Hummel reckt sich etwas höher und sagt: »Also, wenn etwas so kaputt ist, dass man es nicht mehr wieder ganz machen kann, dann muss man es wegwerfen, richtig?«

»Jaaaaa!«, kreischt die aufgeregte Schar, einige stimmen ein mir unbekanntes Lied an, in dem es ohrenscheinlich um Mülltrennung geht: »Plastik in die gelbe Tonne, Pappe in die braune, alles das, was lecker war, kommt auf den Komposthaufen …«

Oder so ähnlich. Ich kann nicht sagen, ob hier gleich das Chaos losbricht oder ob es schon jetzt so weit ist. Der Pustevogel schlägt mit den Flügeln, Hummel zuckt mit den Schultern, Super-Maikes Stunde naht. Eine unsichtbare Hand stupst mich hinter der Säule hervor und lässt mich mit ungewohnt fester Stimme in die Menge rufen: »Ja, die Brille ist hin, und das kann man nicht ändern. Aber der kleine Riese würde sich trotzdem freuen, wenn sich diejenige bei ihm entschuldigen würde, die die Brille kaputt gemacht hat, ODER?«

Die Kinder schauen mich verängstigt an. Mit dem Auftritt eines dritten Akteurs haben sie nicht gerechnet. Ich auch nicht. Der kleine Riese aber ist dankbar für den Einwurf: »Ja, ja, dann würde ich mich viiieeel besser fühlen, wenn diejenige sich entschuldigt.«

»Wer hat deine Brille kaputt gemacht, kleiner Riese?«, fragt ein aufgeweckter Junge. Er trägt selbst eine Brille und wirkt ein bisschen so, als würde er sie gerne loswerden wollen.

»Ich bin keine Petze!« Der kleine Riese verschränkt die Arme vor der Brust, der lustige Pustevogel haut sich den Flügel an die Stirn. Nur ein Wunder kann dafür sorgen, dass Jennys Premiere nicht gleichzeitig zur letzten Vorstellung wird. Und das Wunder erhebt sich und quietscht: »Das war ich. Henriette!«

Aber bevor die Buh-Rufe von allen Seiten erschallen, schafft es dieses Kind, sich zu allen Seiten zu verbeugen, und zwar mit so einem schelmischen Lächeln, dass alle Kinder in die Hände klatschen. Und auch ein paar Erwachsene, allerdings nicht die vom Tisch der Senatorinnen.

»Henriette, ich habe dir doch gesagt, dass du nicht immer alles kaputt machen musst«, bringt sich die Mutter der Missetäterin ein. Sehr hilfreich, die Dame, jetzt sind alle Kinder wieder völlig verunsichert.

»Und findest du das gut, dass der kleine Riese jetzt traurig ist, Henriette?«, fragt der Pustevogel, Henriette schüttelt den Kopf.

»Ne, das ist doof.«

»Willst du dich vielleicht bei ihm entschuldigen, damit es ihm besser geht?«, horcht der Pustevogel nach. Für einen Augenblick hoffe ich, dass wir hier noch eine halbwegs pädagogische Wendung hinkriegen. Alles hängt von Henriette ab. Die versteht es, die Spannung zu halten. Mit glasigen Augen schaut sie den kleinen Riesen an, schließlich fragt sie: »Muss ich denn?«

Es herrscht absolute Stille im Café. Leider. Denn in die schrillt Henriettes Mutter hinein: »Wir sind haftpflichtversichert, wenn es darum geht, also wirklich.«

Aber Hummel ist, wenn er aufsteht, ein gar nicht mehr so kleiner Riese, sondern eben doch der größte Mensch im Raum. Und da er in der einen Hand ein Teelicht hält und im anderen Arm Henriette, ist er nun wieder der gesamten Aufmerksamkeit im Saal sicher. Zu Henriette sagt er: »Henriette, deine Mami hat schon recht. Du musst gar nichts. Außer Kacka und Pippi.«

Die Kinder prusten, zwei, drei Erwachsene ebenfalls. Und der Pustevogel natürlich. Ich halte mich an der Säule fest und schiele nach dem Notausgang-Schild. Der nicht mehr so kleine Riese erklärt dem haftpflichtversicherten Kind:

»Aber wenn du dich entschuldigen *willst,* also, wenn es dir wirklich, wirklich leidtut, dass du die Brille kaputt gemacht hast, dann tu das. Dann würde mich das freuen. Dann ginge es mir wieder besser.«

Henriette überlegt kurz. »Es tut mir wirklich, wirklich leid. Soll ich auch noch pusten?«

Der Riese nickt ergriffen, schluckt, und ich weiß, dass das nicht geschauspielert ist. Alle Kinder applaudieren, der Pustevogel schafft es, auf den Knopf des in der Umhängetasche versteckten Kassettenrekorders zu drücken, und stimmt zum Halb-Playback das – Überraschung – Pustelied an. Es ist so unendlich kreativ gereimt, dass jedes Kind es auf Anhieb mitsingen kann. Die Erwachsenen klatschen im Takt, als wollten sie beweisen, dass jedem noch so alternativ angehauchtem Öko-Hipster eben doch ein Musikantenstadl-Gen innewohnt:

»Bist du einmal hingefall'n, da hilft als Erstes: Pusten!
Pusten hilft bei kleinen Schrammen, aber nicht bei Husten.
Danach kommt ein Pflaster auf die blöde Wunde,
und schon geht es los, in die nächste Runde.
Puste-Puste-Kuchen, ich versteck mich, du musst suchen …«

Die zweite Strophe animiert die Minderjährigen im Raum, sich zu einer Polonaise zu formieren, immer quer durch die Tischreihen. Der Pustevogel schaut erleichtert, der kleine Riese versucht pantomimisch, der Kellnerin ein Kehrblech zu entlocken. Aber entweder kennt sie nur das Zeichen für Milchkaffeeschalen, oder sie zuckt so rhythmisch mit den Schultern, weil der »Pustevogel-Song« sie so mitreißt.

Hummel tastet sich nun zur Theke hinüber, um sich das gewünschte Putzmaterial selbst zu besorgen, bevor ein kleines Füßchen in die Scherben seiner Brille tritt. Auf dem Weg dorthin wird er jedoch von Henriettes Mutter aufgehalten, sie lächelt ihn an und flüstert ihm etwas ins Ohr. Ich sollte froh sein, dass die Schreckschraube sich nun offenbar für ihr Gebaren entschuldigen will, aber irgendetwas sagt mir, dass sie das gar nicht vorhat. Spätestens jetzt nicht mehr, als Hummel mit den Schultern zuckt und etwas zu ihr sagt, was ich natürlich nicht verstehen kann. Der Kopf von Henriettes Mutter wird jetzt so rot wie der ihrer Tochter vor ein paar Minuten. Dasselbe Temperament, allerdings ein paar Nummern größer. Diese Frau sieht nicht aus, als wenn sie sich damit begnügen würde, Hummel ins Gesicht zu grapschen. Sie wirkt, als wolle sie meinen Freund bei lebendigem Leib häuten. Vor den Kindern. Das kann ich nicht zulassen, und zum Glück erkennt auch der lustige Pustevogel die Gefahr.

»So, ihr Lieben, wollen wir jetzt alle mal in den Theatersaal gehen? Da hat der Pustevogel nämlich noch was für euch! Und zwar …«

Jenny sieht mich an, ihr Vogelschnabel wippt, ich gebe ihr das Handzeichen, das seit Schultagen unser Code für: »Tu was, irgendwas, schnell, ich zahl auch deine Kaution« ist. Und der Pustevogel setzt zum Kamikaze-Manöver an: »Gummibärchen! Da gibt es Gummibärchen für alle!«

Wie erhofft löst der angekündigte Einsatz von Chemiewaffen einen Protest bei den Erwachsenen aus: »Ne, das geht ja gar nicht!«, »Industriezucker! Industriezucker!«, »So was wollen wir hier nicht! Wie heißen Sie, sind Sie überhaupt qualifiziert für den Job?«, »Haben Sie überhaupt Kinder? Geben Sie denen auch Süßkram, wenn Sie nicht weiterwissen?«, »Erklären Sie mir mal, wie ein Vogel überhaupt pusten kann?«

Die arme Jenny wird von aufgeregten Eltern umzingelt, die versuchen, gleichzeitig zu schreien und zu flüstern. Der Pustevogel wird Federn lassen, aber er wird es überleben, er ist zäh. Ziemlich unbeeindruckt lehnt meine beste Freundin mit ausgebreiteten Flügeln an der Wand und lässt die Beschimpfungen auf sich niederprasseln. Und ich stelle erneut fest, dass ich nicht völlig umsonst Politikwissenschaften studiert habe: Mit der künstlich heraufbeschworenen Gummibärchen-Krise konnte ich das Volk vom eigentlichen Kriegsschauplatz ablenken, der Theke. Dort stehen sich immer noch Hummel und Henriettes Mutter gegenüber, sie keift, mein Freund hört zu.

»Mein Mann ist Anwalt. Sie hören von mir, das können Sie aber mal glauben! Hier sind dreißig Zeugen! Wie heißen Sie, geben Sie mir Ihre Adresse, sofort. Wir sehen uns vor Gericht.«

Hummel nickt nur. Lächelnd, mit großen Augen. Mit sehr großen Augen. Henriettes Mutter hat ihn in ein Wachkoma gekeift. Ich vermute das Schlimmste: Das Weib hat durch einen unbedachten Satz Hummels herausgefunden, dass er nicht der Betreuer hier ist, dass wir gar keine Kinder haben, ein Umstand, der mich zu einer wahrscheinlichen Kidnapperin, ihn zum Triebtäter stempelt. Wenn nicht alle anderen Eltern Jenny umringen würden, ständen sie jetzt mit gezückten Kuchengabeln und brennenden Windlichtern vor uns, bereit zum Lynchen. Henriettes Mutter weicht nur vom direkten Angriff zurück, weil sie uns beiden allein gegenübersteht.

Ich kann nicht sprechen, aber Hummel übernimmt endlich die Verteidigung: »Ja, richtig, meine Adresse. Die braucht Ihre Haftpflichtversicherung ja, wegen der Brille.«

Henriettes Mutter schnappt nach Luft, ich ebenfalls. »Komm, Süße, hier ist es mir zu stickig. Wir gehen.«

Hummel nimmt meine Hand, und wir stolpern aus dem weit über die Grenzen des Stadtviertels berühmten alternativen Kindertheater mit angeschlossener Kita, der wundervollen Einrichtung »Die Zipfelzwerge e. V.«, hinaus in die Freiheit.

Auf dem Bürgersteig bleibt mir noch eine Sache zu fragen: »Was um Gottes willen hast du zu der Frau gesagt?«

Hummel zuckt mit den Achseln. »Also, sie meinte zu mir, ich

könne ganz toll mit Kindern umgehen. Und ich habe ihr gesagt, dass sie dafür sehr schön auf ihrem fetten Hintern sitzen und Kaffee trinken könne.«

»Wir sind tot.« Hummel lächelt, also muss ich ihm den Ernst der Lage deutlicher machen: »Die finden uns, überall. Die sind organisiert, diese Zipfelzwerge.«

»Genau das war mein teuflischer Plan, Maike. Du musst jetzt auch weg aus der Stadt, Flucht aufs Land, das ist der einzige Ausweg.«

Ich kann darüber nicht lachen. Ich muss weinen. »Hey, Süße, das war ein Witz, ein ganz schlechter, okay? Ich komme nach Hause, also, wenn du willst und wenn du damit klarkommst, dass wir vielleicht nie Kinder haben werden. Es sei denn, wir heiraten, dann können wir vielleicht eines adoptieren, sobald wir beide einen festen Job haben und trotzdem ganz viel Freizeit und noch keine vierzig sind. Die andere Alternative: Einer von uns wird Bundeskanzler, dann kann man jenseits der sechzig noch adoptieren, wenn man sich mit russischen Präsidenten anfreundet.«

»Bist du bekloppt?« Wir haben uns länger nicht gesehen, deswegen frage ich sicherheitshalber nach.

»Nein. Ich habe mir nur von Jenny noch eine Pille geben lassen. Ich dachte, sonst stehe ich das hier nicht durch, heute.«

Ich hatte es geahnt. Hummel kann mich nur noch ertragen, wenn er high ist. Vielleicht würde es mir auch so gehen, wenn ich beschlossen hätte, meine Jugend auf einem Abenteuerspielplatz nachzuholen. Soweit ich von Sarah weiß, läuft diese Hostel-Idee sogar ganz gut, viele ihrer Freunde wollen im nächsten Sommer mal dorthin fahren. Aber erst mal wird es Winter, und Hummel fährt den ganzen Tag Mofa, mit Andi, oder filmt ihn dabei, was weiß ich. Fehlt noch, dass ich da einsteige in das Familienunternehmen Biene. Das könnte ich nämlich auch nur bekifft ertragen, sobald Marita wieder in ihr Reich heimkehrt, um das Zepter zu übernehmen. Da habe ich bessere Pläne: »Ich will die Wohnung kündigen, zum Dezember. Du müsstest aber noch unterschreiben.«

»Das tut mir leid. Wirklich«, sagt Hummel. Was man eben so sagt, wenn man sich mit einer kleinen Pille Mut ins Blut gepumpt hat.

Der gar nicht mehr so lustige Pustevogel gesellt sich zu uns und steckt sich eine Zigarette an: »Ich werde doch Jura studieren müssen. Die wollen mich alle verklagen, wegen Verführung Minderjähriger zur Einnahme schädlicher Substanzen.«

Das würde ich am liebsten auch tun. Aber Hummel ist ja erwachsen, oder wird es vielleicht, im zweiten Anlauf.

Jenny will wissen: »Matthias, du kommst aber gut klar mit den Brausebonbons, ja? Keine Nebenwirkungen, nein? Würdest du für mich aussagen, vor Gericht?«

Hummel und ich schalten endlich, sehr langsam, aber immerhin gleichzeitig.

»Warum guckt ihr so blöd? Glaubst du, ich hätte dir eben wirklich Ecstasy gegeben, Matthias? Scheiße, dachtet ihr, die Smarties von damals seien auch welche gewesen? Für was für ein Tier haltet ihr mich?« Für den lustigen Pustevogel, würde ich sagen, wenn ich denn könnte.

Schade, dass das Leben kein lustiger Drogentrip ist. Sonst würden wir uns jetzt alle drei in die Arme fallen, uns gegenseitig tausendfach für alles entschuldigen, und dann käme Andi um die Ecke, um zu sagen, dass er jetzt ein Fernsehstar ist, und mit Geldscheinen um sich zu werfen. Es wäre auch plötzlich Sommer, und wir würden alle gemeinsam zu Hummels Hostel fahren, dort ein einfaches, aber glückliches Leben führen, wir arbeiteten hart, die Gäste liebten uns, vielleicht würden wir noch Ponys kaufen und Gemüse ökologisch anbauen und könnten nachts ohne Probleme und Fernsehen einschlafen.

Marita und Heinz würden der Einfachheit halber zu meinen Eltern nach Portugal ziehen, dann lernten die vier sich auch mal kennen nach all den Jahren. Und irgendwann tobten dann vielleicht zwei oder drei zauberhafte Kinder auf dem Hof herum, die einfach so mitliefen in dem ganzen Trubel und so viele Gummibärchen essen könnten, wie sie wollten, weil sie die ja ruckzuck abtrainieren an der frischen Landluft. Ach, am besten wäre ich jetzt schon guter Hoffnung, dank der Nacht in Hummels Zimmer. Aber das ist eben nichts geworden, wegen der hässlichen Bettwäsche höchstwahrscheinlich. Ich war genau fünf Wochen lang schwanger. Jetzt kann ich mich im Fehlgeburten-Forum tummeln, will ich aber nicht. Und Hummel mag ich das auch nicht erzählen, obwohl Jenny mir dringend dazu geraten hat, Psychohygiene und so.

Der lustige Pustevogel schnippt die Zigarette weg. »Ich geh dann mal, mein Leben neu sortieren. Ihr habt ja auch noch einiges zu klären, oder?« Sie spart sich ein Zwinkern und latscht die Straße hinab, in ihren Gummihandschuh-Füßen. Ihr linker Flügel fällt noch vor der Straßenecke ab, schlechte Konstruktion von mir.

»Könnte man kleben«, murmelt Hummel fachmännisch, als könnte er ohne Brille so weit gucken.

»Wozu? Das Kostüm braucht sie ja nie wieder.«

Und nachdem das geklärt ist, habe ich auch nichts dagegen, dass Hummel meine Hand in seine nimmt und wir den Weg einschlagen, den wir bestimmt tausendmal zusammen gegangen sind.

»Hättest du ein Kind haben wollen, Maike? Ich meine, egal, ob wir jetzt irgendwie noch zusammen sind oder nicht? Und abgesehen davon, dass wir beide pleite sind, keinen festen Job haben, wir sämtliche Eltern doof finden, beide nicht wirklich gut mit Kindern umgehen können und so überhaupt nicht wissen, wie es weitergeht?«

»Nein, es wäre mir nicht egal gewesen, ob wir noch irgendwie zusammen sind oder nicht.« Aber das sage ich erst zu Hause, nachdem wir Hummels Ersatzbrille gefunden, die blöde Liste endlich feierlich verbrannt und wieder ganz ohne vorherigen Drogenkonsum das Lied vom lustigen Pustevogel geschmettert haben.

Ich denke, wir bleiben dran, an uns.

Dank

An alle, die versucht haben, mir die Möglichkeiten einer akademischen Laufbahn (oft an eigenen Fallbeispielen) zu erklären.

Sie mögen mir verzeihen, dass ich am Ende doch alles zusammenfantasiert habe.

So sind sämtliche Institutionen, Titel für Doktorarbeiten, Auszüge aus wissenschaftlichen Abhandlungen und Internet-Foren in diesem Buch frei erfunden.

Falls real existierende Personen meinen, sich in den Protagonisten wiederzuerkennen, ist das nicht beabsichtigt, aber verständlich. Denn dieses Buch möchte ich allen widmen, die wollen und nicht können sowie allen, die können und nicht wollen.

Und für alle, die immer noch nicht wissen, was sie wollen: Bleibt dran an euch.

Katinka Buddenkotte

Betreutes Trinken

Roman. 384 Seiten

Broschur: ISBN 978-3-8135-0509-2
Taschenbuch: ISBN 978-3-442-74885-3

Doris Kindermann, Anfang dreißig, arbeitet in einem Kölner Jugendzentrum (für Doris »das Brüssel für Diplomsozialarbeiter«). In dem gibt es nichts außer überangepassten Teenagern und Ärger über die Kollegen. Als Ausgleich kehrt Doris immer öfter in ihrer Stammkneipe »Dead Horst« ein, um sich den schwer erziehbaren Erwachsenen zu widmen: dem stets genervten Barkeeper Toddy, dem schwermütigen russischen Ex-Olympioniken Vladimir und nicht zuletzt ihrer besten Freundin Katja sowie ihrem Noch-Ex-Freund Gunnar. Doris will allen helfen – und scheitert gnadenlos. Endlich mal kein fröhlich-frecher Frauenroman, sondern eine mit brillantem Witz erzählte Achterbahnfahrt zwischen Schwerenötern, Schwermut und Schwermetall.

»Eine liebevolle, humoristische Geschichte,
die selten mit Klischees geizt, ohne sie platt wirken zu lassen.«
(*Neue Ruhr Zeitung*)

»Gerissen und witzig erzählt [Katinka Buddenkotte]
von einer Sozialarbeiterin Anfang dreißig ...
Hier geht es um das wahre Leben, Fluchten und Besäufnisse.«
(LIFT Stuttgart, Kathrin Waldow)

»Vorsicht: Hier gibt's Muskelkater vom Dauergrinsen!« (*Lea*)

»Eine angenehme Abwechslung in der deutschen
Comedybuchszene.« (*Kulturnews*)